इस्मत चुग़ताई

जन्म : 21 जुलाई, 1915, बदायूँ (उत्तर प्रदेश)।

इस्मत ने निम्न मध्यवर्गीय मुस्लिम तबक़े की दबी- कुचली-सकुचाई और कुम्हलाई लेकिन जवान होती लड़कियों की मनोदशा को उर्दू कहानियों व उपन्यासों में पूरी सच्चाई से बयान किया है।

इस्मत चुग़ताई पर उनकी मशहूर कहानी *लिहाफ़* के लिए लाहौर हाईकोर्ट में मुक़दमा चला, लेकिन ख़ारिज हो गया। *गेन्दा* उनकी पहली कहानी थी जो 1949 में उर्दू साहित्य की सर्वोत्कृष्ट साहित्यिक पत्रिका 'साक़ी' में छपी। उनका पहला उपन्यास *ज़िद्दी* 1941 में प्रकाशित हुआ। *मासूमा, सैदाई, जंगली कबूतर, दिल की दुनिया, अजीब आदमी और बांदी* उनके अन्य उपन्यास हैं। *शादी, चोटें, एक रात, छुई-मुई, दो हाथ दोज़ख़ी, शैतान* आदि कहानी-संग्रह हैं। हिन्दी में *कुँवारी* व अन्य कई कहानी-संग्रह तथा अंग्रेजी में उनकी कहानियों के तीन संग्रह प्रकाशित जिनमें *काली* काफ़ी मशहूर हुआ। कई फ़िल्में लिखीं और *जुनून* में एक रोल भी किया। 1943 में उनकी पहली फ़िल्म *छेड़-छाड़* थी। कुल 13 फ़िल्मों से वे जुड़ी रहीं। उनकी आख़िरी फ़िल्म *गर्म हवा* (1973) को कई अवार्ड मिले।

साहित्य अकादमी पुरस्कार के अलावा उन्हें 'इक़बाल सम्मान', 'मख़दूम अवार्ड' और 'नेहरू अवार्ड' भी मिले। उर्दू दुनिया में 'इस्मत आपा' के नाम से विख्यात इस लेखिका का निधन 24 अक्टूबर, 1991 को हुआ। उनकी वसीयत के अनुसार मुम्बई के चन्दनबाड़ी में उन्हें अग्नि को समर्पित किया गया।

शबनम रिज़वी

जन्म : गाज़ीपुर (उत्तर प्रदेश)।

शिक्षा : एम.फिल. (दिल्ली यूनिवर्सिटी), मास कम्यूनिकेशन मीडिया (जवाहरलाल नेहरू यूनिवर्सिटी), पी-एच.डी. (लखनऊ यूनिवर्सिटी)।

साहित्यिक कार्य : आलोचनात्मक पुस्तक, इस्मत चुग़ताई की नावेल निगारी, इस्मत ग्रन्थावली (प्रोजेक्ट राजकमल प्रकाशन)।

प्रकाशित पुस्तकें : इस्मत चुग़ताई की नावेल निगारी (उर्दू अकादमी, उत्तर प्रदेश से प्रकाशित)।

राजकमल प्रकाशन से प्रकाशित शबनम रिज़वी द्वारा लिप्यांतरित पुस्तकें : *टेढ़ी लकीर, मासूमा, दिल की दुनिया* (उपन्यास); *छुई-मुई, शादी* (कहानी-संग्रह)।

सम्पर्क : प्रवक्ता उर्दू विभाग, करामत हुसैन मुस्लिम गर्ल्स पी.जी. कॉलेज, निशातगंज, लखनऊ।

छुई–मुई

इस्मत चुग़ताई

सम्पादन
अब्दुल मुगनी

लिप्यंतरण
शबनम रिज़वी

राजकमल पेपरबैक्स

राजकमल पेपरबैक्स में
पहला संस्करण : 2016
चौथा संस्करण : 2024

राजकमल पेपरबैक्स : उत्कृष्ट साहित्य के जनसुलभ संस्करण

राजकमल प्रकाशन प्रा.लि.
1-बी, नेताजी सुभाष मार्ग, दरियागंज
नई दिल्ली-110 002
द्वारा प्रकाशित

शाखाएँ : अशोक राजपथ, साइंस कॉलेज के सामने, पटना-800 006
पहली मंजिल, दरबारी बिल्डिंग, महात्मा गांधी मार्ग, प्रयागराज-211 001
1, अनमोल सोराबजी संतुक लेन, धोबी तलाव, मरीन लाइंस, मुम्बई-400 002
वेबसाइट : www.rajkamalprakashan.com
ई-मेल : info@rajkamalprakashan.com

बी.के. ऑफसेट
नवीन शाहदरा, दिल्ली-110 032
द्वारा मुद्रित

मूल्य : ₹250

CHHUI-MUI
Stories and Reportage by Ismat Chughtai
Edited by Abdul Mugni
Transliteration by Shabnam Rizvi

ISBN : 978-81-267-2954-8

भूमिका

पुराने ज़माने में एक बादशाह था। पुराने ज़माने में बादशाह को होने का हक़ हासिल था। मालूम नहीं रआया[1] वग़ैरह भी होती थी या नहीं। ज़रूर होती होगी वर्ना वह बेचारा बादशाह फिर किसी का हो सकता था और उस बादशाह के या तो सात लड़के होते थे और या सिर्फ़ एक या सात लड़कियाँ होती थीं या एक और उस बादशाह के सबसे छोटे या सबसे बड़े लड़के को किसी हसीन-तरीन शाहज़ादी की जूती या आँचल देखकर इश्क़ हो जाया करता था। अब ज़ाहिर है कि रोटी-कपड़े की फ़िक्र से आज़ाद ग़रीब[2] शहज़ादा इश्क़ के सिवा और कर ही क्या सकता है। उसका बाप भी इसी तरह इश्क़ में भुना रहता था, क्योंकि उसका दादा और उसके बाप का भी कफ़ील[3] होता था और यूँ ही ये कारोबारे-इश्क़[4] और मुफ़्तख़ोरी पुश्त-हा-पुश्त[5] से चली आ रही थी। हाँ, कभी-कभी शहज़ादे पर कोई निहायत अजीबो-ग़रीब क़िस्म की मुसीबत नाज़िल हो जाया करती थी। वह हूर जिसके जूते पर वह एक जान छोड़ हज़ार जान से आशिक़ हो जाया करता, वह हसीना उसका बड़ा नाक में दम करती। निहायत ढिठाई से उसे चिड़िया के दूध और बिल्ली के अंडों की क़िस्म की कोई शै[6] लाने का हुक्म दे देती और वह बेचारा बग़ैर चूनोचरा[7], घोड़े पर बैठकर चल खड़ा होता। एक दफ़ा भी तो उस अहमक़ के दिल में ये ख़याल न आता कि ये नेक-बख़्त[8] इन वाहियात चीज़ों को मँगाकर क्या करेगी। क्योंकि ख़्वाहमख़्वाह हैरान कर रही है। इससे तो बेहतर है कि इस मुहिम पर जाने के एवज़ हम दोनों मुहब्बत में वक़्त गुज़ारें। मगर नहीं ये वह कैसे कर सकता था। उसका बाप तो इससे भी ज़्यादा बेमानी चीज़ें ला चुका था और दादा भी। ये उसकी आबाई[9] हिमाक़तें शायद मज़्बूत कर देती थीं उसे।

अब या तो वह वज़ीरज़ादे को साथ ले लेता जो साइड हीरो की ख़िदमत अन्जाम देता और उसकी किसी और माशूक़ा की दोस्त या वज़ीरज़ादी से इश्क़ लड़ाने के

---

1. प्रजा, 2. बेचारा, 3. ख़र्च उठाने वाला, पोषक, 4. प्यार का व्यापार, 5. पीढ़ी-दर-पीढ़ी, 6. वस्तु, 7. कहा-सुनी, वाद-विवाद, 8. भाग्यवान्, भोली-भाली, 9. ख़ानदानी,

काम में लाया जाता था या किसी ज़रूरत से ज़्यादा फ़र्मायाँबर्दार ख़ादिम[10] को साथ ले जाता जो मौक़ा-बेमौक़ा जाँनिसारियाँ[11] दिखाता रहता।

रास्ते में उसे क़िस्म-क़िस्म की माशूक़ाएँ[12] मिलतीं, उनमें बाज़ तो चुड़ैलें होतीं जो जादू से आशिक़ साहब को सुअर या घोड़ा बना देतीं और बड़ी मुश्किलों से वह फिर इंसान के क़ालिब[13] में आता। बाज़[14] मुसीबत-ज़दा[15] होतीं, जिन्हें वह आज़ाद करके छोड़ जाता। वापसी पर उन्हें माले-ग़नीमत[16] की तरह समेटता लाता। जिन्न[17] और अज़दहे भी मिलते जिन्हें वह जान से मारकर या ग़ुलाम बनाकर मंज़िले-मक़्सूद पर पहुँच जाता और चिड़िया का दूध और बिल्ली के अंडे क़ब्ज़े में करके पलट आता।

लीजिए, शहज़ादी भी खटाक से शहज़ादे पर आशिक़ हो जाती। मालूम नहीं शादी के बाद वह चिड़िया के दूध और बिल्ली के अंडों से क्या काम लेती। हमें तो बस इससे बहस है कि जैसे ख़ुदा ने इन दोनों के दिन फेरे, हमारे-तुम्हारे नहीं फेरता। दुनिया बदल गई है। आह वह हसीन नूरानी दुनिया...सितारों से मीलों आगे वाली दुनिया। अब कहाँ? वह किताबें भी तो अब कीड़े खा गए और बादशाह लोग भी कुछ माँद पड़ गए हैं। कोई नहीं जानता कि उन बेचारों के कितने लड़के और लड़कियाँ हैं और उन्हें इश्क़ में क्या-क्या दुख उठाने पड़ते हैं। हमारी कहानियों के हीरो के पैर बहके और एक सीढ़ी नीचे फिसल आया। बादशाही लुट गई और सिर्फ़ नवाबी रह गई। ख़ैर जी, बाप-दादा का दिया हुआ इतना भी बाक़ी रहा कि इश्क़ बेफ़िक्री से किया जा सके। शहज़ादियाँ न रहीं तो उनकी जानशीन तवाइफ़ें तो अल्लाह रखे मौजूद हैं। फ़र्क़ इतना है कि तवाइफ़ के मशाग़िल को पेशा कहते हैं, और नवाबज़ादी के पेशे को रोमान। एक को रुपए की ज़रूरत है, दूसरी को अल्लाह ने दिया है, लिहाज़ा मैदान उन ज़रूरतमन्द के हाथ रहा। अब इन नई माशूक़ाओं के अन्दाज़ भी वही रहे। उन्होंने तो चिड़िया के दूध और बिल्ली के अंडों से भी ज़्यादा टेढ़ी फ़रमाइशें कीं। उन्होंने कोहकन[18] को काने-ज़र[19] समझकर सुनहरी रूपहली नहरें खोद लीं। वह तेशे[20] चलाए कि सोत[21] फूट निकली और फिर हज़रते-आशिक़ सूखी गाय की तरह थान से निकाल दिए गए।

और फिर दुनिया की क़लाबाज़ियों से बदहवास[22] होकर हीरो-ज़मींदार बना। फिर लूट-खसोटकर सीधा-सादा इंसान रह गया। लोट-पोटकर जब ये हीरो शहज़ादे से इंसान बना तो भी उसने वह अपना पुराना पेशा न छोड़ा, सिवाय इश्क़ और धंधा

---

10. आज्ञाकारी नौकर, 11. जान को हथेली पर रखकर कार्य करना, 12. प्रेमिकाएँ, 13. शरीर, 14. कई, 15. मुसीबत की मारी, 16. विजेता सैनिकों द्वारा लूटा हुआ माल, 17. एक प्राणी जिसकी उत्पत्ति अग्नि से मानी जाती है, और वह दिखाई नहीं देता, 18. पहाड़ खोदने वाला (फ़रहाद), 19. सोने की खानें, 20. कुदाल, 21. पानी की धार जमीन से निकलना, 22. बौखलाकर,

ही कुछ नहीं। कोई कहानी, कोई क़िस्सा तब तक मुकम्मल नहीं हो सकता जब तक कि हीरो किसी हीरोइन पर आशिक़ न हो जाए। अगर वह क्लर्क है तो मैनेजर की लड़की के मोटर की ख़ाक फाँके। अगर तालिबे[23]-इल्म है तो प्रोफ़ेसर की लड़की या और किसी तालिबे-इल्म का दुमछल्ला बन जाए। मज़दूर है तो सेठ की बेटी की बाँकी चितवन का शिकार हो जाए। अगर बेरोज़गार है तो कम्पनियों के मालिकों की लड़कियों पर फ़िदा होकर अपनी सारी नाकामी का इल्ज़ाम उनके सर पर थोप दे। अगर गाँव सुधार को भेजा जाए तो ज़मींदार की लड़की पर मर मिटे। मुल्क की ख़िदमत को जाए तो छाँट कर दुश्मनाने-कौम[24] की लड़कियों से आँख लड़ाए। ग़रज़ आशिक़ होने का पक्का इन्तिज़ाम हो वर्ना वह हीरो न बन सकेगा। इश्क़ चूँकि अन्धा होता है, इसका बहुत ख़याल रखें कि कहीं ख़ुदा न करे इश्क़ में कामयाब आसानी से न हो जाए। इश्क़ वही ज़ोरदार साबित होता है, जिसमें माशूक़ का आशिक़ के गले में मुस्तक़िल अज़ाब की सूरत में लटक जाने का ख़द्शा[25] न हो वर्ना सारा इश्क़ किरकिरा हो जाएगा। अगर महबूबा दमे की तरह हुक के साथ हो जाए और हर साल एक बवाल[26] का इज़ाफ़ा[27] करने पर तुल जाए तो समझ लीजिए हीरोइयत के गले पर छूरी फिर गई। अगर ख़ुदा न करे ये मुसीबत टूट पड़े तो वाजिब है कि हीरो फिर किसी नामुमकिन[28]-सी जगह इश्क़ करे ऐसी लड़की से, जो किसी सूरत में भी उसकी ज़िन्दगी में न कूद सके। वह सिर्फ़ इश्क़ करता रहे और यही उसे ज़ेब[29] देता है क्योंकि वह हीरो है और हीरो के सीने में दिल होता है। उसमें सिवाय सौदाए-इश्क़[30] और क्या ठूँसा जा सकता है। ये सारी ले-दे इश्क़ ही की तो है। जिस तरह दिल की शक्ल लम्बोतरी से चौखूटी नहीं हो सकती, उसी तरह इस लम्बोतरी शै[31] में सिवाय जुनूने-उल्फ़त[32] और कुछ नहीं समा सकता।

और जब हीरो कहीं इश्क़ का काँटा मारे तो लाज़िमी[33] है कि बस उसी की धुन में सीना-कोबी[34] करता, सर्द आहें भरता और क़दम मारता चला जाए। उसे क़तई इस बात की ज़रूरत नहीं कि वह पल भर को भी सोचे कि वह किस दुनिया में रहता है और क्यों रहता है। उसे जो तनख़्वाह मिलती है, वह ज़िन्दगी के जुम्ला[35] टैक्स चुकाने के लिए काफ़ी है या नहीं और क्यों? उसे तो बस दुनिया का सबसे बड़ा ज़ुल्म यही नज़र आता है कि उसकी मंज़ूरे-नज़र[36] वक़्ते-ज़रूरत[37] उसकी आग़ोश[38] में नहीं आती। वह अगर कुँआरी है तो उसका कोई कटखना-सा रिश्तेदार कुंडली मारे उसके गिर्द पहरे दे रहा है। अगर शादी-शुदा है तो उसका नालायक़ और नाकारा, जी हाँ, नाकारा ही हुआ, कमबख़्त शौहर वक़्त-बेवक़्त आ

---

23. विद्यार्थी, 24. देश के दुश्मनों, 25. सन्देह, भय, 26. मुसीबत, जंजाल, 27. बढ़ोतरी, 28. असम्भव, 29. शोभा, 30. प्रेम का पागलपन, 31. वस्तु, 32. प्रेम का पागलपन, 33. आवश्यक, 34. छाती पीटता, 35. सारे, 36. प्रिय, 37. आवश्यकता का अवसर, 38. गोद,

टपकने की धमकी देता है। और अगर आज़ाद-पेशा है तो कमबख़्त जिस्म को बेचती है, मुफ़्त नहीं बाँटती, भाव-ताव करती है, नदी-नाले की तरह हर प्यासे को सेराब[39] नहीं करती और अगर मुफ़्त बाँटने को तैयार भी हो जाए तो घर की मालिक तूफ़ाने-बदतमीजी बरपा किए देती है। अगर गाँव की अल्हड़ छोकरी है तो कमबख़्त के पेट में बच्चा रह जाता है जिसे समाज बिन बुलाया मेहमान या बिना पर्मिट का समझती है। एक मुसीबत हो तो कोई भुगते। इससे तो कहीं सीधे बेचारे पुराने ज़माने में देव भूत होते थे कि हीरो मज़े से पटे के हाथ दिखाता उन्हें फूँकों से उड़ाता चला जाता था। लेकिन ये आज की मुसीबतें तो बस हर क़दम पर अड़ँगा लगाती हैं।

अब रही हीरोइन। तो ये वही पुराने ज़माने के एक बादशाह की कोई भी लड़की होनी चाहिए। वही जो अपने आशिक़ों को मुतवज्जेह[40] करने के लिए जूतियाँ उछाला करती थी। उस शहज़ादी का ख़ूबसूरत होना और जो कमबख़्त काफ़ी खुर्री हुई तो शहज़ादे तो जूते से ख़ाक उधेड़कर चलता बनेगा, वह भी शहज़ादे को झिरी-झरोखों से देखकर बेहोश हो जाती थीं। ख़ुद बे-तरह आशिक़ होकर भी वह ज़ालिम आशिक़ को तिगनी का नाच नचवाकर ही क़बूलती थी। ठंडी आहें भरने और आँसू बहाने के अलावा उसे कुछ और नहीं करना पड़ता था। ये माशूक़ का किर्दार तो बस आसानी से बनाया जा सकता है। ज़रा आँचल लहरा देना, आँखों से अज़ क़िस्म तीरो-तुफ़ंग[41] बरसा देना या फैला-फैलाकर अँगड़ाइयाँ लेना, सीने पर से दुपट्टा फिसला देना और दो-चार कारामद लटके, बस काफ़ी हैं। जब शहज़ादे का राज-पाट छिना तो शहज़ादी भी दुनिया में फिसल आई। मगर हुस्न की बिजलियाँ बराबर कौंधती रहीं। ज़िन्दगी के हर मोड़, हर नुक्कड़ पर वह अपनी रानाइयों[42] का पिटारा लिये ताक में खड़ी रहती है कि हर आने-जानेवाले पर दे मारे और फिर जब दोनों तरफ़ बराबर आग लग जाती है, मसाइब[43] अपने फन उठाते हैं। पहले तो उसके बाप-भाई ही पहरे देते हैं। फिर या तो उसके आशिक़ का रक़ीब[44] उसे ब्याह ले जाता है और आशिक़ मुड़-मुड़कर देखता रह जाता है या काफ़ी भागम-भाग के बाद आशिक़ ही कामयाब हो जाता है। अव्वलुज़्ज़िक्र[45] हालात में इश्क़ ख़ूब परवान चढ़ना है, लैला-मजनू, शीरीं-फ़रहाद, हीर-रांझा वाली बात रहती है और आख़िरकार हीरो हीरोइन वहाँ चले जाते हैं जहाँ से कोई भी ख़बर नहीं आती, यानी घर-गृहस्थी के चक्कर में सब दाँव-पेच ख़त्म हो जाते हैं। हीरोइन के लिए लाज़िमी[46] है कि इश्क़ के हाथों मजबूर हो और शादी करते वक़्त वह समाज और वालिदैन[47] के सर सारा इल्ज़ाम मंढ़ दे।

---

39. तृप्त, 40. ध्यानाकृष्ट, 41. तीर और बन्दूक़ से, 42. सुन्दरता, 43. मुसीबतें, 44. प्रतिस्पर्द्धी, 45. आरम्भिक, 46. आवश्यक, 47. माता-पिता,

हीरोइन के लिए ये भी बहुत ज़रूरी है कि वह तालीम-याफ़्ता[48] न हो, क्योंकि तालीम पाकर वह निहायत ख़ुर्रांट हो जाती है। वह लटके भी कुछ भूल-भाल जाती है, ऐन मौक़े पर नीची नज़रों से तीर बरसाने में क़तई फ़ेल, आँचल ढलकाकर सीने का उभार दिखाने का रत्ती भर सलीक़ा नहीं। निहायत खुर्री और पक्की होती है और जो कोई ज़रा जानदार होती है तो वह सख़्त बदमाश होती है बिलकुल तवाइफ़ की-सी बातें और वह हथकंडे, यक़ीन न आए तो फ़िल्म कम्पनियों के डायरेक्टरों से पूछिए। वह आपको बता देंगे कि तालीम-याफ़्ता लड़की हीरोइन हो ही नहीं सकती। वह कुछ हो सकती है तो वही जो एक डायन हो सकती है। हीरोइन को सिर्फ़ इतना पढ़ना चाहिए कि वह आशिक़ाना ख़त लिखे और मुहब्बतनामे[49] पढ़ सके।

लेकिन सबसे ज़्यादा कारामद हीरोइन वह है जो आपके गाँव में मिलती है। निहायत अल्हड़, आसानी के लिए चोली फटी और लहँगा बसरी लगा मुफ़्त में हाथ आ जाएगा। अब वह ख़्वाह तीरे-नज़र बरसाए या न बरसाए, सच्ची मुहब्बत ख़त से हो जाएगी। उसके बाप-भाई भी मज़ीद आसानी बहम पहुँचाने के हक़ में जुते रहते हैं। लिहाज़ा बड़े आराम से हमारा हीरो नदी के किनारे जा सकता है, वहाँ हीरोइन बकरियाँ चराती मिल ही जाएगी। हीरोइन को बकरियाँ इसलिए चराना चाहिए कि इश्क़बाज़ी के लिए मैदान अच्छा मिलता है। मज़े से उधर बकरियाँ चर रही हैं, इधर इश्क़ चल रहा है। अब हीरो चाहे तो उस जंगली दोशीज़ा[50] की तस्वीर उतारना शुरू कर दे या और कोई इस क़िस्म का बहाना तलाश ले। प्यार से सर पे पत्थर-वत्थर या बहुत ज़्यादा हकीक़त पसन्द है तो दरिया में डूबते-डूबते बच जाए। बचना अशद[51] ज़रूरी है, वर्ना कहानी की इब्तिदा[52] अलमीया[53] हो ही जाएगी। ज़ाहिर है कि हीरोइन मुतवज़्ज़ेह होगी और उसका सर ज़ानू[54] पर रखेगी। उस वक़्त वह होश में आकर उस पर फ़रेफ़्ता हो सकता है। या जब वह अपने दुपट्टे की ग़लाज़त से सेप्टिक होने के खौफ़ को दबाकर उसका हाथ-पाँव पकड़ ले और फिर यक़ीनन उसे चरवाही के सफ़ेद कबूतरों के से पेट, मोमी उँगलियाँ और घनी पलकों के दराज़ साये, बाज़ू की गोलाई पर ग़ौरो-ख़ौज़[55] करने का मौक़ा मिल जाएगा।

इतना वाज़ेह[56] रहे कि भोली-भाली गाँव की दोशीज़ा तो आपको हिन्दोस्तान में भेड़-बकरियों की तरह मिल जाएगी, मगर भूलकर भी बंगाल की तरफ़ रुख़ न कीजिएगा। वहाँ की दोशीज़ा तो अकाल की भंभोड़ी-चचोड़ी हड्डी रह गई है। दक्खिन की तरफ़ भी न जाइएगा क्योंकि अनाज की महँगाई ने वहाँ की दोशीज़ा को

48. शिक्षित, 49. प्रेम-पत्र, 50. कुमारी, 51. अति, 52. आरम्भ, 53. दुखान्त, 54. घुटना, 55. सोच-विचार, 56. स्पष्ट,

भी चूस डाला है। गुजरात महाराष्ट्र की मछेरन के पास भी इस वक़्त इश्क़बाज़ी के लिए वक़्त नहीं है क्योंकि वहाँ भी ग़ल्ले की कमी ने उसे मक्का की रुखी रोटी खाने को मज़बूर कर दिया है। तेल की महँगाई की वजह से उसके बाल अब नागों की तरह फुँकार नहीं मारते। उसकी फटी चोली के सूराख़ में से मक्खन में गुँधी हुई लोई के एवज़ ख़ारिशज़दा[57] ठिठरे हुए लोथड़े नज़र आते हैं। पंजाब से भी आपको कुछ नहीं मिलेगा। जो कुछ था वह गलियों-सड़कों पर चील-कव्वे और गिद्ध खा गए। कश्मीर, जहाँ ज़ाफ़रान[58] के हर रेशे के साथ दोशीज़ाएँ चली आती हैं, अब उन्हें चश्मों के किनारे हुस्नो-इश्क़ की आँख-मिचौलियाँ खेलने की फ़ुर्सत नहीं, वह तो इश्क़ से कहीं ऊँची कहीं ज़्यादा दिलचस्प और रंगीन मक़्सद के पीछे दौड़ रही हैं। अब उन्हें आलूचे के झुंड में आँखें मारने की फ़ुर्सत नहीं, क्योंकि नज़रों के तीरे-नीमक़श[59] के एवज़ हाथों में राइफ़ल और लाठियाँ हैं। हीरो से कह दीजिए : ज़रा सँभल के, ये मैदाने-इश्क़ नहीं मैदाने-जंग है।

ज़िन्दगी है कि तूफ़ाने-बदतमीज़ी[60]। कोई क्या कहानी लिखे? हीरो मुँह फुलाए बैठा है। आहें भर-भर के उसका सीना धौंकनी की तरह फूल गया है, क्योंकि पेट का तन्दूर ठंडा पड़ा है। इश्क़ तो दुम दबाकर भाग चुका है और ज़िन्दगी नीम-बिस्मिल[61] कबूतर की तरह फड़फड़ा रही है। कहते हैं एक दफ़ा दमिश्क़ में भी ऐसा अकाल पड़ा था कि आशिक़ो-माशूक़ चौकड़ी भूल गए थे। तो क्या हिन्दोस्तान का ज़ज़्बए-इश्क़ उस ख़ून की बरसात से धुँधला भी नहीं पड़ा होगा। ज़रूर पड़ी होगी ओस, तभी तो हीरो ऐसा संगदिल हो गया है कि लाठी चार्ज और तीरे-नज़र से घायल होने की सक़त[62] ही नहीं छोड़ी है। वह उकताया हुआ कह रहा है : ऐ दोशीज़ा तुम्हारे ढलते आँचल मेरी ज़िन्दगी को रौंदती हुई चट्टानों से नहीं हटा सकते, मुझे शराबे-उलफ़त पिलाने के बजाय असली दूध की दो गर्म-गर्म चाय की प्यालियाँ पिला दो तो बड़ा करम हो। तुम्हारे उलझे हुए ख़ुश्क बाल सन की रस्सियों की तरह जिस्म में चुभ रहे हैं, उन्हें समेट लो। उस वक़्त तक उन्हें परेशान न करना, जब तक कि ये तेल फुलैल से महक न उठें। नाज़-नख़रे कम करो। हाथों की मेहन्दी छुड़ाकर ज़रा इस लुढ़कती हुई चट्टान को सहारा दो।

हीरोइन अलग बाल बिखराए टसुए बहा रही है। बहुत दिन तक तुम मेरे हुस्न के झूठे गीतों से अपने गीतों को आलूदा करते रहे, अब मेरे कान पक गए सुनते-सुनते तुम्हारी बकवास, तुम झूठे हो, तुम्हारा फ़ल्सफ़ा झूठा। मेरे होंठ जिन्हें तुम गुलबर्ग तर कहते हो, काँटों से भी ज़्यादा ख़ुश्क हैं। मैंने आज तक किसी पर नैन-बाण नहीं चलाए क्योंकि मेरी आँखें तो बचपन ही में दुख-दुख कर चुँधिया चुकी हैं

---

57. खुजली का रोगी, 58. केसर, 59. वह तीर जो घाव में से आधा खींचकर छोड़ दिया गया हो, 60. हुल्लड़, 61. घायल, अधमुआ, 62. शक्ति,

और पलकें झड़ चुकी हैं। मेरी फटी चोली में से छलकते हुए नीम-मुर्दा गोश्त को देखकर ज़ेह्‌नी चटख़ारे न लो, इसमें खुजली और जुओं ने घाव डाल दिए हैं। कहाँ हैं गद्‌दर अनार और पक्के अमरूद। तीन दिन से नन्हा भूख से बिलबिला रहा है। न गाओ मेरी इस्मत[63] और तक़द्‌दुस[64] के नग़मे[65] कि मैं सड़क के बीचोंबीच दुल्हन बन चुकी हूँ। मुझे इश्क़ो-मुहब्बत की घात के झरोखों में न बिठाओ। मेरे हाथ में बेलचा दे दो। एक हाथ से मैं नन्हे का पलंग उछालूँगी और दूसरे से धान कूटूँगी। फिर भी मेरे लब तुम्हारे बोलों के लिए ख़ाली रहेंगे। इस फ़िक्र में क्यों घुले जाते हो। ज़रा एक बार हुस्नो-इश्क़ के बोसीदा बिस्तरे उठाकर मुझे अपने पास खड़ा तो कर लो, फिर देखना। फिर भी अगर आपको मेरा यक़ीन नहीं आता तो कृशन[66] से पूछिए कि क्यों चम्पाकली से ज़्यादा नाज़ुक और महकती दोशीज़ा 'पेशावर मेल' बनकर दनदनाने लगी। और क्यों उसका मरगिल्ला रोता-बिसूरता मजनूँ 'तीन ग़ुंडे' बन बैठा और क्यों उसमें 'नज़ारे' पुकार-पुकारकर कहते हैं कि हम वहशी हैं। अब्बास[67] से पूछिए, वह बताएगा कि क्यों उसकी एक लड़की की रानाइयाँ 'अजनता' की बेजान चट्टानों में मंछन्द होकर रह गईं, सरदार जाफ़री से पूछिए कि क्यों उसका सर नई दुनिया के सलाम को बेसाख़्ता झुक गया।

और क्यों हर क़लम ख़ून के आँसू रो रहा है। क्योंकि काग़ज़ का पुर्ज़ा-पुर्ज़ा फ़र्ते-अलम[68] से लरज़ रहा है। हर अख़बार और रिसाले के सीने में शोले क्यों लपक रहे हैं और क्यों किताब के सफ़्हों[69] में चिंगारियाँ-सी दबी सुलग रही हैं।

इंसानियत शैतानीयत से पिटकर रो रही है। हुस्नो-इश्क़ एक-दूसरे की मौत पर गले मिल-मिलकर मातम कर रहे हैं।

तो मैं कैसे कहानी लिखूँ? कहानी के लिए मसाला कहाँ?

---

63. सतीत्व, 64. पवित्रता, 65. गीत, 66. कृशन चन्दर (लेखक), 67. ख़्वाजा अहमद अब्बास (लेखक), 68. दुख की अधिकता, 69. पन्नों।

क्रम

कहानी

फ़सादात और अदब

फ़सादात का सैलाब अपनी पूरी ख़बासतों[1] के साथ आया और चला गया मगर अपने पीछे ज़िन्दा-मुर्दा और सिसकती हुई लाशों के अम्बार छोड़ गया। मुल्क के ही दो टुकड़े नहीं हुए, जिस्मों और ज़ेहनों का भी बँटवारा हो गया। कद्रें[2] बिखर गईं और इंसानियत की धज्जियाँ उड़ गईं। गवर्नमेन्ट के अफ़सर, दफ़्तरों के क्लर्क मा' मेज़, कुर्सी, क़लम, दवात और रजिस्टरों के माले-ग़नीमत[3] की तरह बाँट दिए गए और जो कुछ इस बँटवारे के बाद बचे, उन पर फ़सादात ने दस्ते-शफ़्क़त[4] फेर दिया। जिनके जिस्म सालिम[5] रह गए उनके दिलों के हिस्से-बख़रे हो गए। एक भाई हिन्दोस्तान के हिस्से में आया तो दूसरा पाकिस्तान के। माँ हिन्दोस्तान में है तो औलाद पाकिस्तान में। मियाँ हिन्दोस्तान में तो बीवी पाकिस्तान में। ख़ानदानों का शीराज़ा बिखर गया। ज़िन्दगी के बन्धन तार-तार हो गए। यहाँ तक कि बहुत-से जिस्म तो हिन्दोस्तान में रह गए और रूह पाकिस्तान चल दी।

फ़सादात और आज़ादी कुछ इस तरह गडमड होकर वारिद हुए कि ये क़ियास[6] लगाना दुश्वार हो गया कि कौन-सी आज़ादी, आज़ादी है और कौन-सा फ़साद। लिहाज़ा जिसके हिस्से में आज़ादी आई, फ़साद आगे-पीछे लाई। एक बार ही तूफ़ान कुछ इस तरह बेकहे-सुने वारिद[7] हुआ कि लोग बिस्तर-बोरिया भी न समेट सके। पर जब ठंडक पड़ी तो जुम्ला[8] हवास[9] जमा करके चारों तरफ़ देखने का मौका मिला।

जब ज़िन्दगी का कोना-कोना इस भूचाल की इनायत[10] से तलपट हो चुका था तो ये कैसे मुमकिन था कि शायर और अदीब अलग-थलग बैठे रहते, जब ज़िन्दगी ख़ून में ग़ल्ताँ हो गई तो फिर अदब जिसका ज़िन्दगी से चोली-दामन का रिश्ता हो, कहाँ तक तर-दामनी[11] से बच सकता था। लिहाज़ा हिज्रो-विसाल[12] के झगड़े भूल-भालकर लोग हड्डी-पसली के बचाव की फ़िक्र में पड़ गए। शैतान के चेलों के अन्दाज़ वह दो-चार हाथ अन्दाज़े-माशूक़ाना से भी आगे

1. अपवित्रताओं, 2. मूल्य, 3. युद्ध में लूटे गए माल की तरह, 4. प्यार भरा हाथ, 5. सुरक्षित, 6. अनुमान, 7. आया, 8. सारे, 9. इंद्रियाँ, 10. कृपा, 11. लिप्तता, 12. विरह और मिलन,

निकल गए। पनाह-गुज़ीनों[13] के क़ाफ़िलों ने क़ैस-ओ-फ़रहाद की सहरावर्दी[14] पर ख़ाक डाल दी। यहाँ तक कि ग़ज़ल भी जिसे जागीरदारी की नाज़पर्वर[15] कहा जाता है, चौकड़ी भूलकर कूचए-जानाँ[16] से निकल भागी और जले हुए बाज़ारों, लुटे हुए मकानों और कुचली हुई इंसानियत के अम्बारों में भटकने लगी। इसके सिवा चारा भी तो न था। आख़िर ग़मे-जानाँ[117] को एक दिन बढ़कर ग़मे-दौराँ[18] हो जाना था।

ज्यों ही अदीबों और शायरों के होश-ओ-हवास दुरुस्त हुए, अपने मक़्सद की तरफ़ मुतवज्जे हो गए। उनके मुख़्तलिफ़ ख़यालात और जज़्बात में हामी[19] नज़र आते हैं, तरक़्क़ीपसन्द[20] भी और रजअतपसन्द[21] भी और वह भी जो न तरक़्क़ी पसन्द हैं न रजअतपसन्द, दरमियान का कोई मुअम्मा! कुछ तो उनमें ऐसे थे जो गारा-मिट्टी और चूना लेकर फ़ौरन लीप-पोतकर डट गए।

टूटी दीवारें फिर से उठाईं, टपकती छतों पर मिट्टी डाली, मिस्मार[22] दीवारों को नए सिरे से समेटा...ये हुए वह जिनकी तख़लीक़ात[23] का मक़सद तामीर[24] था...इस सफ[25] में पेश[26] वही नज़र आते हैं जिन्होंने विदेशी राज के साए में जन्म लिया था मगर इस साये से अर्सा हुआ उकता चुके थे! जो इस विदेशी हुकूमत के हाथों नालाँ[27] उसके जाने की राह देख रहे थे और जैसे ही उन्होंने देखा कि सफ़ेद चमड़ी वाले लुटेरे हिन्दोस्तान से चले गए, वह नन्हे बच्चों की तरह तालियाँ बजा-बजाकर नाचने लगे। आज़ादी के नशे ने उन्हें ऐसा मदहोश कर दिया कि वह सड़कों पर नाचते-गाते, कूदते, मचलते ज़रा भी तो न झेंपते, ज़रा भी तो न शर्माते और शर्माने की फ़ुर्सत किसे थी। यूनियन जैक नीचे फिसल रहा था, तिरंगा ऊँचा हो रहा था और वतन-परस्तों[28] के दिमाग़ सातवें आसमान पर चढ़ गए। सिनेमा में जैसे चवन्नी वाले, हीरो को घोड़े पर आता देखकर सीटियाँ बजा-बजाकर नाचते हैं, बिलकुल उसी तरह नशा आज़ादी के मतवाले तिरंगे हीरो को अर्श[29] पर चढ़ता देखकर गली-गली, कूचे-कूचे नाचने-थिरकने लगे। "झूम-झूम कर नाचो आज गाओ ख़ुशी के गीत" प्रेम धुनों ने गाया। "बढ़ो कि रक़्स-ओ-रंग है, उठो कि नौ बहार है" जोश[30] साहब गरजे। "बड़े नाज़ से आज उभरा है सूरज/हिमालय के ऊँचे कलस जगमगाए" जज़्बी[31] ने बेताब होकर कहा।

"ऐ रोदे-गंगा गीत गा, इठला के चल मौजे-चमन
हाँ ऐ हिमालय झूम जा, रक़्साँ हुआ कोहो-दमन

---

13. शरणार्थियों, 14. जंगलों में मारा-मारा फिरना, 15. जिसका पालन-पोषण लाड़-प्यार से हुआ हो, 16. प्रेमिका की गली, 17. प्रेमिका का दुख, 18. सांसारिक दुख, 19. पक्षपाती, 20. प्रगतिशील, 21. प्रतिक्रियावादी, 22. ढही हुई, 23. रचनाओं, 24. निर्माण, 25. पंक्ति, 26. आगे, 27. बावैला करते हुए, 28. देशभक्तों, 29. आकाश, 30. प्रसिद्ध शायर 'जोश' मलीहाबादी, 31. प्रसिद्ध शायर, मुईन अहसन 'जज़्बी',

हाँ ऐ अजंता के बुतों नग़्मासरा हो, नग़्माज़न
आज़ाद है, आज़ाद है, आज़ाद है हिन्दोस्ताँ'' जाँ निसार अख़्तर ने झूमकर कहा।
''मेरी दिल्ली, मेरी महबूबा दिल्ली,
अब तू ग़ासिब[32] शहनशाहों की दाश्ता[33] और ख़ुदकाम[34] जागीरों की लौंडी नहीं है।
ग़ैर-मुल्कों के सरमायदारों की मंडी नहीं है।
तू हमारी उम्मीदों का मर्कज़[35] है ख़्वाबों की ताबीर[36] है।
आरज़ू की तस्वीर है!
तेरे चेहरे पे मैं आज एक नूर-सा देखता हूँ...'' जाफ़री[37] ने ललकारा।

लेकिन 15 अगस्त भी आया तो ठहरने के लिए नहीं, जाने के लिए और अपने पीछे खिसियाए-रुहाँसे और मुँह बिसूरते हुए इंसानों का सैलाब छोड़ गया। गाते दिल ख़ामोश हो गए, नाचते पैर थम गए। जो रक़्साँ भी रहे, वह न जाने किस ताल-सुर के बलबूते पर जले हुए दिल सोचने लगे और ये समझने लगे। मालूम हुआ चार लोग पन्नी का चाँद पकड़ाकर चल दिए जिसका मुलम्मा[38] इतना कच्चा कि दो दिन न ठहर सका। जिसे सुब्हे-सादिक़[39] जाना, वह सिर्फ़ एक पटाख़ा था जिसकी आरिज़ी[40] रौशनी में भोले दिल झूम उठे थे। जाने वाले किस चालाकी से कटे जिस्म छोड़ गए और सितम-ज़रीफ़ी[41] देखिए कि आज़ादी के दो टुकड़े करके पकड़ा गए, कहने को कह दिया कि हिन्दोस्तान हिन्दोस्तानियों को, पाकिस्तान पाकिस्तानियों को दे दिए गए। जब हिसाब-किताब किया तो ये पता चला जो कुछ मिला हिन्दोस्तान के सरमायादारों और पाकिस्तान के जागीरदारों को मिला। जो हाथ पहले ख़ाली थे, वह अब भी ख़ाली हैं। अंधे ने बाँटीं रेवड़ियाँ अपनों ही को देता चला गया। चुनाँचे जोश साहब बिफरकर बोले :

''ये पैबंद ये क़त्अ-ये काट-छाँट, अबतरी
शिनावरों[42] की डुबकियाँ - मुजाहिदों[43] की बेपरी,
ख़िज़ाँ कहोगे फिर किसे, अगर यही बहार है।''

और सरदार जाफ़री ने दाँत पीस कर कहा :

''कौन आज़ाद हुआ?
किसके माथे से ग़ुलामी की स्याही छूटी?
मेरे सीने में अभी दर्द है, महकूम[44] का
मादरे-हिन्द[45] के चेहरे पे उदासी है वही

---

32. ज़बर्दस्ती छीन लेने वाला, 33. रखैल, 34. निरंकुश, 35. केन्द्र, 36. स्वप्नफल, 37. प्रसिद्ध शायर अली सरदार जाफ़री, 38. किसी धातु का पानी चढ़ाया हुआ, 39. सच्चा सवेरा, प्रभात, 40. थोड़ी देर की, 41. विडंबना, 42. तैराकों, 43. संघर्ष करनेवाले, 44. पराधीनता, दासता, 45. भारत माता,

ख़ंजर आज़ाद है, सीनों में उतरने के लिए
मौत आज़ाद है लाशों पे गुज़रने के लिए।''

और मजाज़[46] ने चुपके से कहा :

''ये सब ख़ून में, हाथ हैं जिसके तर
यही थे मसीहा, यही थे ख़िज़र।[47]''

उधर से अहमद नदीम क़ासिमी[48] ने इत्तिला दी कि यहाँ भी ख़ैरियत नहीं :

''रोटियाँ बोटियों में तुलती हैं/इस्मतों की सजी दुकानों पर
पेट भरने के बाद नाचता है/ख़ून का ज़ायक़ा ज़बानों पर।''

और मज़रूह ने चिढ़कर कहा :

''अब वह ग़मे-ज़िन्दाँ[49] देते हैं, जिनको ग़मे-ज़िन्दाँ होना था।''

और अख़्तर ने बिसूरकर कहा :

''मैं तो यूँ ख़ुश था कि आज़ाद हुआ मेरा वतन
...मगर उन्हें जल्दी ही मालूम हो गया कि
हाथ लगते ही तो रंगे-गुले-तर[50] छूट गया
हार गुँधने भी न पाया था, अभी टूट गया
जाम लब तक भी न आया था, अभी टूट गया
मेरे ख़्वाबों को नहीं, कोई मुझे लूट गया।''

ग़रज़ हर तरफ़ से ले-दे शुरू हो गई, लेकिन इससे पहले कि मुल्क की जवाबदेही की तलब ज़ोर पकड़े, एकदम से फ़सादात का धावा पूरी ताक़त से सर पर छोड़ दिया गया। साफ़ ज़ाहिर है कि हुक़ूक़[51] की तलबी से ध्यान हटाकर पहले फ़सादात की रोकथाम ज़रूरी समझी गई। हिन्दोस्तान और पाकिस्तान के बेशतर तरक़्क़ीपसन्द अदीब फ़ौरन इस तरफ़ मुतवज्जेह हो गए और दूसरे तरक़्क़ीपसन्द अनासिर[52] की हमराही में काम शुरू कर दिया गया। चाक़ू और छूरी का वार क़लम पर रोका गया। गो रजअतपसन्दों ने चाक़ू-छूरी ही का साथ दिया, मगर फ़त्ह[53] तरक़्क़ीपसन्द अनासिर की हुई। ये ऐसा वक़्त था जब जान की क़ीमत एक मुट्ठी रेत हो गई थी। शरणार्थियों की फ़ौज को निहत्था मैदान में छोड़ दिया गया था। हर मुतालबे के जवाब में फ़साद की आग दूनी भड़का दी जाती थी। कर्ता-धर्ता पीठ मोड़े खड़े थे। मुस्लेहे-क़ौम[54] न जाने कहाँ ऊँघ रहे थे। उस वक़्त अदीबों ने ड्रामे के फ़न का बहुत अच्छा मुरक़्क़ा[55] ''मैं कौन हूँ?'' डेढ़ घंटे में बैठकर घसीट डाला, रिहर्सल किया और उसी शाम शहर के कई हिस्सों में उसे फैला दिया गया। उस वक़्त अब्बास

---

46. प्रसिद्ध शायर अस्रारुलहक़ 'मजाज़', 47. एक अमर पैग़म्बर जो भूले-भटकों को रास्ता बताते हैं, 48. पाकिस्तान के कवि और कहानीकार, 49. कारावास का दुख, 50. गुलाब के फूल का रंग, 51. अधिकारों, 52. तत्त्वों, 53. जीत, 54. देश सुधारक, 55. चित्र,

के पास ये सोचने की फ़ुर्सत न थी कि इस जल्दबाज़ी से फ़न[56] को ठेस न लग जाए। उसके क़लम की हत्क न हो जाए, एक अदीब की अज़्मत[57] में फ़र्क़ न आ जाए और अगर ये सब कुछ सोच लेते तो शायद "मैं कौन हूँ ?" को फ़न का मुरक़्क़ा बना लेते, मगर वह उस आग के लिए छींटा न बन सकता जो उस वक़्त भड़क रही थी। उस भड़कती हुई दुनिया को शहपारों[58] से ज़्यादा छींटों की ज़रूरत थी।

उसी ज़माने में कृष्ण चन्द्र ने बाक़ाइदा एक मज़्बूत मोरचा क़ाइम करके अफ़्सानों, कहानियों और स्कैचिज़ की एक फ़ौज मैदान में उतार दी। जिस तेज़ी से फ़साद फैले उतनी तेज़ी से कृष्ण के अफ़्साने हिन्दोस्तान और पाकिस्तान के रिसालों के ज़रीए फैल गए। क़स्दन[59] या शायद अनजाने तौर पर ये बमबारी कुछ इस अन्दाज़ से की गई कि दुनिया में कहीं और ऐसी कोई दूसरी मिसाल न मिलेगी कि एक ही अदीब ने दवा की ख़ुराकों की तरह इस मुख़्तसर से अर्से में इतना कुछ लिखा हो और नुस्ख़ा मुफ़ीद साबित हुआ हो।

कृष्ण ने जो कुछ लिखा ज़ज़्बात की रौ से बचकर समझ-बूझकर और शायद ज़बरदस्ती लिखा, आमद[60] का गला घोंट कर और आर्वद[61] को लब्बैक कहा। वही लिखा जो उससे लिखवाना चाहा, जो मस्लहते-वक़्त[62] ने कहा।

ये वह वक़्त था जब दोनों फ़िरक़े एक-दूसरे से गुत्थम-गुत्था हो चुके थे। अभी गिनती तो हुई नहीं जो ये पता चले कि किस पार्टी ने ज़्यादा शिकार किए। अगर मुसलमानों ने दो हज़ार बरह्ना[63] औरतों के जुलूस निकाले तो हिन्दुओं ने चार हज़ार।

"मुसलमानों ने छह हज़ार, हिन्दुओं ने आठ हज़ार + आठ हज़ार = सोलह हज़ार, बत्तीस हज़ार, सौ हज़ार। अब कोई नेक-बख़्त अक़्लमन्द होता तो गिनकर बता देता कि जीत किस पार्टी के सूरमाओं को नसीब हुई ? वैसे तो हर जीता हुआ शिकस्तख़ूर्दा[64] से बदतर नज़र आता है। सब ही के सिर नदामत[65] से झुके हुए हैं। ऐसी हालत में जो कुछ कृष्ण चन्द्र, अहमद अब्बास, सरदार ज़ाफरी, अहमद नदीम क़ासिमी, अश्क, साहिर लुधियानवी, हाजरा मसरूर और इसी बिरादरी के दूसरे लिखनेवालों ने लिखा, उसे अज़ीज़ अहमद[66], हसन अस्करी[67] और एम. अस्लम अदब[68] मानने से इनकार करते हैं। उनका कहना है कि इन लोगों ने तराज़ू में तौल-तौलकर हर वहशी को बराबर का हिस्सा दिया है। हालाँकि उनका ख़याल है कि जुल्म सिर्फ़ हिन्दुओं और सिक्खों ने किए हैं। पता नहीं वह किस बिना पर ऐसा कहते हैं। शायद ज़ालिमों ने हिसाब-किताब का रजिस्टर उनकी ख़िदमत में पहुँचा दिया है वर्ना हर अक़्ल रखने वाला कह सकता है कि जुल्म दोनों फ़िरकों ने किए और एक-

---

56. कला, 57. महत्ता, 58. महान कृतियाँ, 59. जान-बूझकर, 60. वह विचार जो बिना सोचे आया हो, 61. वह विचार जो सोच-समझकर लाया गया हो, 62. समय की पुकार, 63. नग्न, 64. हारा हुआ, 65. लज्जा, 66/67. उर्दू साहित्य के आलोचक, 68. साहित्य,

दूसरे से बढ़-चढ़कर किए। उनकी राय में एक सही तस्वीर ही सही हालात की रहनुमाई कर सकती है। मिसाल के तौर पर कृष्ण चन्द्र को भी वही कुछ लिखना चाहिए था जो उसकी आँखों ने देखा। अगर वह ऐसा करता तो क्या होता। उस ज़माने में जबकि कृष्ण ने ये अफ़्साने लिखे, उसका घर शरणार्थी कैम्प बना हुआ था। मग़रिबी[69] पंजाब के लुटे लुटाए, ज़ेह्नी और जिस्मानी ज़ख़्मों और उनकी नागुफ़्ता-बेह[70] हालत देखकर कौन जाने कृष्ण चन्द्र के दिल में मुसलमानों के ख़िलाफ़ कितना शदीद जज़्बा उठा होगा। किसे मालूम उन ख़ाना-बरबाद अज़ीज़ों और प्यारों में बैठकर उसकी हक़ीक़त-बीं[71] आँखों पर कितनी अँधेरी चादर पड़ गई होगी। मगर वह कौन-सा जज़्बा और कौन-सी ताक़त थी जिसकी मदद से उसने इस चादर को चाक[72] करके बाहर झाँका। कई बार महसूस करके वह मुतअस्सिब[73] होता जा रहा है। वह इस फ़िज़ा से भागा होगा, ताकि उन दुखों की आहों की गर्मी से दूर हटकर तस्वीर के दूसरे रुख़ को अपनी तख़य्युल[74] की निगाह से जन्म दे। ढूँढ़-ढूँढ़कर ऐसी तस्वीरें चुनीं या तख़लीक़[75] कीं जिनकी नुमाइश के वक़्त तराज़ू से दोनों पलड़े बराबर रहें और उस वक़्त हर शख़्स जिसे अपने मुल्क से प्यार था यही करता जो कृष्ण ने किया। तराज़ू उठाकर एक पलड़े में चश्मदीद वाक़िआत और बीते हुए हालात रखे, दूसरे में तख़य्युल के खेंचे हुए नक़्शे। कोई और होता तो डंडी मार जाता या एम. अस्लम की तरह एक ही पलड़े की तराज़ू लेता या बक़ौल अस्करी साहब, न ज़ालिम को ज़ालिम कहता, न ज़ुल्म की मज़म्मत[76] करता। न बदी[77] को रोकना पसन्द करता और चन्द अहमक़ाना लतीफ़े लिखकर इसी इन्तिज़ार में बैठ जाता कि इंसान की नेकी जो बदी के साथ ज़रूर होती है कब तह से उछले और सतह पर आए। और फिर उसे ग़ैर-फ़ानी[78] तख़्लीक़ी अदब[79] का रुतबा देकर ख़राजे-तह्सीन[80] की उम्मीद करता। मेरे ख़याल में ख़्वाह कृष्ण चन्द्र ने अदब का गला घोंटा, फ़न की नज़ाकतों को कुचला, मसनूई अदब को जन्म दिया मगर वह अपने फ़र्ज़ से ग़ाफ़िल नहीं रहा। उसने प्रोपैगंडा किया और मुसलेह[81] बन बैठा। उस वक़्त जबकि हमें फ़नकार से ज़्यादा रहनुमा की ज़रूरत थी, उसने वही किया जिसकी ज़रूरत थी, मस्लहत थी। 'हसन अस्करी की नज़रों में मुस्लेह अहमक होंगे चूँकि वह ख़ुद मुस्लेह बनने की कोशिश में ये सब कुछ साबित किए दे रहे हैं। हमें हसन अस्करी की क़द्रों से कोई वास्ता नहीं, हमारे सामने अनगिनत क़द्रें मौजूद हैं। हम उन्हीं पर नज़रें रखेंगे।'

बावुजूद इन सब बातों के कृष्ण चन्द्र और दूसरे कई लिखनेवालों ने जो कुछ भी फ़सादात के बारे में लिखा, वह अदबी[82] नुक़्तर-नज़र[83] से किसी तरह भी नीचा

69. पश्चिमी, 70. अकथ्य, 71. यथार्थता और सच्चाई देखनेवाली, 72. फाड़कर, 73. धर्म सम्बन्धी पक्षपाती, 74. कल्पना, 75. रचना, 76. निन्दा, 77. बुराई, 78. अमर, 79. रचनात्मक साहित्य, 80. वाह-वाह, 81. सुधारक, 82. साहित्यिक, 83. दृष्टिकोण,

नहीं। 'हम वहशी हैं' का तर्ज़े-बयान[84], प्लाट और परवाज़े-तख़य्युल[85] के मामले में ख़ुद कृष्ण के गुज़श्ता[86] मजमुओं[87] पर भारी है, वह सोज़ो-गुदाज़, वह चुभन जो यहाँ के नज़ारों में थी, 'शिकस्त' में भी न थी। ग़रज़ सिवाय 'अन्नदाता' के रही भी न थी। हाल ही में जो कृष्ण की तह्रीरों में अतिशे-फ़िशानी सन्अत[88] पैदा हुई है और वह सिर्फ़ इस वजह से कि इन तह्रीरों[89] में एक लगन है, एक मक़्सद है, एक इरादा है और इसकी तक्मील है[90] और यही चीज़ें हैं जिसने उसे इतने बुलन्द मर्तबे[91] पर पहुँचा दिया।

दूसरी क़िस्म उन लोगों की है जो सीना कूट-कूटकर फ़िर्क़ावाराना[92] मातम कर रहे हैं और अपनी इस हरकत से फ़िस्ताई[93] ताक़तों की पीठ को ठोंक रहे हैं। ये जागीरदारी और सरमायादारी के पिट्ठू अवाम-दुश्मन और मौक़ा परस्त[94] हैं। मुल्क के बँटवारे के वक़्त जो माले-ग़नीमत[95] उनके हाथ आया उसकी हिफ़ाज़त में एड़ी-चोटी का ज़ोर लगा रहे हैं। मुल्क के टुकड़े होते वक़्त जो कुछ उनके हाथ लगा वह अवाम शायद उनके हल्क़ से निकालना चाहते हैं, इसलिए फ़िर्क़ावाराना ढोंग रचा-कर उनका ध्यान बँटाना चाहते हैं। ये अंग्रेज़ों के तरबीयत दिए हुए उनके जानशीन हैं। जब कभी हिन्दोस्तानियों ने आज़ाद होने की ख़्वाहिश ज़ाहिर की, फ़साद शुरू करा दिए गए और अब अंग्रेज़ चले गए (जिस्मानी तौर पर) तो उन गद्दी पाने वालों की इस नामनिहाद[96] आज़ादी की पोल खुलती नज़र आती। उनके लिए इसके सिवा कोई रास्ता न रहा कि मज़हब की आड़ लेकर मुल्क का बँटवारा कर डालें। और मरे पर सौ दुर्रे, आपस में ऐसे ख़ून-ख़राबे लेकर आओ कि एक अर्से के लिए मुत्तहदा[97] महाज़ का डर दूर हो जाए और इस बँटवारे को क़ाइम रखने के लिए अबदी मुख़ासमत[98] पैदा करने की ज़रूरत है। उन्हीं उसूलों के मद्देनज़र एम. अस्लम ने रक़्से-इबलीस[99] की तख़्लीक़ फ़रमाई[100]।

लेकिन रज्अतपरस्ती[101] के अलावा इस नाविल में न दम है न दिलचस्पी, अन्दाज़े बयान निहायत बचकाना और फुसफुसा। किसी एक भी वाक़िए पर अस्लीयत का धोखा नहीं होता क्योंकि शुरू से आख़िर तक एक वाक़िया भी मुअस्सिर[102] तरीक़े से नहीं पेश किया गया। किरदार निहायत बोसीदा और भोंडे हैं, सारे नाविल में बस दो अहमक़ क़िस्म के किर्दार हैं। सारे नाविल में आदमी टूटे-फूटे मुकालमों[103] के ज़रीए सुनी-सुनाई उड़ाते हैं, वह भी इतनी रूखी-फीकी तरह कि जी उकताने लगता है। किताब का हीरो यानी महबूब इलाही जो मश्रिक़ी

---

84. कथन, 85. कल्पना की उड़ान, 86. पिछले, 87. संग्रहों, 88. आग उगलने वाली कला, 89. लेखों, 90. पूर्ति, 91. ऊँची श्रेणी, 92. साम्प्रदायिक, 93. फ़ासिस्ट, 94. अवसरवादी, 95. लूटा हुआ माल, 96. तथाकथित, 97. संयुक्त, 98. दुश्मनी, 99. शैतान का नाच (एम. अस्लम का उपन्यास), 100. रचना की, 101. प्रतिक्रियावाद, 102. प्रभावशाली, 103. संवाद,

पंजाब में सब कुछ लुटाकर माँ को अपने हाथों से दफ़्न करके आया है, जिसकी एक शब की ब्याही दुल्हन को सिक्ख उठा ले गए हैं, निहायत मज़े से चाक़ो-चौबंद[104], साफ़ बिस्तर, बाक़र-ख़ानियों और शकर वग़ैरा के बारे में गुफ़्तगू करता है, लेकिन आख़िर में उसकी अग़वा-शुदा दुल्हन, 'स्टेट कोइन' की हीरोइन की तरह सबको मारती-पछाड़ती सही-ओ-सालिम पाक साफ़ दामन लौट आती है। पूरे नाविल में एक फ़िरक़े की तरफ़ से दूसरे फ़िरक़े की सात पीढ़ियों को कोसा है, और गालियाँ दी हैं। मगर कोई दूसरा इस नाविल को इसी नज़रीये के मातहत लिखता, जिसका ज़ोरे-क़लम एम. अस्लम से ज़्यादा होता, तो वाक़ई में नाविल ख़तरनाक हो सकता था, लेकिन यहाँ तो इस क़िस्म का कोई अंदेशा नहीं।

नाविल को छोड़िए, अस्ल चीज़ तो इसका दीबाचा[105] है जो हसन अस्करी साहब के ज़ोरे-क़लम का नतीजा है। पहले ही सफ़्हे को पढ़कर मालूम हो जाता है कि इस नाविल में क्या कुछ है और किस भद्दे तरीक़े से है। एम. अस्लम, हसन अस्करी और शायद अज़ीज़ अहमद के सिवा पाकिस्तान में किसी ने ख़्वाह वह तरक़्क़ीपसन्द है या नहीं, 'रक़्से-इबलीस' को नहीं सराहा और इससे पता चलता है कि रजअतपसन्दों का मुहाज़ हिन्दोस्तान और पाकिस्तान दोनों मुल्कों में मज़बूत है।

एम. अस्लम की चोट पर रामानन्द सागर ने भी एक नाविल 'और इंसान मर गया' लिखा। ये दोनों नाविल मैंने एक ही वक़्त में देखे। तकनीक को छोड़ कर जहाँ तक मवाद[106] और नज़रीये का सवाल है, दोनों में बड़ी क़रीब की मुशाबहत[107] है। रामानन्द सागर तरक़्क़ीपसन्द नहीं तो रजअतपसन्द भी न थे। उन्हें एम. अस्लम के साथ एक ही साथ में खड़ा करते मुझे बिलकुल ऐसा ही मालूम हो रहा है कि मैं ख़ुद वहाँ जा खड़ी हुई हूँ क्योंकि रामानन्द को मैंने हमेशा अपनी बिरादरी का एक फ़र्द[108] गर्दाना और यहाँ उन्हें और एम. अस्लम को हमख़याल[109] देखकर दुख हुआ। मसलन 'रक़्से-इब्लीस' में एम. अस्लम ने वह दुख बयान किए हैं जो सिक्खों और हिन्दुओं ने मुसलमानों पर किए।

'और इंसान मर गया' में रामानन्द सागर ने वह दुख बयान किए जो हिन्दुओं और सिक्खों पर मुसलमानों ने किए हैं।

एम. अस्लम के यहाँ भी एक सिक्ख मौजूद है जो मुसलमानों की जान बचाने के लिए अपनी जान ख़तरे में डालता है।

रामानन्द सागर को भी एक मुसलमान मौलाना मिल जाते हैं जो यही ख़िदमत अन्जाम देते हैं।

---

104. चौकस, 105. प्राक्कथन, 106. विषयवस्तु, 107. समानता, 108. व्यक्ति, 109. एक विचारवाले,

एम. अस्लम की हीरोइन को सिक्ख उठा ले जाते हैं और रामानन्द की हीरोइन को मुसलमान।

मगर यहाँ एम. अस्लम ने रामानन्द सागर से ज़्यादा तरक़्क़ीपसन्दी का सुबूत दिया है, जब उनकी हीरोइन ख़ुर्शीद पाकिस्तान लौट आती है तो उसका शौहर उसे बग़ैर सफ़ाई ही में क़ुबूल करने को तैयार हो चुका था।

रामानन्द सागर की हीरोइन जब लुट-लुटाकर पलटती है तो वह अहमक़ हीरो की सर्द-मेहरी[110] से दिल-बर्दाश्ता[111] होकर ख़ुदकुशी कर लेती है। रामानन्द सागर एक गिरी हुई औरत को उठाने में झिझक गए।

एम. अस्लम के यहाँ ख़ातिमा-बिलख़ैर[112] है। मुस्तक़्बिल उनके अपने ख़याल के मुताबिक़ रौशन है।

रामानन्द सागर के यहाँ यासियत[113] है, हमाक़त[114] की हद को पहुँची हुई नाउम्मीदी है।

एम. अस्लम के किरदार बचे-खुचे जो रह गए हैं वह नई ज़िन्दगी शुरू कर देते हैं। रामानन्द सागर के किरदार ज़ेहनी अख़लाकी और जिस्मानी ख़ुदकुशी कर लेते हैं। पागल होकर लोगों को काटने दौड़ते हैं और इसी बिर्ते पर हमदर्दी के उम्मीदवार नज़र आते हैं। इन बातों के अलावा 'रक़्से इबलीस' का दीबाचा हसन अस्करी ने लिखा है।

'और इंसान मर गया' का दीबाचा ख़्वाजा अहमद अब्बास ने लिखा है और इस मैदान में अहमद अब्बास ने अस्करी की रजअतपसन्दी पर सबक़त[115] ले जाने की कामयाब कोशिश की है।

अस्करी साहब फ़रमाते हैं, " 'रक़्से-इब्लीस' ही तख़्लीक़ी[116] और तामीरी[117] अदब है।"

अहमद अब्बास कहते हैं, "अँधेरे में उन्हें एक सितारा नज़र आया और वह रामानन्द सागर था, क्योंकि वह सोचता है इंसान मर गया। यही इंसान के न मरने का सुबूत है।"

पता नहीं ये किस क़िस्म का फ़ल्सफ़ा है। शायद रामानन्द सागर और अहमद अब्बास ही की समझ में आया हो कि यासियत ही अस्ल रजाइयत[118] है। जब रामानन्द सागर ने अपने नाविल में हर इंसान और हैवान को मार डाला तो अब्बास क़ाइल हो गए कि मौत ही अस्ल ज़िन्दगी है, बाक़ी सब हिमाक़त है।

अस्करी साहब फ़रमाते हैं, "फ़सादात के अस्ल ज़िम्मेदार सिक्ख हैं और हिन्दू मुसलमान बेचारे तो सिर्फ़ अपने बचाव के लिए कभी-कभी मार बैठते हैं।"

---

110. कठोरता, 111. उचाट मन, 112. मंगल अन्त (Happy Ending), 113. निराशा, 114. मूर्खता, 115. आगे निकलना, 116. रचनात्मक, 117. सुधारक, 118. आशावाद,

अहमद अब्बास का ख़याल है कि अवाम ही फ़साद के ज़िम्मेदार और बानी[119] हैं। उन्होंने शौक़िया[120] एक-दूसरे का गला काटा और वह विदेशी हुक्मरानों और सामराज के सालहा साल के किए-धरे पर पानी फेर देते हैं। वह यही सोचते होंगे कि इस क़िस्म के ज़िम्मेदार अवाम ही ने पाकिस्तान माँगा था और उन्हीं को मिल गया।

पाकिस्तान और हिन्दोस्तान के इस क़िस्म के लोग अपनी ऐसी तह्रीरों से इस तब्क़े[121] की परर्दा-पोशी[122] करना चाहते हैं। जो ज़ाती मफ़ाद[123] की ख़ातिर इस बँटवारे और फ़सादात के अस्ली बानी हैं। ये तब्क़ा किसी एक मुल्क की मिल्कीयत नहीं बल्कि चन्द मुल्कों के सिवा हर हिस्सऐ-ज़मीन पर, इसके पंजे गड़े हुए हैं, और इसी क़िस्म की हरकतें करके इसी क़िस्म के बहाने और हमाक़तें ढूँढ़ रहा है।

मगर हमें ख़ौफ़-ज़दा या नाउम्मीद न होना चाहिए। इस क़िस्म के अदब को न ही अवाम ने हाथों-हाथ लिया है और न ही अपनाया है। मुम्किन है वक़्ती तौर पर अवाम बहक जाएँ, मगर इन ढोल-ताशों से उन्हें ज़्यादा दिन नहीं बहलाया जा सकता।

इस तामीरी और तख़रीबी अदब के दरमियान और कड़ियाँ भी हैं, जिन में से एक तो वह है जिसका इज़्हार[124] मुमताज़शीरीं के अफ़्साना 'भारत नाट्य' में किया है। इस अफ़्साने का लुब्बेलुबाब[125] ये है कि भारत माता के टुकड़े हो गए। यह ख़ूब हुआ, पहले तो उसे ज़रा-सी तकलीफ़ हुई, मगर फिर वह क़ाइल हो गईं कि जो कुछ हुआ अच्छा हुआ। यहाँ उन्होंने हिन्दोस्तान को एक माँ बताया, लफ़्ज़ माँ को कीचड़ में औंधे मुँह गिरा दिया है। भला ऐसी भी दुनिया में कोई माँ होगी जिसका बच्चा चीरकर दो टुकड़े कर डाला गया तो वह ख़ुशी से तालियाँ बजाने लगी कि आ हा हा! दो दो हो गए। मेरे दोनों बेटे। ये मिसाल निहायत भोंडी और भयानक है। मुह्तरमा[126] से मेरी दरख़्वास्त है कि अगर वह ख़ुद माँ हैं तो बड़े तअज्जुब की बात है कि बच्चे के बारे में उनका मज़्हकाख़ेज़[127] नज़रीया है और जो वह इस झमेले से आज़ाद हैं, फिर भी कम-से-कम वह औरत तो हैं जो माँ और बच्चे के रिश्ते की ऐसी तज़्हीक[128] कभी बर्दाशत नहीं कर सकती, और उसकी दुर्गत न बनाएगी। ये नज़रीया वैसे भी बग़ैर इस मिसाल के कुछ बेतुका-सा है कि अगर एक चीज़ के दो टुकड़े हो जाएँ तो वह ज़्यादा फले-फूलेगी, सालिम[129] न फल सकेगी। मुह्तरमा एक निहायत ख़ौफ़नाक

---

119. प्रवर्तक, 120. केवल मन बहलाव के लिए, 121. वर्ग, 122. पर्दा डालना, 123. अपना फ़ायदा, 124. वर्णन करना, 125. सार, निचोड़, 126. महोदया, 127. हास्यास्पद, 128. हँसी उड़ाना, निन्दा, 129. सम्पूर्ण,

ग़लतफ़हमी में मुब्तला हैं। तक़्सीम[130] कर देने से मुम्किन है धारे का ज़ोर धीमा पड़ जाए, लेकिन अगर इत्तिफ़ाक़ से ये दो टुकड़े मिल गए तो फिर इस सैलाब को किसी क़िस्म की रोकथाम और पेशबन्दी न रोक सकेगी। वह जुर्अत[131] जो इस बँटवारे से कमज़ोर पड़ गई है अगर मुत्तहद[132] हो गई तो फिर क्या होगा। उन्होंने नहीं सोचा, मगर ये मेरी ग़लती है। वह ख़ूब सोच-समझकर बाक़ायदा प्रोग्राम के मुताबिक़ ये सब कुछ कह रही हैं। गोया बड़े मसनूई हर्बे साबित होंगे, मगर फ़िलहाल तो ये अदब तख़रीबी अदब से भी ज़्यादा ख़ौफ़नाक है। तख़रीबी अदब का मक़्सद तो सिर्फ़ तोड़-फोड़ है मगर ये अदब पेड़ की जड़ को खोखला करके इस में नया बीज डालने की साज़िश[133] है अगर ये बीज जड़ पकड़ जाए तो इंसान की झूठी उम्मीद खोखले वादों के चक्कर में फँसकर डूबते इरादों को कुचल देता है।

मेरी समझ में नहीं आता कि मंटो के 'स्याह हाशिये' अदबपारों की फ़ेहरिस्त में शामिल करूँ या इसके लिए कोई नई जगह तलाश करूँ। मंटो को अजीबो-ग़रीब तहलका डाल देनेवाली और सोतों को चौंका देनेवाली चीज़ों से बड़ी रग़बत[134] है। वह सोचता है कि अगर बहुत-से लोग सफ़ेद कपड़े पहने बैठे हों और कोई कीचड़ मलकर वहाँ चला जाए तो सब हक्का-बक्का रह जाएँगे। सब लोग रो-पीट रहे हों, वहाँ एक ऊँचा क़हक़हा लगा दो तो सब-के-सब दम साधकर टुकुर-टुकुर मुँह देखने लगेंगे, बस धाक बैठ जाएगी, सिक्का जम जाएगा। इस हर्बे के ज़रीए से मंटो ने बहुत दफ़ा लोगों से ख़राज़[135] वुसूल किया है, मगर इस दफ़ा उसका वार कुछ ओछा पड़ा। वैसे 'स्याह हाशिए' अदबी शहपारे और ग़ैरफ़ानी[136] अजूबे नहीं तो बिलकुल कूड़ा-कबाड़ भी नहीं। इनमें से बहुत-से टुकड़े ख़ूबसूरत हैं कि पढ़कर जी भर आता है। लेकिन दीबाचा-नवीस[137] ने उनके साथ बड़ी ज़्यादती की है, उन्हें ग़लत लिबास में पेश किया है। लिबास अपनी तरफ़ से गढ़ दिया है, ये कहकर कि मंटो ज़ालिम को ज़ालिम नहीं कहता, न जाने उनका क्या मतलब है? क्या वह सोचते हैं कि मंटो ज़ालिम को महबूब या दिलबर कहता है। मेरे ख़याल में मंटो कभी इस क़िस्म की बातें नहीं कहता। वह सब कुछ कह सकता है, ये नहीं कह सकता कि शैतान-तब्अ[138] लोग ख़ुद अपनी जिद्दत[139] है या ख़ुदा ने उन्हें ऐसा ही बनाया है। मआशी[140] और इक़्तिसादी[141] और सियासी ताक़तों का इस तामीर में हाथ नहीं, अस्करी साहब का फ़लसफ़ा है कि "मारने वालों को मना न करो वह न मानेंगे" तो क्या उनकी राय है कोई सर पर एक लट्ठ मारे तो उससे कहेंगे: भाई चार और मार ले!

---

130. विभाजन, 131. साहस, 132. संयुक्त, 133. षड्यंत्र, 134. रुचि, 135. प्रशंसा, 136. अमर, 137. प्राक्कथन लेखक, 138. शैतानी स्वभाव के, 139. आविष्कार, 140. आर्थिक, 141. आर्थिक,

ये मुक़द्दस[142] जज़्बा अस्करी साहब में हो तो किसी अक़्लमन्द इंसान में तो नहीं और मंटो में हरगिज़ नहीं। मंटो तो एक बार समझाएगा, दो बार समझाएगा, तीसरी बार अगर लातों के भूत बातों से न माने तो लातों ही से समझाएगा। अस्करी साहब ने मंटो का नज़रीया[143] मस्ख़[144] करके पेश करने में न जाने क्या लज़्ज़त महसूस की। मगर ये हुआ बुरा, मंटो के लिए मंटो सब कुछ हो सकता है, मुतअस्सिब नहीं हो सकता। किसी के बनाए भी न बनेगा। फ़सादपसन्द न बनेगा। वह इंसान जो दुनिया की ज़लीलतरीन[145] ठुकराई हुई तवाइफ़ के लिए अपने क़ीमती आँसू बहा सकता है, जो दलाल जैसे ज़लील हैवान के दिल को टटोल सकता है, जिसकी हस्सास[146] नाक इत्र की ख़ुशबू की मुतहम्मिल[147] नहीं हो सकती सिर्फ़ इसलिए कि उस ख़ुशबू में तसन्नो[148] है, फरेब है। वह लाशों पर क़हक़हा लगाकर नहीं उछल-कूद सकता। वह ज़ालिम को ज़ालिम कहते भी नहीं डर सकता, वह फ़साद को रोकते क्यों झिझकेगा। हमें कहीं धोखा हुआ है। हमारी आँखों पर पर्दा डालने की कोशिश की गई है। किसी पोशीदा[149] मतलब की ख़ातिर मंटो की तह्‌रीर को आलए-कार[150] बनाया गया है। मंटो का तर्ज़े-तह्‌रीर कभी-कभी उलटा हुआ होता है। वह घुमाकर कहने का आदी है, मगर इतना मालूम है कि 'स्याह हाशिए' मंटो ने हँसकर नहीं लिखे और हँसाने के लिए नहीं लिखे और न ही कभी वह रज्अतपसन्द अदब लिखेगा, ख़्वाह उसको कितने ही झाँसे दिए जाएँ।

ये है उस अदब की एक झलक जिसने फ़साद के बीचोंबीच जन्म लिया। अब ये देखना है कि उसमें से क्या कुछ ग़ैर-फ़ानी[151] बनता है और क्या कुछ अत्तार[152] की दुकान पर पुड़िया बाँधने के काम में आता है। ये सब हंगामी अदब है और इस हंगामे के साथ-साथ इसकी ज़रूरत और मक़्बूलीयत[153] ख़त्म हो जाएगी, ग़लत है। हर ज़माने का अदब हंगामी[154] होता है। मौलाना हाली ने भी वक़्ते-हंगामा जो कुछ लिखा, वह ग़ैरफ़ानी सूरत इख़्तियार कर चुका है। गोरकी की तहरीरें कभी माँद न पड़ेंगी, हालाँकि जिस हंगामे के सिलसिले में उसने लिखा वह उसके मुल्क से ख़त्म हो गया, मगर इसका एक-एक हर्फ़ अब भी लोग सीने से लगाए बैठे हैं। वह तमाम जो ग़ुलामी की करीह[155] रस्म पर लिखा गया, हंगामी होते हुए भी लाफ़ानी बन गया। स्पेन की बग़ावत ख़त्म हो गई, लेकिन For Whom the Bell Tolls की अज़्मत क़ाइम है।

लिहाज़ा वह लोग जो फ़सादात पर लिखे हुए अदब को हंगामी अदब और वक़्ती प्रोपैगंडा कहकर उसकी वक़्अत[156] कम करना चाहते हैं, वह ज़्यादातर वही

---

142. पवित्र, 143. दृष्टिकोण, 144. विकृत, 145. नीच, 146. स्वाभिमानी, 147. सहनशील, 148. बनावट, 149. छिपे हुए, 150. माध्यम, 151. अमर, 152. जड़ी-बूटियाँ बेचनेवाला, 153. लोकप्रियता, 154. सामयिक, 155. घृणास्पद, 156. महत्त्व,

लोग हैं जो ख़ुद कुछ न लिख सके, या शायद इस अदब की अपने मतलब के ख़िलाफ पाकर उसे गुमनामी से डराकर मैदान साफ़ करना चाहते हैं। अदब की फ़ना[157] और बक़ा[158] नफ़्से-मज़मून[159] और अदीब की सलाहीयतों[160] पर मुन्हसिर[161] है। इस अदब को वक़्ती अदब कहना तंग-नज़री की दलील है।

इससे मेरा ये मतलब नहीं कि हर हंगामा ग़ैरफ़ानी अदब पैदा कर सकता है। मसलन अगर किसी नवाब साहब के लाड़ले कुत्ते की शादी या सेहरा लिखा जाए या किसी कलक्टर साहब के तबादले पर शहर के हेड मास्टर साहब अलविदाई मरसिया लिख दें तो वह भी ग़ैरफ़ानी हो जाएगा। ग़ैरफ़ानी अदब को पैदा करने के लिए एक हस्सास दिल की ज़रूरत है उस तरह जहाँ की कोई मंज़िल हो, वर्ना बक़ौल शायर :

दहर[162] में 'मज़रूह' कोई जाविदाँ[163] मज़मूँ कहाँ
मैं जिसे छूता गया वह जाविदाँ बनता गया।

157. मृत्यु, 158. जीवन, 159. लेख का मुख्यार्थ, 160. योग्यता, 161. निर्भर, 162. संसार, 163. हमेशा रहनेवाला।

किधर जाएँ

सच कहा है किसी ने कि दुनिया फ़ानी[1] है। पुरानी क़द्रें[2] मिटती हैं और नई जन्म लेती हैं। अदबी[3] दुनिया की गाय भी मालूम होता है, सींग बदल रही है। पुराने क़िले गिर रहे हैं, और नए तामीर हो रहे हैं। भूचाल आ रहे हैं, सर-ब-फ़लक़[4] इमारतें ज़मींदोज़ हुई जा रही हैं। कुछ डगमगा रही हैं, कुछ सहारे ढूँढ़ रही हैं, कुछ मल्बे की सूरत इख़्तियार कर चुकी हैं। एक तारीकी है, उलझाव है, जिसमें कुछ अन्धों की तरह हाथ-पैर मार रहे हैं। कुछ साहिल के किनारे से लटके तूफ़ान के झटके सह रहे हैं। ये देखना है कि उनके हाथ थक के साहिल को छोड़ देते हैं या उनका अज़्म[5] उन्हें इस भँवर से निकालकर पार ले जाता है।

ऐसी हालत में सिर्फ़ वही अदीब[6] कुछ कर सकते हैं, जो इस तूफ़ान से तैरकर निकल चुके हैं। इस वक़्त अक्सर अदीबों की हालत एक ऐसी कश्ती की-सी है जिसे दो मुख़्तलिफ़ पतवार मुख़्तलिफ़ सिम्तों की तरफ़ घसीट रहे हों। ख़ुदा जाने कि इस छीनाझपटी में बेचारी कश्ती का पेन्दा निकल जाता है या नैया पार लगती है। इस कश्मकश का नतीजा था कि जो साग़र निज़ामी साहब से झड़प हो गई। फिर अहमद अब्बास साहब का मुक़दमा ठन गया और आज ज्यूरी के फ़ैसले का इन्तिज़ार किए बग़ैर इबादत बरेलवी से उलझ पड़ने को जी चाहता है। क्या मुसीबत है। कुछ लिखने-लिखाने के बजाय अखाड़े में ही उम्र बीत जाएगी। मगर कोई राहे-फ़रार[7] भी तो नहीं। कुछ अर्से पहले तन्क़ीदों[8] की सूरत देखकर ही रोंगटे खड़े होने लगते थे। बड़ी बोझल और सक़ील[9] मालूम होती थीं और उनमें दो-चार बोल अपनी तारीफ़ में देखकर नाक सिकोड़ने की आदत-सी पड़ गई थी। लेकिन कुछ दिन से तन्क़ीदें बड़ी कड़वी बनती जा रही हैं और सिवाय इसके कोई चारा नज़र नहीं आता कि कुनैन की गोलियों को ज़बर्दस्ती निगला जाए या मलेरिया या टायफ़ाइड या दिक़[10] में तब्दील होने की दावत देकर अल्लाह को प्यारे हो जाएँ। मरने को भी जी नहीं चाहता।

---

1. नश्वर, न रहनेवाला, 2. मूल्य, 3. साहित्यिक, 4. गगनचुम्बी, 5. संकल्प, 6. साहित्यकार, 7. भागने का रास्ता, 8. आलोचना, 9. भारी, 10. टी.बी.,

लिहाज़ा अब बड़ी पाबन्दी से तन्क़ीदें लिखी जाती हैं। किसी तफ़्रीहे-तब्अ[11] के लिए नहीं, दिमाग़ी ताऊन[12] से बचने के लिए। तन्क़ीद-निगारों[13] को शायद एहसास नहीं कि हमारी लगाम उन्हीं के हाथ में है और कितने ही अड़ियल हों आहिस्ता-आहिस्ता क़ाबू में आ जाते हैं, ये और बात है कि कुछ हंटरबाज़ी के क़ाइल होते हैं और बातों से नहीं मानते। बहुत कम ऐसे हैं जो आज़ाद बछड़ों की तरह क़ुलाँचें भर जाते हैं।

लेकिन इबादत साहब का ताज़ा मज़्मून 'नुक़ूश'[14] में पढ़कर मेरी समझ में न आया कि अब क्या फ़ैसला करूँ। जी में आता है क़ुलाँचें भर जाऊँ। फिर सोचती हूँ, एक बार और पूछ लूँ कि मैं क्या समझूँ। सबसे पहले तो वह बराहे-करम[15] अपने इस पैराग्राफ़ के मानी समझाएँ :

"अंजुमने-तरक़्क़ीपसन्द में शामिल होने के लिए कभी भी कम्यूनिस्ट होने की ज़रूरत नहीं थी। आज भी नहीं है। आइंदा भी नहीं होगी। इसमें हर सियासी ख़याल के लोग शरीक़ हो सकते हैं, अलबत्ता इसमें शरीक होने के लिए चन्द बुनियादी[16] बातों पर उनका मुत्तफ़िक़[17] होना ज़रूरी है, मसलन्[18] ये कि वह इंसानीयत की क़द्रों[19] को आगे बढ़ाने में मदद करेंगे। जब्रो-इस्तिबदाद[20] की मुख़ालफ़त[21] उनका फ़र्ज़ होगा। सरमायादाराना निज़ाम[22] ने समाजी ज़िन्दगी में जो अफ़रातफ़री[23] मचा रखी है, जो हंगामा बरपा रखा है, उनको फ़ना करना उनके नज़्दीक अज़बस ज़रूरी है, आज़ादिए तह्रीरो-तक़रीर[24] उनके नज़्दीक इंसान का बुनियादी हक़ है अगर ऐसा न हो तो उन्हें इसके लिए जद्दो-जहद[25] करनी चाहिए। अगर हुक़ूमत अपने आपको बरक़रार रखने के लिए अदब और तह्ज़ीब, कल्चर और समाज की छाती पर मूँग दलती है, तो उनका फ़र्ज़ है कि वह ऐसी हुकूमत की मुख़ालफ़त करें। दुनिया में जो सरमायादाराना क़ूव्वतें[26] अपने जाल फैलाकर अवामी और इंसान दोस्त ताक़तों को असीर[27] करना चाहती हैं, उनके ख़िलाफ़ आवाज़ उठाना तरक़्क़ीपसन्द अदीबों के नज़्दीक लाज़िमी है। वह अपने मुल्क में सरमायादारी और जागीरदारी के मुज़ाहिरे नहीं चाहते, वह सही मायनों में अवाम[28] की हुकूमत के ख़्वाहाँ[29] हैं। अवाम की ज़िन्दगी बुलन्द करना उनके पेशे-नज़र[30] है। उनके लिए ये ज़रूरी है कि वह दाँव-पेंच की बातों को पूरी तरह समझ सकें, हालात का सही जाइज़ा[31] ले सकें और अवाम के नुक़्तए-नज़र[32] की तर्जुमानी उनके हक़ का हिस्सा बन सके। अगर इन बुनियादी बातों से कोई अदीब इत्तिफ़ाक़ रखता है तो वह तरक़्क़ीपसन्द है। वह

11. मनबहलाव, 12. प्लेग, 13. आलोचकों, 14. लाहौर की प्रसिद्ध पत्रिका, 15. कृपा करके, 16. मूल, 17. सहमत, 18. उदाहरण रूप से, 19. मूल्यों, 20. अत्याचार, 21. विरोध, 22. सामंती व्यवस्था, 23. गड़बड़, 24. लिखने और बोलने की आज़ादी, 25. संघर्ष, 26. शक्तियाँ, 27. बंदी, 28. जनता, 29. इच्छुक, 30. आँखों के सामने, 31. निरीक्षण, 32. दृष्टिकोण,

अंजुमने तरक़्क़ीपसन्द मुसन्निफ़ीन का मेम्बर हो सकता है। उसके लिए सियासी-जमाअत[33] से बावस्ता होने की ज़रूरत नहीं। फ़रोई बातों में इख़्तिलाफ़ात[34] के बावुजूद मुख़्तलिफ़ अदीब अंजुमने-तरक़्क़ीपसन्द मुसन्निफ़ीन में शामिल हो सकते हैं, लेकिन इन बुनियादी बातों पर उन सबका मुत्तफ़िक़ होना ज़रूरी है जिनका बयान ऊपर किया जा चुका है...''

मुआफ़ कीजिएगा जनाब, कलिया तो पढ़ाते हैं, फिर कहते हैं, मुसलमान न हो। सब कुछ तो वही कहा है जो कम्यूनिस्ट कहते हैं मगर फिर कह दिया कि कम्यूनिस्ट होना ज़रूरी नहीं। इस 'मगर' की तुकबंदियों से तो हम आजिज़ आ चुके हैं। यह कमबख़्त लफ़्ज़ तन्क़ीद निगारों को ऐसा भा गया है कि लगे हाथों इसका फंदा मार ही जाते हैं। क़िब्ला[35], यह तो बताइए कि समन्दर में कूद पड़ने के बाद वह कौन-सी बरसाती पोशाक पहनी जाए जो ख़ुश्क रह जाए!

ख़ुद ही तो कहते हैं कि ''इस इश्तिराकीयत[36] को मौजूदा-सियासी कश्मकश का वाहिद[37] हल[38] समझता हूँ।''

मगर उनको इश्तिराकीयत के बाज़ उसूलों से इख़्तिलाफ़ भी है। क्या ये ज़रूरी नहीं कि एक दफ़ा जी कड़ा करके लोगों के सामने पेश कर दिया जाए। वैसे तो ट्रोमेन और इटली भी इश्तिराकीयत के अमरीकी रूप के क़ायल हैं। हमारे पंडित जी को भी बस थोड़े ही 'इख़्तिलाफ़ात' हैं। साग़र निज़ामी और अहमद अब्बास साहिबान भी इस मस्अले के बीच ये ही फ़रमाते हैं मगर 'इख़्तिलाफ़' के साथ, तो फिर वह क्या बात है जिसे लेकर आप लोग छिपा बैठे हैं और हम बेचारों को नहीं बताते। आख़िर वह कौन-से इख़्तिलाफ़ात हैं, हमें भी मुत्तला[39] कीजिए ताकि अगर कहीं ग़लती से उनसे वाक़िफ़ न हुए हों तो अब हो जाएँ। अदीबों की जान पर बड़ा एहसान होगा इस 'अगर' 'मगर' गोल-मोल जुम्लों से हमारे दिलों में बड़ी उलझनें पैदा होती हैं।

इबादत साहब से मेरी इस्दिआ[40] है कि बराए-क़रम बुरा न मानिएगा! जैसे हमने आपकी तन्क़ीदों को सर-आँखों पर लिया है, आप भी हमारी बात ठंडे दिल से सुनिए, सुनने के लिए तैयार हो जाइए। कहीं ये न सोचने लगिएगा कि, ये तन्क़ीदें आप पर कम्यूनिस्टों पर एतिराज़ करने की वजह से की जा रही हैं। लोग आजकल बड़ी जल्दी बिगड़ खड़े होते हैं। क्या इबादत साहब बता सकते हैं कि उन्हें और बहुत-से दूसरे अदीबों की बबांगे-दुहुल[41] यक़ीन दिलाने की ज़रूरत क्यों पड़ रही है कि तरक़्क़ीपसन्द मुसन्निफ़ीन सब के सब कम्यूनिस्ट नहीं और वह ख़ुद भी कम्यूनिस्ट नहीं। कम्यूनिस्ट होना ज़रूरी नहीं। आख़िर क्यों ? मैं कहती हूँ कि न होना भी तो ज़रूरी नहीं। आप लोग इस बात पर क्यों ज़ोर नहीं देते कि अगर कोई तरक़्क़ीपसन्द

---

33. राजनीतिक दल, 34. विरोधाभास, 35. प्रतिष्ठित व्यक्तियों के लिए सम्बोधन का शब्द, पूज्य, 36. साम्यवाद, 37. एकमात्र, 38. समाधान, 39. सूचित, 40. निवेदन, 41. ढोल बजाते हुए,

मुसन्निफ़ीन कम्यूनिस्ट है तो कोई हरज नहीं। मेरे दिल में शुब्हा होता है, और ख़ुदारा[42] उसे दूर कीजिए, मैं सोचती हूँ कि वह किसी से डरकर ऐसा कह रहे हैं और कम्यूनिस्टों के ख़िलाफ़ एक बात की भी तशरीह[43] नहीं करते। एक इख़्तिलाफ़[44] को भी वाज़ेह[45] नहीं करते, आख़िर क्यों। ऐसा मालूम होता है, कुछ लोग अंजुमन से भागने की धमकी दे रहे हैं। आप उन्हें दिलासा दे रहे हैं। वह बिदक रहे हैं। आप उन्हें चुमकार रहे हैं वह डर रहे हैं, आप उन्हें सुबूत दे रहे हैं कि ''डरो नहीं कोई हव्वा तुम्हें नहीं खा जाएगा।'' आख़िर कम्यूनिस्टों को ये यक़ीन दिलाने की ज़रूरत क्यों नहीं महसूस होती कि अंजुमन में रज्अतपसंद नहीं और जो हैं, वह तुम्हें काटेंगे नहीं।

इबादत साहब ये भी कहते हैं कि कुछ बड़े-बड़े मुख़्तलिफ़ जुबानों के अदीब तरक़्क़ीपसन्द मुसन्निफ़ीन की अंजुमन से बिदकते हैं। अगर उनका डर न निकाला गया तो वह हमेशा झिझकते रहेंगे। मेरे ख़याल में तो इन बातों से लोगों के दिलों में बैठा हुआ ख़द्शा[46] कभी न निकलेगा, क्योंकि उनका ख़याल है, अंजुमन में ज़्यादा बा-असर[47] कम्यूनिस्ट हैं, या वह जो सही मानी में इश्तिराकीयत पर ईमान रखते हैं! मगर चन्द इख़्तिलाफ़ात का फ़ासिला है। अब ये फ़ासिला जाने कब दूर हो जाए और अंजुमन खुले बंदों इश्तिराकियों की हो जाए। इश्तिराकी होना आजकल जुर्म है। उनकी तरह सोचना भी जुर्म हो चुका है। इख़्तिलाफ़ात की आड़ ज़्यादा दिन न चल सकेगी। रह गई इंसान-दोस्ती की ट्टटी, ये भी कितने दिनों की। जब तक बन्द डिब्बा है, काम चलता है। जिस दिन किसी ने इंसान दोस्ती की तशरीह का सवाल उठा दिया, पोल खुल जाएगी फिर क्या करेंगे?

अब ऐसे ख़यालात में उलझे हुए लोगों को कब तक रस्सी से बाँधकर अंजुमन में रखा जाएगा। ऐसी हालत में जबकि तरक़्क़ीपसन्दों का प्रोग्राम इश्तिराकियों से दिन-ब-दिन इतना क़रीब आता जा रहा है, ये कह देने से काम न चलेगा कि 'हम तरक़्क़ीपसन्द हैं', 'इंसान दोस्त हैं', 'अवाम के साथी हैं', 'सरमायादारी के दुश्मन हैं', 'इन्क़िलाब के अलमबर्दार हैं। इश्तिराकीयत को सियासी मुश्किलात का वाहिद हल समझते हैं...', 'मगर हम तो', 'ख़ालिस[48] अदीब' हैं, 'और कुछ' नहीं।

भला हुकूमत इन चकमों में आने वाली कहाँ है। वह ख़ूब समझते हैं कि अवाम के दोस्त, इंसानियत के हामी चाहे कुछ भी हो, उनके दुश्मन हैं। तो फिर क्या फ़ायदा लगी लिपटी कहने से, और लगी लिपटी रहेगी भी कितने दिन? तार-तार तो हुई जा रही है। इस क़िस्म के तन्क़ीदी नारे लिखने वालों को कितना गड़बड़ाते हैं। समझ में नहीं आता कि क्या कहा जा रहा है। और क्यों कहा जा रहा है।

---

42. ख़ुदा के लिए, 43. स्पष्टीकरण, 44. असहमति, 45. स्पष्ट, 46. शंका, 47. प्रभावशाली, 48. केवल,

इबादत साहब का ये कहना भी मेरी समझ में नहीं आता कि तरक़्क़ीपसन्द अंजुमन में हर सियासी पार्टी के लोग रह सकते हैं। मतलब ये कि ख़्वाह[49] वह लीगी हो या महासभाई, नेशनल-गार्ड हो या आर.एस.एस. वाले या फ़ासिस्त, सब के लिए अंजुमन की आग़ोश खुली हुई है। मगर ये हो कैसे सकता है कि एक आदमी बीमार भी हो और तन्दरुस्त भी। झूठा भी हो और सच्चा भी। उल्टा भी हो और सीधा भी हो। आप लाख बुलाएँ 'हर सियासी पार्टी' का फ़र्द जिसका प्रोग्राम जुदा है वह अंजुमन में आने ही क्यों लगा। अगर अंजुमन में लीगी और कांग्रेसी सरकार के गुण न गाए जाएँ तो उस पार्टी के लोग क्या झक मारने आएँगे। फ़ासिज़्म के क़सीदे न पढ़े जाएँ तो इस अंजुमन से क्या दिलचस्पी ? आप बेकार यक़ीन दिला रहे हैं कि अंजुमन में कम्यूनिस्ट नहीं। वह कम्यूनिस्टों से नहीं उन क़द्रों से डरते हैं जो अंजुमन का सरमाया है। आज वह कम्यूनिस्ट का बहाना करके अंजुमन से भाग रहे हैं, कल वह साफ़-साफ़ कह देंगे कि "भई यहाँ तो फ़ासिस्तों के गुण नहीं गाए जाते। कांग्रेस और लीगी सरकार के शुक्रिया नहीं अदा किए जाते, टाटा और बिरला के मर्सिये और सेहरे नहीं गाए जाते, हम यहाँ न आ सकेंगे।" फिर जनाब उन्हें कौन-सा भुलावा देंगे। क्या फिर उन क़द्रों और उसूलों को भी तर्क[50] करने का मश्वरा देंगे जिनसे उन्हें इख़्तिलाफ़ है और जो अंजुमन का वर्सा हैं ?

रह गया नई अंजुमन क़ायम करने का सवाल, तो उसके क़ायम करने के लिए हमको बहुत नीचे गिरना पड़ेगा। वह तो क़ायम होकर रहेगी, क्योंकि उसे सरकारी मदद मिलेगी। उसका अन्जाम भले वह हो जिसकी आपने पेशींगोई[51] की है। अब हमारे तन्क़ीदनिगार ज़ेह्न को सच्चाई के इज़हार से साफ़ करने के बजाय धुँधला रहे हैं। इधर हमें बौखलाए दे रहे हैं, इस 'ग़ैर-जानिबदारी[52]' से अब काम न चलेगा। ये समझौते अब न हो सकेंगे। मुझे तो कुछ ख़दशा होता जा रहा है कि कहीं ख़ुदा न करे, इबादत साहब भी आहिस्ता-आहिस्ता 'इंसान पार्टी' में न घुस जाएँ।

आगे चलकर इबादत साहब कहते हैं, "एक तरक़्क़ीपसन्द अदीब की इश्तिराकीयत एक इश्तिराकी कारकुन[53] की इश्तिराकीयत से मुख़्तलिफ़ है।" यह अदबी इश्तिराकीयत किस चिड़िया का नाम है, मैंने आज से पहले नहीं सुना था। बराहे-करम तशरीह कीजिए। मैंने तो आज तक किसी किताब में इस क़िस्म की इश्तिराकीयत के बारे में न ही पढ़ा है, न ही किसी से सुना। इश्तिराकीयत तो वह ही है जिस पर इश्तिराकी अमल करते हैं। बराहे-करम इबादत साहब, ये भी बताइए कि सियासत गन्दी चीज़ क्यों है ? बुरा न मानिएगा। मुझे साफ़-गोई[54] का मरज़[55] है। किसी ज़माने में हमारे सफ़ेद आक़ा[56] तालिबे-इल्मों[57] से यही कहा करते थे कि

---

49. चाहे, 50. छोड़ना, 51. भविष्यवाणी, 52. निष्पक्षता, 53. कार्यकर्ता, 54. सच्ची बात कहना, 55. रोग, 56. अंग्रेज, 57. विद्यार्थियों,

''सियासत से दूर रहना चाहिए'' मगर उस वक़्त हमारे कांग्रेसी रहनुमा कहा करते थे, ''सियासत तुम्हारी ज़िन्दगी है और ज़िन्दगी से तो दूर नहीं भाग सकते।'' क़ुदरत के खेल देखिए, आज बड़े रहनुमा कहते हैं, ''सियासत से दूर रहो।'' ये तुम्हारे मतलब की चीज़ नहीं। आज इबादत साहब भी उन्हीं के हमनवा[58] नज़र आते हैं। जब हम में से कोई अपना साथी उठकर एक स्याह क़ल्ब का क़ौल[59] दोहरा देता है तो ख़ून ख़ौल जाता है और बड़ी घिन्न आती है। पुराने मुल्ला भी तो कहते थे :

''क़ुरान शरीफ़ अवाम के समझने के लिए नहीं है।''

और पंडित भी अवाम से कहते थे :

''वेद के ठेकेदार सिर्फ़ ब्राह्मन हैं।''

किस मज़े से अवाम को ग़च्चा देकर इन किताबों को मतलबपरस्ती[60] और कारोबार के लिए इस्तेमाल किया गया, आज हमारे रहनुमा[61] और हुक्काम[62] और उनके हमनवा भी ये ही चाहते हैं कि हम सियासत को गन्दा समझकर रूह[63] और क़िस्मत के ताने-बाने से फँस जाएँ। इबादत साहब या तो इस बात की मुफ़स्सल[64] जवाब दें वर्ना मुझे उनको भी उसी सफ़ में बैठा देना पड़ेगा। कम-से-कम वह इस बात का एतिराफ़[65] करें और बताएँ कि वह कौन-सी ताक़त है जो उनसे ये सब कुछ कहलवा रही है। अली अब्बास हुसैनी ज़ैदी को तो ऐलानीया हमारे दुश्मन बता रहे हैं। उसका शुक्रिया! हम चौकन्ने हो चुके हैं। मगर वह ख़ुद तो हमारे दरमियान हैं। क्या अब हमें उनके अल्फ़ाज़ भी नाप-तौलकर परखने होंगे। अली अब्बास हुसैनी और जव्वाद ज़ैदी से दो ही क़दम पीछे तो वह ख़ुद नज़र आ रहे हैं।

इबादत साहब क्या हमें अहमक़[66] समझते हैं ? क्या हम सियासत के मानी भी नहीं समझते। सियासत में ग़र्क़[67] होने के लिए ये लाज़मी तो नहीं कि नारे लगाए जाएँ, झंडे उठाए जाएँ और ट्रेड यूनियन का मेम्बर बना जाए। क़लम में ताक़त है तो बग़ैर सड़क पर जाए स्ट्राइक करवा सकते हैं। रेलवे में तो क्या हुकूमत के पहिए को जाम कर सकते हैं। लेकिन फ़र्क़ ही क्या हुआ। रेल का पहिया चाहे तह्रीर[68] से जाम हो या हाथ से, बात तो वही हुई। इसमें इतने दाँव-पेंच दिखाने की क्या ज़रूरत है। बहरहाल नाक तो पकड़ना ही है मगर बग़ैर हाथ की मदद के! हम सिर्फ़ तह्रीर से क्या कर सकते हैं। हमारे क़वी[69] इरादे अमल करने वाले हाथ के मुहताज रहेंगे ही, लेकिन उनकी तह्रीर से तो ये मालूम होता है कि स्ट्राइक करनेवालों और पहिया जाम करनेवालों और ट्रेड यूनियन के मेम्बरों का मज़ाक उड़ा रहे हैं।

यहाँ बम्बई में और दूसरे मुक़ामात पर अंजुमनों में बहुत-से अदीब ट्रेड यूनियन के मेम्बर भी हैं। रेलवे में काम करते हैं। स्ट्राइक भी करते हैं। क्या इबादत साहब

---

58. साथी, 59. कथन, 60. स्वार्थ, 61. नेता, 62. शासक, 63. आत्मा, 64. विस्तारपूर्ण, 65. स्वीकृति, 66. मूर्ख, 67. डूबना, 68. लेखन, 69. पक्के,

की राय में वह अदीब जो ख़ारिजी[70] हालात से असर लेकर अपनी तख़्लीक़ात[71] पेश करते हैं, कुछ उनसे बालातर हैं। नहीं, मेरा यक़ीन है कि वह जो अमली[72] काम अन्जाम दे रहे हैं। वह इन्क़िलाब का हरावल दस्ता है। हम ख़ारिजी क़िस्म के अदीब तो उनके पीछे-पीछे जुमला साज़ो-सामाने-हर्ब[73] की मानिन्द हैं। हम तो सिर्फ़ उनके फ़ोटोग्राफ़र और एक हद तक रास्ता साफ़ करने वालों में से हैं। हम उनसे बहुत पीछे और बहुत नीचे हैं और हमारा मुक़ाम किसी भी कली-फुन्दने और लफ़्फ़ाज़ी[74] से उनसे बुलन्द न हो सकेगा। सिर्फ़ खोखली ख़ुदसिताई[75] के अलावा वह इसमें और कुछ नहीं।

मगर इबादत साहब तवज्जुह करते हैं। अमल को नीचे गिरने के मानी देते हैं और तह्रीरी तख़्लीक़ों का तामझाम उठाकर चलते हैं जो बग़ैर किसी क़िस्म का अमली हिस्सा किए अलग-थलग एक क़ुब्बा[76] में बैठकर ज़हूर[77] में लाई जाती हैं। जो कुछ मैंने रामविलास शर्मा से समझा था, वह सब कुछ गड़बड़ होकर रह गया। अब मुझे ग़ुस्सा न आए तो क्या हो। इबादत साहब, अदीब को एक आम फ़र्द[78] समझते हुए हत्क[79] महसूस करते हैं, उसे अजूबा बनाकर बुलन्दी पर चर्ख़े-नीलफ़ाम[80] परस्तारों[81] से भी आगे आस्मानों से भी ऊँचा लटकाए दे रहे हैं। बख़ुदा, ये आस्मानों से ऊपर ख़ाली फ़िज़ा के तसव्वुर[82] से ही दम घुटने लगता है। वैसे भी बेचारे अदीब को यूँ उल्टा टाँगने से क्या फ़ायदा। फिर वह ज़िन्दगी का मुतालआ[83] कैसे बजा लाएगा। 'इनसान दोस्ती' और अवाम की बेह्तरी के जुमला-फ़राइज़ इतनी दूर से कैसे बजा लाएगा। कहीं मौसूफ़[84] बेचारे को छोटा-मोटा पैग़म्बर तो नहीं समझ रहे हैं, जो वही[85] के ज़रीए उस पर चौदह तबक़[86] रौशन हो जाया करेंगे। बराहे-करम, ये अह्मक़ाना[87] वहम अदीबों के दिल में न ठूँसिए। बड़ी मुश्किल से तो वह ख़ुद को इंसान समझने पर तैयार हो पाए हैं। आप उन्हें फिर मुअल्लक़[88] किए दे रहे हैं। मेरा मुतालआ और तजर्बा तो कहता है कि अदीब बिलकुल हू-ब-हू इंसान होता है। उसमें बीवी-बच्चे, मियाँ, सास-ससुर, नन्द-भावज, दोस्तो-दुश्मन सौ फीसदी ठोस होते हैं, उसे बाक़ायदा अपनी रोटी की फ़िक्र करनी पड़ती है और ये फ़िक्र उसे बार-बार उसी मैदान की तरफ़ घसीट ले जाती है, जिसका नाम सियासत है, जो बक़ौल आपके गन्दी है, जिसे वह धो-पोंछकर साफ़ करना चाहता है। वह कितना ही चाहे तो भी उससे दूर भागकर ज़िन्दा नहीं रह सकता। तो फिर अदब की तख़्लीक़ कैसे कर सकेगा। अब दाल का दाना लेने के लिए उसे ख़्वाह

---

70. बाहरी, 71. रचनाएँ, 72. व्यावहारिक, 73. लड़ाई का सारा सामान, 74. वाचालता, मुखरता, 75. अपने मुँह से अपनी प्रशंसा करना, 76. गुंबद, 77. प्रकट, पैदा, 78. व्यक्ति, 79. अपमान, 80. नीले आस्मान समान, 81. भक्तों, 82. कल्पना, 83. अध्ययन, 84. कथित व्यक्ति, 85. आकाशवाणी, 86. तल, 87. मूर्खों जैसा, 88. अधर में लटका हुआ,

वह कितने ही ऊँचे आस्मान पर हो, नीचे आना ही पड़ता है। ख़ुदा भला करे बेकारी और महँगाई के मेमारों का, वह बक़ौल आपके और भी नीचे फिसलता आ रहा है।

मैं एक अदीब को जानती हूँ जिसे अपनी तस्नीफ़[89] के मवाद[90] की ख़ातिर मछेरों में जाना पड़ता है। उसका कश्मीर के मर्जज़ारों[91] में तरारे भरने का आदी दिमाग़ सूखी मछली की बदबू से मानूस हो चुका है। वह गन्दी चालों, सड़ते मुहल्लों में जाता है, कभी ट्राम या मछली वालियों से भरी हुई बस में, कभी पैदल ज़मीन नापता हुआ, उसका घर क़तई नशेब[92] में है जहाँ वह सीले कमरों में नंगे बच्चे गोद में लिये अदब की तख़्लीक किया करता है। वह बहुत बुलन्द[93] पाया अदीब है। इस मैदान में चोटी पर खड़ा हुआ है। कोई कितनी ही कोशिश कर ले, वह अपनी पस्त जगह छोड़ने पर राज़ी न होगा। बात ये है कि इबादत साहब को पता नहीं, दुनिया औंधी हो गई। अब आस्मान नीचे और ज़मीन ऊपर है।

वैसे मौसूफ़ की राय क्या है ? क्या हम लोग नाक पर रूमाल रखकर ख़ारिजी ज़िन्दगी जाकर देख आएँ और तख़्य्युल के बल-बूते पर अदब पैदा करना शुरू कर दें। उनको तजर्बा नहीं। लाशऊर और नफ़्सीयात[94] के बारे में ये तो इस तरह मुतालआ करके लिखा जा सकता है। ख़ारिजी मुतालआ करके जो अदब भी सड़क कूटने वाली चरवाही और मज़दूरनी के बारे में पैदा हुआ है, उससे हम इब्रत[95] हासिल कर सकते हैं। मौसूफ़ उसे पैदा होना कह लें, मैं तो उसे इस्क़ात[96] ही समझूँगी और वह भी बुढ़िया का! इस अदब में शुरू से लेकर आख़िर तक पढ़ने के बाद मुझे तो ऐसा मालूम होता है कि मेहनतकश तब्क़े[97] की तज़्हीक[98] की गई है। इससे वही काम किया गया है जो वेश्या से लिया जाता रहा है। मज़दूरनी के भेस में भी वही इन्द्रसभा की परी झलकती नज़र आती है। कभी-कभी मुह्तात[99] होकर उसे चीथड़ों और ग़लाज़त[100] में लपेटने की कोशिश की गई है, मगर वहाँ भी चोली अंगिया के आगे कुछ नहीं बदला।

क्या इबादत साहब ये नहीं मानते कि अगर हम अवामी-अदब[101] पैदा करना चाहते हैं तो हमें अवाम से क़रीब होना पड़ेगा। अगर नहीं तो बराहे-करम तशरीह करें, क्योंकि हम तो इस ग़लतफ़हमी में मुब्तला[102] है। लेकिन अगर अवाम के क़रीब जाने की इजाज़त देते हैं तो ये भी बताइए कि मुंदरिजे-ज़ेल[103] मौक़े पर हुक्मराने-अदब कौन-सा नुस्ख़ा इस्तेमाल करने की हिदायत देते हैं। हम अवाम का मुतालआ करने जाते हैं और वहाँ कोई स्ट्राइक चल रहा है या कोई जलसा हो रहा है। अब हम तो वहाँ मज़े से मुतालआ कर रहे हैं, कि लाठी और गोली आन

89. पुस्तक लिखना, 90. सामग्री, 91. हरे-भरे मैदान, 92. निचाई, 93. उच्चकोटि, 94. मनोविज्ञान, 95. शिक्षा, 96. गर्भपात, 97. वर्ग, 98. हँसी उड़ाना, 99. सावधान, 100. गन्दगी, 101. जन-साहित्य, 102. ग्रस्त, 103. निम्नलिखित,

धमकी। उस वक़्त क्या सर पर पैर रखकर भाग निकलना चाहेंगे? चलिए ये भी सही और जो ऐन वक़्त पर गिर पड़े और पकड़े गए तो क्या करेंगे। भला कौन ये उज़्र[104] मानेगा कि हम वहाँ मुतालआ की ग़रज़ से आए थे। सुबूत ही क्या देंगे? और क्या हम ये सुबूत देना पसन्द भी करेंगे कि हम अवाम में से नहीं, हम तो आस्मानी मख़्लूक़[105] हैं। ख़ैर मस्लहते-वक़्त[106] समझकर ये भी झेल गए, लेकिन अगर एहतिसाब[107] करने वालों ने कहा है कि "यहाँ क्या झक मार रहे हो। सरकारी हल्क़ों में एक से एक अज़ीमुश्शान[108] डिनर चल रहा है, वहाँ जाकर क्यों नहीं मुतालआ करते।" पता है, अगर इसका जवाब साफ़-साफ़ दे दिया तो क्या हश्र होगा। फ़ौरन आप कम्यूनिस्ट बन जाएँगे।

डॉ. अलीम ने भी कॉन्फ़्रेंस के मौक़े पर बम्बई में ही कहा था कि वह अदीब जो क़लम छोड़कर तलवार उठाता है, अदब से ग़द्दारी करता है। "क़िब्ला अलिम, यहाँ किसे कमबख़्त तलवार उठाने का शौक़ है, मगर अपने सर पर गिरने वाली तलवार भी तो दुश्मन के हाथ से हम ही को छीननी है।" अगर हम पर लाठी और गोली बरसे, तो क्या हम चुपचाप सीना ताने खड़े रहें? बताइए ना, आख़िर क्या करें? मुझे पता नहीं कि डॉक्टर साहब ने क्या जवाब दिया था, क्योंकि मैं मीटिंग में देर से पहुँची थी। अब इबादत साहब ही बराहे-करम बता दें कोई तीर-ब-हदफ़[109] नुस्ख़ा, जो वक़्त पड़ने पर तलवार के ख़िलाफ़ इस्तेमाल किया जा सके।

इबादत साहब की इस तन्क़ीद से उन लोगों के दिल पर क्या असर हुआ होगा जो मोर्चों पर लड़ रहे हैं। जो हुकूमत के हथकंडों का पहिया जाम किए दे रहे हैं जो डॉलर के पहाड़ ढाए दे रहे हैं और फ़ासिज़्म के बीच बख़्याकुनी कर रहे हैं या उन लोगों से इनकार और तरक़्क़ीपसन्द मुसन्निफ़ीन का कोई नाता नहीं। अगर नहीं तो फिर खुले बंदों ऐलान कीजिए। अब नारेबाज़ी का वक़्त नहीं, अब हमें हर नारे की तशरीह भी करनी होगी। अपने हर क़दम और फ़ेल[110] का हिसाब देना होगा। एक-दूसरे से अगर सवाल माँगा जाए तो उसे इल्ज़ाम लगाना, ज़ाती पर्ख़ाश[111] की बिना पर हमला करना या पार्टीबन्दी की पॉलिसी कहकर टाला नहीं जा सकता। बुरा मानने से भी काम न चलेगा, दलाइल[112] से क़ाइल करना पड़ेगा, वर्ना साफ़ कह दीजिए।

"अभी फ़िज़ा साज़गार[113] नहीं ज़रा आहिस्ता चलो, रास्ते में रोड़े हैं।" मगर साथ-साथ ये भी लिखिएगा कि किस साल, किस महीने, किस दिन और कौन-सी घड़ी फ़िज़ा साज़गार हो जाएगी। ये रोड़े आप से आप रास्ते से खिसक जाएँगे कि इन्क़िलाब मज़े-मज़े टहलता हुआ चला आएगा और इस मुबारक[114] घड़ी के

---

104. मजबूरी, 105. प्राणी, 106. समय की पुकार, 107. रोक लगाने वाले, 108. विशाल, 109. अचूक, 110. कर्म, 111. व्यक्तिगत बैर, 112. तर्क, 113. अनुकूल वातावरण, 114. शुभ,

इन्तिज़ार में इतने दिन हम आस्मानों से बुलन्द चर्खे-नीली से भी आगे अफ़्यून का अंटा निगलकर तारे गिनते रहें कि कुछ और भी करें।

लेकिन अगर इबादत साहब की राय है भी कि भई ज़रा गोल-मोल प्रोग्राम रखें, थोड़ी लगी-लपटी कहो कि अदीब बुरा न मान जाए तो जनाब मुझे इन बुरा मानने वालों से बड़ी नफ़रत है। मेरी अम्माँ समझाया करती थीं : "लड़कियों को बड़ी-बूढ़ियों के सामने सटापट न बोलना चाहिए, नहीं तो कोई न क़ुबूलेगा।[115] सदा कुँवारी बैठी रहोगी।" कुँआरे मर जाना मंज़ूर, बड़ी-बूढ़ियों के नख़रे बस की बात नहीं। जो कोई भी अंजुमन में शरीफ़ होने के लिए शर्तें लगाता है, उसे शर्तों का मुहासबा[116] देना होगा। अगर उनकी शर्तें अहमक़ाना होंगी तो उनको पूरा करना अंजुमन का काम नहीं। आज एक बहाना करते हैं, कल सौ बहाने करेंगे। अंजुमन कब तक उनके नख़रे सहेगी और क्यों? क्या मुस्तक़्बिल[117] से हम इतने नाउम्मीद हो चुके हैं? क्या अदब बाँझ हो जाएगा? और नए अदीब पैदा ही न होंगे। जो हम मौजूदा अदीबों की ख़ातिर अंजुमन के मंशूर[118] को तोड़-मरोड़ कर नई-नई फुलझड़ियाँ लगाएँ। हमारे आज के फ़ैसलों से हमारे अदब का मुस्तक़्बिल वाबस्ता[119] है। इसी पर हमारी आइन्दा पॉलिसी का इन्हिसार[120] है। अगर हमने फ़राख़-दिली से इन उलझनों और ग़लतफ़हमियों को न सुलझाया तो आइन्दा हमें अजीब-अजीब परेशानियों से दो चार होना पड़ेगा। हमारे नज़रियात[121] जब तक वाज़ेह[122] न हों, हमारी तह्रीरें भी जब तक गोल-मोल रहेंगी और उभरनेवाले नए अदीब इन ग़लतफ़हमियों का शिकार बनकर अदब की सूरत को और भी मस्ख़[123] कर देंगे। ये मस्अला इतना सतही[124] नहीं जितना इबादत साहब के मज़्मून से ज़ाहिर होता है जिसकी रौशनी में अंजुमन के नए मंशूर का हुलिया ऐसा बिगड़ जाता है कि पहचाना नहीं जाता।

यूँ तो हम चाहें तो हर काम को इन्तिहापसन्दी[125] और क़ब्ल-अज़-वक़्त[126] का रोड़ा अटकाकर रोक सकते हैं। हमें ये देखना है कि आज जिसे इन्तिहापसन्दी कहा जा रहा है कहीं हमारा प्रोग्राम ही न हो इसलिए सबसे पहले हमें अपने प्रोग्राम का यक़ीन करना होगा वर्ना डर है कि हम बहककर किसी और सिम्त[127] चल पड़ेंगे, न जाने किस तरफ़।

---

115. स्वीकार करेगा, 116. हिसाब, 117. भविष्य, 118. घोषणा-पत्र, 119. सम्बद्ध, 120. निर्भर, 121. दृष्टिकोण, 122. स्पष्ट, 123. विकृत, 124. ऊपरी, 125. अतिवाद, 126. समय से पहले, 127. ओर।

बहू बेटियाँ

ये मेरी सबसे बड़ी भाभी है। मेरे सबसे बड़े भाई की सबसे बड़ी बीवी। इससे मेरा मतलब हरगिज़ ये नहीं है कि मेरे भाई की ख़ुदा न करे बहुत-सी बीवियाँ हैं। वैसे अगर आप इस तरह से उभरकर सवाल करें तो मेरे भाई की कोई बीवी नहीं, वह अब तक कुँआरा है। उसकी रुह कुँआरी है। वैसे दुनिया की नज़रों में वह बड़ी भाभी का ख़ुदाए-मजाज़ी[1] है, पौन दर्जन बच्चों का बाप है। उसकी शादी हुई, दूल्हा बना, घोड़े पर चढ़ा, दुल्हन को घर लाकर पलंग पर बैठाया, फिर पास ही ख़ुद भी बैठ गया और जब से बराबर बैठ रहा है। लेकिन तसव्वुफ़[2] की बातें समझने वालों ही को मालूम है कि वह कुँआरा है और सदा कुँवारा रहेगा। उसका दिल न ब्याह सका और न कभी ब्याह सकेगा। वह न कभी दूल्हा बना, न घोड़े पर चढ़ा, न दुल्हन को लाया, न उसके संग उठा-बैठा। वह तो उसका बाप था, जिसने उसका ब्याह तै किया, ऐरे-ग़ैरे-नत्थू-ख़ैरे की राय से। वह बग़ावत के बुख़ार में झुलसता रहा मगर चूँ न कर सका। क्योंकि वह जानता था, उसके बाप के हाथ बड़े तगड़े हैं, और जूते उससे भी तगड़े, इसलिए उसने बेहतर समझा कि वह शहीद तो हो ही रहा है, जूते से शहीद न हो, तब भी कोई फ़र्क़ नहीं पड़ता। लिहाज़ा वह दूल्हा बना और सेहरे के पीछे ताड़ने वालों ने ताड़ लिया कि एक और सेहरा बँधा है जो उसके अरमानों के ख़ून में डूबे हुए आँसुओं से गूँधा गया है! जिसमें उसकी न सुनाई देने वाली सिसकियाँ पूरी हुई हैं। जिसमें मसले हुए ज़ज़्बात और कुचली हुई मसर्रतें[3] बँधी हुई हैं। वह घोड़े पर नहीं चढ़ा, उसकी मैयत[4] माँ-बाप की हठधर्मी के घोड़े पर लटका दी गई। वह अपनी दुल्हन नहीं लाया बल्कि वह माँ-बाप की दुल्हन थी। उन ही की ब्याहता थी।

मगर एक मज़बूर बेटे की तरह बिना आहो-ज़ारी[5] किए वह दुल्हन के पास भी गया। उसका घूँघट भी हटाया, मगर वह यही इरादा कर चुका था कि वह ख़ुद वहाँ नहीं, ये उसका बाप है, जो इस दुल्हन का दूल्हा है। मगर चूँकि मेरी भाभी उस वक़्त बड़ी न थी, मेरा मतलब है जिस्मानी तौर पर वह दुबली-पतली और नाज़ुक-

1. भौतिक ख़ुदा, पति परमेश्वर, 2. अध्यात्मवाद, 3. ख़ुशियाँ, 4. लाश, 5. बिना रोए-पीटे,

सी छोकरी थी, इसलिए एक लम्हे को, मेरे बड़े भाई का जिस्म उससे ब्याह गया। लेकिन बहुत जल्दी ही वह दुबली-पतली औरत बढ़ना शुरू हुई और चन्द साल ही में वह फूल-फल कर बेतुके गोश्त का ढेर बन गई। मेरे भाई ने उसके ऊपर चढ़ते हुए गोश्त को न रोका। उसकी जूती रोकती। वह उसकी थी कौन।

लेकिन वह बच्चे...उसके माँ-बाप के बच्चे जिन्हें वह कभी भूले से भी न छूता, तादाद[6] में बढ़ते रहे। नाकें सुड़सड़ाते, मैली टाँगें उछालते, बावेला मचाते। मगर मेरे भाई के दिल के दरवाज़े वैसे ही बन्द रहे। वह ऐसा ही कुँवारा और बाँझ रहा। मेरी भाभी कुछ ऐसी इन मर्हलों[7] में फँसी कि उसने पलटकर भी भैया की तरफ़ न देखा। जानो कहती हों, मैं तो पहले सास-ससुर की बहू हूँ। नन्द की भौजाई हूँ, बच्चों की अम्माँ हूँ, नौकरों की मालिक हूँ, मुहल्ले-टोले की बहू-बेटी हूँ, फिर अगर वक़्त मिला तो तुम्हारी बीवी भी बन जाऊँगी।

भैया को इस तरह की साँझे की हाँडी बड़ी फीकी-सीठी और बेमज़ा लगी और उसने अपना दिल सँभालकर उठाया, बिखरे रेज़े[8] समेटे और तलाश में निकल खड़ा हुआ। उसने कितने ही आस्तानों[9] पर उस चकनाचूर शीशे के टुकड़े को जाकर रखा मगर कोई मरहम, कोई दवा ऐसी न मिली जो उन रेज़ों[10] को जोड़ देती, इसलिए वह अब भी अपना कुँआरा दिल लिये फिर रहा है, किसी दिलवाली की तलाश में।

उसने दिलवालियों को रंडियों के कोठे पर ढूँढ़ा, गन्दी गलियों में घूमने वाली टकिहाइयों में तलाश किया। रेडियो-स्टेशनों पर गाने वाली हसीनाओं और आर्टिस्टों में टटोला। हस्पतालों की नर्सों में भी जुस्तजू की। फ़िल्मी परियों की गुफाओं में भी भटका और एक्सट्रा लड़कियों के झुरमुट में भी झाँका। ज़ाहिल गाँव की गँवारियों, सड़क की कूटनेवालियों, मच्छेरनों और भटियारिनों के आगे भी हाथ फैलाया। ड्राइंगरूम में उगने वाली और बॉलरूम में थिरकने वाली शरीफ़ज़ादियों से भी भीख माँगी, मगर उसे दिलवाली कहीं न मिली। लाखों ही घूँघट पलट डाले, मगर वही औरत, वही सास-सुसर की बहू, वही उनके ही बाल-बच्चों की माँ दिखाई दी।

मेरी भाभी सबसे बड़ी सही, मगर ज़्यादा अक़्लमन्द हरगिज़ नहीं। उसने मियाँ को झूठे बहलावे कभी न दिये। जैसे पहली ही रात को वह समझ गई हो कि अपनी जान घिसाना हिमाक़त है। इन तिलों से तेल न निकलेगा और वह दुनिया से जी कड़वा करके काले-कलूटे, टेढ़े-भैंगे बच्चे तो ख़ुदबख़ुद उस के पेट में तामीर[11] होते रहे। वह तो उबकाइयाँ लेने और बदवज़्अ बनने के सिवा कुछ भी न करती रही और ये बच्चे मेरे भैया से इन्तिक़ाम[12] लेने का मुफ़ीद[13] आला[14] साबित हुए। जब नाक चाटते नंग-धड़ंग बसूरते हुए केंचुए, किसी महफ़िल या पार्टी में मेरे भैया को

---

6. गिनती, 7. कठिन समस्याओं, 8. कण, 9. मज़ारों, 10. कणों को जोड़कर बना, 11. बनते रहे, 12. बदला, 13. फ़ायदेमन्द, 14. औज़ार,

छू देते हैं तो वह ऐसे उछल पड़ते हैं जैसे बिच्छू ने चटक लिया हो और जब कभी भूले से कोई अह्मक़[15] मेहमान घर में आ जाता तो यही तह्ज़ीब और नफ़ासत के काइल, अदब और सलीक़े के दुश्मन उसकी छाती पर कूदकर उसको डूब मरने की तरग़ीब[16] दिया करते हैं।

इनके अलावा घर के मैले बिछौने, मैले फ़र्श और छिचाँदे बर्तन, एक नफ़ीस दिमाग़ रूह की अबदी[17] मरघट में सुलगने के लिए काफ़ी न पाकर मेरी भाभी ने जुम्ला तरकीबों[18] और ख़ुश-गुफ़्तारियों के ज़र्रीं नुस्ख़े[19] इस्तेमाल करके आने-जाने या मुस्तक़िल रहने के शौक़ीन रिश्तेदारों का सिलसिला भी मुन्क़ते[20] कर दिया है।

इसलिए तो बेचारा दिल वाली की तलाश में ज़र-ज़मीन लुटाता फिरता है। कभी-कभी उसे कोई महबूबा दिलनवाज़ मौक़ा पाकर उसका फ़र्नीचर फ़रोख़्त करके, मकान पगड़ी पर उठाकर हत्ता कि उसके कपड़े भी अपने नए आशिक़ के लिए लेकर भाग जाती है और वह फिर वैसा ही लंडूरा और यतीम रह जाता है।

वैसे भी उसे इश्क़ रास नहीं आता। जहान के लोग आवारगी करते हैं पर घंटियाँ किसी के गले में नहीं लटक जातीं। वह तो अगर भूले से किसी की तरफ़ मुस्कुरा कर भी देख लें तो वह औरत फ़ौरन हामिला[21] हो जाती है और उसकी जान पर एक अदद तुहफ़ा नाज़िल कर देती है जिसे वह बिल्ली के गू की तरह छिपाता फिरता है। वह अपने जाइज़ बच्चों से ज़रा भी नहीं शर्माता मगर उसकी इल्लतों से उसकी इज़्ज़त पर हर्फ़ आने का ख़ौफ़ है। वह बड़ा बाइज़्ज़त है ना।

वह अपनी इस मुसीबत को दुनिया की सबसे बड़ी आफ़त समझता है। जब उसके दिल की दुनिया उजाड़ पड़ी है तो लोगों को भूख, महँगाई और बेकारी जैसी बेमसरफ़ चीज़ों के बारे में कुछ सोचने का क्या हक़ है। दिल है तो सब कुछ है।

आप समझेंगे कि वह कोई जिन्सी मरीज़[22] है, औरत का भूखा है। जी नहीं उस ज़ालिम औरत की वजह से तो उसे बारहा शदीद क़िस्म की बदहज़्मी भी हो चुकी है। तो बात दरअस्ल ये है कि वह ऐसे माहौल की पैदाइश है, जहाँ ग़मे दुनिया को ग़मे-उक़्बा[23] की आड़ में छिपाना सिखाया जाता है। जहाँ हर जिस्मानी महरूमी का इलज़ाम नसीब के सर और रूहानी तश्नगी[24] का ठेका माशूक़ के ज़िम्मे है। वह क़िस्मत के पीछे डंडा लेकर पड़ा हुआ है। एक दिन उसे नसीब कहीं दुबका हुआ मिल जाएगा और वह उसका सर पाश-पाश कर देगा, फिर वह होगा और उसकी महबूबा। लेकिन उसे इतना भी नहीं मालूम कि उसका नसीब

---

15. मूर्ख, 16. प्रलोभन, प्रेरणा, 17. नित्य का, 18. सारे उपायों, 19. विधियाँ, 20. काट दिया, 21. गर्भवती, 22. यौन सम्बन्धी रोगी, 23. परलोक का दुख, 24. प्यास,

उसकी पीठ पर बैठा है और उसकी चर्बी चढ़ी हुई आँखों को कभी नज़र न आएगा।

और उन कड़वे-कसैले माँ-बाप और फ़र्सूदा निज़ाम[25] के साये में पौने दर्जन बच्चे परवान चढ़ रहे हैं।[26] आने वाली पौध उग रही है और ज़िन्दगियाँ साँचों में ढल रही हैं नामालूम मंज़िल तक घिसटने के लिए, दुनिया में तल्ख़ी[27] और इफ़्लास[28] की की पाल-पोस करने के लिए।

ये मेरी दूसरी भाभी है। मेरे भाई की अनमोल दुल्हन। इसकी क़िस्मत का चमकता-दमकता सूरज उसकी मश्अले-राह[29] मेरा भाई बड़ा ही तक़दीर वाला है। उसने एक ग़रीब घर में जन्म लिया। दियों की अधमरी रौशनी में पढ़-पढ़कर एक दिन जब रौशन सितारे की तरह चमक गया तो एक बड़ी-सी मछली आई और उसे साबुत निगल गई।

ज्यों ही उसने अव्वल नम्बरों से बी. ए. पास किया, नवाब गम्मन की नज़रे-इल्तिफ़ात उस पर पड़ गई। न जाने किधर के रिश्ते-नाते जोड़-तोड़कर प्रोफ़ैसरों के ज़रिए काँटा मारा और देखते ही एक छोड़ हज़ार जान से उस पे फ़रेफ़्ता हो गए। फिर उसे अपनी सबसे चहेती बाँदी की सबसे लाड़ली बेटी को बख़्श दिया। बाबा बहुतेरा फुदके, मगर एक तरफ़ तो थी नवाबज़ादी और इंग्लैंड जाने का ख़र्चा, और दूसरी तरफ़ खूसट बाप और अपाहिज माँ और बिन ब्याही बहनों की पलटन और अध-पढ़े भाइयों की फ़ौज। ज़ाहिर है कि बाज़ी बड़े हल्क़ वाली मछली के हाथ रही और बक़िया जोंकें मुँह देखती रह गईं। चट मंगनी पट ब्याह। अम्माँ को समधन बनने का शौक़, बहनों को नेग उड़ाने की तमन्ना दिल की दिल ही में रह गई और पूत पतंगा बनकर सात समन्दर पार उड़ गया।

अम्माँ ने जी पर पत्थर रख लिया था कि बला से हड्डी नीची है तो जहेज़ ही से आँसू पुँछ जाएँगे। माशाअल्ला इतने सामान से पलटन के दो-चार सिपाही तो लैस हो जाएँगे। दूल्हा की सलामी से ही दो-तीन भाइयों की नाव पार उतर जाएगी। मगर सारे अरमान सारे हौसले फुर्र से उड़ गए। जब नवाब की एक कोठी दुल्हन का मायका और दूसरी ससुराल बनी और बहू एक कोठी से दूसरी कोठी को ब्याह दी गई।

इंग्लैंड से लौटकर दूल्हा ब्याहकर ससुराल चला गया और अम्माँ-बाबा नए सिरे से दूसरा पौधा सींचने पर जुट गए। फिर किसी दिन उस पौधे के चिकने-चिकने पात किसी बाग़बान[30] को नज़र आ गए तो वह उसे भी उस घूरे से समेटकर अपने 'सर-हाउस' में ले जाकर रख देगा और अम्माँ-बाबा एड़ियाँ रगड़ते आख़िरी मंज़िल को जाकर पकड़ लेंगे।

---

25. पुरानी व्यवस्था, 26. पल रहे हैं, 27. कड़वाहट, 28. ग़रीबी, 29. रास्ते की मशाल 30. माली,

अब ये पहला पौधा अपने ससुर की रियासत में किसी मुफ़्त-ख़ोरो वाले उह्दे पर फाइज़[31] है अलावा तन्ख्वाह के मोटर, घोड़ा गाड़ी, कोठी, बंगला नौकर-चाकर और एक अदद नवाबज़ादी[32] उसे मिली हुई है। सुबह उठकर दरबार में तीन सलाम झाड़ चुकने के बाद वह दिन भर पड़ा कोठी में ऐंड़ता है। कभी-कभी उसे ऐसा मालूम होता है जैसे उसकी हैसियत अफ़्ज़ाइशे-नस्ल के लिए इस्तेमाल किए जानेवाले साँड से ज़्यादा नहीं जो थान पर बँधा उगली हुई 'क़ै' की जुगाली किए जा रहा है।

उसकी बीवी यानी नवाबज़ादी कभी उसके ग़लीज़[33] घर न आई। मगर जब बूढ़े बाप ने दुनिया की जंग से आजिज़ आकर हथियार डाल दिए तो वह अपने पूरे ताम-झाम के साथ दो घड़ी को आई। उस वक़्त बेचारे नवाबी दामाद की शर्म के मारे बुरी हालत हो गई जैसे गवर्नर-वायसराय की सवारी आ रही हो, तो एक साफ़-सी सड़क चुनकर झंडियाँ लगा दी जाती हैं, ताकि वायसराय समझे कि सारा मुल्क ऐसा ही साफ़ और सजा-सँवरा हुआ है।

उसी तरह घर का सारा कूड़ा-करकट नज़रों से ओझल कर दिया गया। मैयत[34] उठने से पहले ही नवाबज़ादी उठकर चल दी और साथ-साथ वह दामाद भी।

मगर बड़े हस्सास दिल का मालिक है, वह सब कुछ समझता है और उसके दिल पर बर्फ़ के घूँसे हर दम लगा करते हैं। इसलिए वह जल्द-अज़-जल्द उस माहौल में समाने की कोशिश करता रहता है। और ख़ुद-फ़रामोशी[35] के लिए शराब पीता है, तब वह सब कुछ भूल जाता है। ये भी भूल जाता है कि सुहाने मौसम आ गए हैं और आस-पास की रियासतों के रंगीन मिज़ाज सैरो-शिकार को आ-जा रहे हैं। उसकी बीवी दूसरी नवाबज़ादियों की तरह हिरनी बनकर चौकड़ियाँ भर रही है। वह ख़ुद तीन सलाम झाड़ रहा है। आरामदेह कमरे में सरो-पैर से बेख़बर पड़ा है। अब तो उसे अपनी रफ़ीक़े-ज़िन्दगी[36] की आँखों में से गुज़रते हुए सवाल भी नहीं जगा सकते। वह यही तो कहती है कि तुम्हारा मस्रफ़ क्या है? मेरे बाप की जल्दबाज़ी ने तुम्हें इस जन्नते-अर्ज़ी[37] में ला डाला है, इसे ग़नीमत जानो। जो ये न होता तो जूतियाँ चटख़ाते फिरते। ऐसे मौक़े पर उसका जी चाहता है कि वह दुनिया को दोनों हाथों से उठाकर दे पटके और...

मगर वह इस ख़याल को अपने दिमाग़ में जड़ पकड़ने से पहले उखाड़ फेंकता है। दुनिया जानती है कि वह इंग्लैंड से कोई डिग्री या डिप्लोमा तो ला न सका। उसके जाते ही साहबज़ादी साहिबा को दिल के दौरे पड़ने लगे और उन्होंने रो-रोकर उसे वापस बुलवा लिया, इसलिए बेचारे की हालत ऐसी नीम-पुख़्ता रोटी

---

31. वह पद जहाँ कोई काम न हो, 32. नवाब की बेटी, 33. गन्दे, 34. लाश, 35. अपने आप में भूलने के लिए, 36. जीवन-संगिनी, 37. धरती का स्वर्ग,

जैसी है जो क़ब्ल-अज़-वक़्त तवे से फिसलकर घी में आन गिरी हो, ऊपर से काहिली और बीमारी की फफूँद ने उसे और भी बेमस्रफ़ बना दिया। वह एयर कंडीशंड कमरे में सो-सोकर अपनी पुरानी कच्ची खपरैल से काँपने लगा है। फ़्लश का आदी होकर उसे ग़लीज़ कच्चे सँड़ास के ख़याल से बुख़ार चढ़ता है। उसकी क़िस्मत का सितारा बुलन्दियों पर टिमटिमाता है, जिसे पकड़ने के लिए वह आवारा ताज़ा बगुले की तरह सरगर्दां[38] है।

और जब वह बहुत थक जाता है तो ग़ुस्से में आकर व्हिस्की की मिक़्दार[39] पैग में दुगनी करके पुरसुकून जम्हाइयाँ लेने लगता है। यही उसकी कशमकश है और यही ज़िन्दगी की जद्दोजहद। नमक की कान में जाकर वह भी तो नमक का खम्बा बन चुका है।

जब उन नमक की कानों पर फावड़ों की चोट पड़ेगी और उनके परख़्चे उड़ाकर रोटियों में गूँध डाले जाएँगे तो इस ख़ालिस नमक के तोदे की रोटी नमकीन नहीं बल्कि किरकिरी होगी, फिर उस किरकिरी रोटी का निवाला भी थूक दिया जाएगा।

मेरी एक और भाभी भी है, ये तालीमयाफ़्ता कहलाती है। उसे एक कामयाब बीवी बनने की मुकम्मल तालीम[40] मिली है। वह सितार बजा सकती है। पेंटिंग कर सकती है। टेनिस खेलने, मीटर चलाने और घोड़े की सवारी में मश्शाक़[41] है। बच्चों की परवरिश आया से बख़ैरे-ख़ूबी करवा सकती है। एक वक़्त सौ-डेढ़ सौ मेहमानों की आव-भगत कर सकती है, मेरा मतलब है कि बैरा लोग को अपनी निगरानी में लेकर। बड़े लाड़-प्यार से उसकी कॉन्वेन्ट में तर्बीयत हुई और जब ख़ुदा रखे सिने-बुलूग़[42] को पहुँची तो उसके रौशन ख़याल वालिदैन ने उसके हुज़ूर में होनहार उम्मीदवारों की एक रेजीमेन्ट को पेश होने की इजाज़त दे दी। उनमें आई.सी.एस. भी थे और पी.सी.एस. भी थे। हसीन और तालीमयाफ़्ता भी थे, बदसूरत और दूधारी गायें भी। अशर्फ़ियों के थैले के साथ मुँह का मज़ा बदलने को कुछ अदीब थे और शायर भी और उससे कह दिया कि बेटी तेरे आँखें भी हैं और नाक भी। ख़ूब ठोंक-बजाकर एक बकरा छाँट ले।

सो उसने ख़ूब जाँच-पड़ताल करके एक अपने ही पल्ले का भारी-भरकम चुन लिया और इस पर आशिक़ हो गई जिसकी दाद[43] उसके वालिदैन ने अज़ीमुश्शान[44] जहेज़ की सूरत में दी।

लोग इस हंस-हंसनी के जोड़े को रश्क की निगाहों से देखते हैं और वह भी शिद्दते-उल्फ़त[45] में बेताब होकर एक-दूसरे को डार्लिंग कहते हैं।

---

38. परीशान, रास्ता भूला हुआ, 39. मात्रा, 40. पूरी शिक्षा, 41. कुशल, 42. युवावस्था, 43. प्रशंसा, 44. बहुत अधिक, 45. प्रेमावेश,

दोनों मियाँ-बीवी एक ही फ़र्मे के बने हुए हैं। उनके मिज़ाज यकसाँ[46] पसन्द और नापसन्द और यकसाँ ग़रज़ हर बात यकसाँ है। दोनों एक ही क्लब के मेम्बर हैं। दोनों एक ही सोसायटी के चहेते फ़र्द...एक ही थैली के चट्टे-बट्टे। यही वजह है कि उन्हें एक-दूसरे से इतनी शदीद क़िस्म की नफ़रत है कि महीनों एक-दूसरे की सूरत नहीं देखते। फ़ुर्सत ही नहीं मिलती।

मियाँ का एक दूसरे आला अफ़सर की बीवी से मशहूर-ओ-मारुफ़ क़िस्म का यूनीक इश्क़ चल रहा है और बीवी उसके एक हमअस्र[47] से मानूस है, जिसकी बीवी अपनी सहेली के मियाँ से अटकी हुई है। ये सहेली एक सारजेन्ट के दामे-उल्फ़त में गिरफ़्तार है जिसकी अपनी बीवी एक बोझल-से सेठ के पास रहती है, जिसकी पुरानी चेचक-रू बीवी मैनेजर से उलझी हुई है, जो एंग्लो-इंडियन लड़कियों के चक्कर में पड़ा हुआ है। जो मिलिट्री के नौउम्र...उँह छोड़िए भी, क्या फ़ायदा दख़्ल-दर-माक़ूलात से। मेरे बाल नाई के पास, नाई का उस्तरा मेरे पास, मेरा उस्तरा घसियारे के पास। इस तरह यह ज़ंजीर एक हल्के से मुँह में दूसरे की दुम लिये दुनिया के गिर्द चक्कर काट रही है। मेरी भाभी भी इस ज़ंजीर का एक हल्क़ा है और वहाँ तब तक लटकी रहेगी जब तक ज़ंजीर कुरए-अर्ज़[48] को जकड़े रहेगी।

और मेरी तीसरी भाभी तो जग की दुल्हन है। वह उस सड़क के मानिन्द है, जिस पर सब चलते हैं। उस छाँव की तरह है जो हर थके-माँदे को अपनी आग़ोश में थपकियाँ देकर ख़ुद-फ़रामोशी[49] के अस्बाब मुहैया करती है। वह साझे की हाँडी है जो आख़िर में चौराहे पर फूटेगी। वह जिन्हें मुँह का मज़ा बदलने के लिए नेमतख़ाने में माल-मसाला रखने की तौफ़ीक़ नहीं, वह इस सलाए-आम से फ़ायदा उठाते हैं।

वह रोज़ शाम को नए दूल्हे की दुल्हन बनती है और सुबह को बेवा हो जाती है। वह अपनी उन बहनों से ख़ुशनसीब है, जो अल्लाह की देन से एक शब में दस-बारह बार दुल्हन बनती हैं, दस बरातें चढ़ती हैं और दस बार राँड होती हैं। बाज़ लोग नकचढ़ी पड़ोसनों की तरह उस पर टेढ़ी-टेढ़ी नज़रें डालते हैं। उनका ख़याल है कि वह कुछ नीच है, कोई गुनाह कर रही है।

मगर ख़ुद उसकी समझ में नहीं आता कि वह कौन-सा पाप कर रही है। दुनिया में क्या नहीं बिकता और क्या नहीं ख़रीदा जाता। जो लोग उसे जिस्म बेचता देखकर इतना बिलबिला उठते हैं, क्या लोग पैसे के एवज़ अपने दिमाग़ नहीं बेचते, अपने तख़य्युलात[50] का सौदा नहीं करते। अपना ज़मीर नहीं बेचते। मासूमों का ख़ून भी तो आटे में गुँधकर बिकता है। कारीगरी का गाढ़ा पसीना भी तो कपड़े के साथ रँगकर फ़रोख़्त किया जाता है। एक क्लर्क की पूरी ज़िन्दगी चालीस रुपए महीने पर

46. समान, 47. समकालीन, 48. भूमंडल, 49. आत्म विस्मृति, 50. कल्पनाओं,

बिक जाती है। एक टीचर की पूरी उम्र का सौदा इतने ही दामों पर हो जाता है तो फिर इस जिस्मे-खाकी[51] के लिए क्यों इतनी ले-दे।

और उसका बाप काले बाज़ार का मुअज़्ज़ज़[52] सुतून[53] था। उसका भाई नाजाइज़ ज़राए[54] से नाजाइज़ लोगों तक पहुँचता था। उसका दूसरा भाई पुलिस का ज़िम्मेदार फ़र्द होते हुए भी ग़ैर-ज़िम्मेदाराना हरकतें किया करता था और दुनिया उन सबको जानते हुए भी उन्हें गले से लगाए बैठी है। वह भी तो उन्हीं में से एक है, जहाँ आवे का आवा टेढ़ा है, वहाँ उसकी भी ख़पत होनी चाहिए।

वैसे वह कोई पुश्तहापुश्त[55] की रंडी नहीं। इसमें इसका क्या क़ुसूर, वह आर्ट की ख़िदमत करने फ़िल्म लाइन में गई और वहाँ से लोग न जाने कब और कैसे उसे धीरे-धीरे इस कोने में खेंच लाए। उसने यही तो किया कि फ़िल्म स्टार बनने की ख़ातिर हर आस्ताने पर सिर टिकाया। फ़िनांसर से लेकर एक्स्ट्रा तक के घर की ख़ाक छानते-छानते वह ख़ुद छलनी बन गई। इस गड़बड़ में वह न जाने कौन-सा रिहर्सल ग़लत कर गई जो बजाय आस्माने-फ़िल्म का दरख़्शाँ[56] सितारा बनने के बाद वह यहाँ सड़क के किनारे टिमटिमाने लगी।

यही नहीं कि उसने शादी न की हो, उसने उस कूचे की भी दश्त-पैमाई करके देख ली, मगर शादी के चन्द ही महीने बाद उसका मियाँ हस्बे-मामूल इधर-उधर जाने लगा। वह शायद तंगी-तुर्शी में भी गुज़र कर लेती, मगर वह तो जितने पैर सिकोड़ती गई, उतनी ही वह चादर कतरता गया।

सिवाय बीवी बनने के उसे और कोई हुनर न आता था। वह चाहती तो तीस-पैंतीस की उस्तानीगीरी कर लेती मगर इतने रुपए से तो उसे शैम्पू का ख़र्च चलाने की भी आदत न थी। या अस्पताल में नर्स बनने की कोशिश करती, और साठ रुपए के एवज़ ख़ून, पीप, खाँसी, बुख़ार, क़ै, दस्त में क़लाबाज़ियाँ खाती, लेकिन वह अच्छी तरह जानती थी कि इस क़िस्म की हिमाक़तों में जान खपाने का शौक़ उसके ख़मीर में हलूल नहीं। मज़बूरन उसे फ़िल्म के दरवाज़े पर दस्तक़ देनी पड़ी।

रंगीन फ़िल्म हिन्दोस्तान में बनती तो शायद उसका मैदा-शहाब रंग कुछ बर्क़-पाशियाँ[57] कर सकता। लेकिन उन काली-सफ़ेद फ़िल्मों में उसकी थोड़ी चिकनी नाक और चुँदी आँखों ने उसकी लुटिया डुबो दी। दो-चार थकी-हारी फ़िल्में बनाकर, वह फ़िनांसर की आग़ोश से गिरकर डायरेक्टर के पास आई। वहाँ से फिसली तो हीरो और साइड हीरो के हत्थे चढ़ी। उसके बाद एक कैमरामैन लपका...वहाँ से जो टपकी तो क़ारे-गुमनामी में खिसक गई और जब आँख खुली तो उसने ख़ुद को इस बाज़ारे-हुस्न में मुअल्लक़[58] पाया। मगर वह अब बड़ी समझदार हो गई है।

---

51. मिट्टी का बना हुआ शरीर, मानवशरीर, 52. माननीय, 53. स्तम्भ, 54. अवैध साधनों, 55. पीढ़ी-दर-पीढ़ी, 56. चमकता हुआ, 57. बिजली गिराना, 58. अधर में लटका हुआ,

अपने ग्राहकों को बड़ी होशियारी से नापती–तौलती है। अगर किसी दिन कोई मोटी मुर्ग़ी, बदसूरत बीवी और ग़लीज़ बच्चों की हंकाई हाथ आ गई तो वह उसे अपना मुस्तक़िल ग्राहक बना डालेगी और सरकार से इस इस्तिक़लाल[59] का सर्टीफिकेट हासिल करके काले बाज़ार में आइन्दा सुतून तामीर[60] करना शुरू कर देगी।

ये हैं आदम हव्वा के जानशीन[61]। तख़्लीक़[62] के अलमबर्दार[63] और दुनिया की गाड़ी को चलाने वाले जो बजाय चलाने के उसे लात–घूँसे से आगे–पीछे ढकेल रहे हैं।

मगर ठहरिए मेरी एक और भाभी है, पर वह न जाने कहाँ है। मैंने एक–आध बार सिर्फ़ उसकी झलक देखी है। कभी उसके माथे पर ढलके हुए ज़रतार[64] आँचल को देखा है, मगर उसे परचम[65] बनते नहीं देखा। उनकी दूध ऐसी पेशानी पर मेहनत की अफ़्शाँ [66] चुनी देखी है। मगर उस अफ़्शाँ में ऊदे, पीले, नीले सब रंग हैं और सुहाग की सुर्ख़ी की झलक नज़र नहीं आती। मैंने उसकी हसीन उँगलियाँ तो देखी हैं, मगर उन्हें उलझे बालों के पेचो–ख़म सुलझाते नहीं देखा। उसकी साँवली शाम को शर्माने वाली जुल्फ़ों की घटाएँ देखी हैं, मगर उन्हें किसी के थमे हुए शानों पर परेशान होते नहीं देखा। मैंने उसका चिकना मैदे की लोई जैसा पेट तो देखा है। मगर उसमें अभी नई उम्मीद के पौधे को परवान चढ़ते नहीं देखा। मैंने उसकी चितवनें देखी हैं मगर उन्हें शमशीर[67] बनते नहीं देखा।

सुनते हैं, सुनहरे देशों में वह आन बसी है और माथे की अफ़्शाँ अमर सुहाग का सिन्दूर बन चुकी है...उसकी महकती ज़ुल्फ़ें चौड़े–चकले शानों पर बिखर रही हैं...उसकी पतली–पतली उँगलियाँ उलझे बाल ही नहीं सुलझा रही हैं बल्कि बन्दूक़ों में कारतूस भर रही हैं और तलवारों की धार पर अपनी तीखी चितवनों से सान रख रही है।

दूर जाने की ज़रूरत नहीं...यहीं बहुत क़रीब मेरे पड़ोस में तिलंगाना की अलबेलियाँ, जीदार जवानों की आरतियाँ उतार रही हैं और उनके हथियारों पर अक़ीदत[68] के फूल चढ़ाकर सिन्दूर के टीके लगा रही हैं।

मेरा इरादा है कि एक दिन मैं भी उस सरज़मीन पर जाऊँगी और उन सुहागिनों के माथे का थोड़ा–सा सिन्दूर माँग लाऊँगी...और उसे अपनी माँग में रचा लूँगी।

और फिर वह मेरी चहेती भाभी मेरे देश के कोने–कोने में आन बसेगी। अगर इन सास–ननदों के डर से मेरी भाभी बनकर न आ सकी तो दावे से कहती हूँ कि वह मेरी बहू बनकर तो ज़रूर आएगी।

---

59. दृढ़ता, 60. निर्माण, 61. उत्तराधिकारी, 62. सृजन, रचना, 63. ध्वजावाहक, 64. सुनहरी तारों से बना, 65. झंडा, 66. सुनहरी पाउडर, 67. तलवार, 68. श्रद्धा।

चौथी का जोड़ा

सिह-दरी[1] के चौके पर आज फिर साफ़-सुथरी जाजिम[2] बिछी थी। टूटी-फूटी खपरैल की झिर्रियों में से धूप के आड़े-तिरछे क़त्ले[3] पूरे दालान में बिखरे हुए थे। मुहल्ले-टोले की औरतें ख़ामोश और सहमी हुई-सी बैठी हुई थीं, जैसे कोई बड़ी वारदात होने वाली हो। माँओं ने बच्चे छातियों से लगा लिए थे। कभी-कभी कोई मुनह्नी-सा चिड़चिड़ा बच्चा रसद[4] की कमी की दुहाई देकर चिल्ला उठता।

"नाईं-नाईं मेरे लाल।" दुबली-पतली माँ उसे अपने घुटने पर लिटाकर यों हिलाती, जैसे धान मिले चावल सूप में फटक रही हो, और बच्चा हुँकारे भरकर ख़ामोश हो जाता।

आज कितनी आस भरी निगाहें कुबरा की माँ के मुतफ़क्किर[5] चेहरे को तक रही थीं। छोटे अर्ज़ की टोल के दो पाट तो जोड़ लिए गए थे, मगर अभी सफ़ेद गज़ी का निशान ब्योंतने की किसी को हिम्मत न पड़ी थी। काट-छाँट के मुआमले में कुबरा की माँ का रुत्बा बहुत ऊँचा था। उनके सूखे-सूखे हाथों ने न जाने कितने जहेज़ सँवारे थे, कितने छटी-छोछक तैयार किए थे और कितने ही कफ़न ब्योंते थे। जहाँ कहीं मुहल्ले में कपड़ा कम पड़ जाता, और लाख जतन पर भी ब्योंत न बैठती, कुबरा की माँ के पास केस लाया जाता, कुबरा की माँ कपड़े की कान निकालतीं, कलफ़ तोड़तीं, कभी तिकोन बनातीं, कभी चौखूँटा करतीं और दिल-ही-दिल में क़ैंची चलाकर आँखों से नाप-तौल कर मुस्कुरा पड़तीं।

"आस्तीन और घेर तो निकल आएगा। गिरेबान के लिए कत्तर मेरी बुक़्ची से ले लो," और मुश्किल आसान हो जाती। कपड़ा तराशकर वह कतरनों की पिंडी बनाकर पकड़ा देती। पर आज तो सफ़ेद गज़ी का टुकड़ा बहुत ही छोटा था, और सबको यक़ीन था कि आज तो कुबरा की माँ की नाप-तौल हार जाएगी, जब ही तो सब दम साधे उनका मुँह तक रही थीं। कुबरा की माँ के पुर इस्तिक़्लाल[6] चेहरे पर फ़िक्र की कोई शक्ल न थी। चार गिरह गज़ी के टुकड़े को दो निगाहों से ब्योंत रही

1. तीन दर वाला कमरा, 2. बिछावन, 3. टुकड़े, 4. खाने-पीने का सामान, 5. चिन्तित, 6. बात पर अटल रहना,

थी। लाल टोल का अक्स उनके नीलगूँ[7] ज़र्द चेहरे पर शफ़क़[8] की तरह फूट रहा था। वह उदास-उदास गहरी झुर्रियाँ अँधेरी घटाओं की तरह एकदम उजागर हो गईं, जैसे घने जंगल में आग भड़क उठी हो और उन्होंने मुस्कुराकर क़ैंची उठा ली।

मुहल्लेवालियों के जमघटे से एक लम्बी इत्मीनान की साँस उभरी। गोद के बच्चे भी ठसक दिए गए। चील जैसी निगाहों वाली कुँआरियों ने लपा-झप सूई के नाकों में डोरे पिरोए, नई ब्याही दुल्हनों ने अंगुश्ताने पहन लिए। कुबरा की माँ की क़ैंची चल पड़ी थी।

सिह-दरी के आख़िरी कोने में पलंगड़ी पर हमीदा पैर लटकाए हथेली पर ठोड़ी रखे, दूर कुछ सोच रही थी।

दोपहर का खाना निबटाकर इसी तरह बी अम्माँ सिह-दरी की चौकी पर जा बैठती हैं और बुक़्ची खोलकर रंग-बिरंगे कपड़ों का जाल बिखेर दिया करती हैं। कूंडी के पास बैठी बर्तन माँझती हुई कुबरा कनखियों से उन लाल कपड़ों को देखती, तो एक सुर्ख़ छिपकली-सी उसके ज़र्दी-माइल मटियाले रंग में लपक उठती। रुपहली कटोरियों के जाल को जब पोले-पोले हाथों से खोलकर अपने ज़ानुओं[9] पर फैलातीं, तो उनका मुरझाया हुआ चेहरा एक अजीब अरमानभरी रौशनी से जगमगा उठता। गहरी ख़ंदक़ों जैसी शिकनों पर कटोरियों का अक्स नन्ही-नन्ही मशालों की तरह जगमगाने लगता। हर टाँके पर ज़री का काम हिलता और मशालें कपकपा उठतीं।

याद नहीं, कब उस शबनमी दुपट्टे के बने-टके तैयार हुए और जस्त के भारी क़ब्र जैसे सन्दूक़ की तह में डूब गए। कटोरियों के जाल धुँधला गए। गंगा-जमनी किरनें माँद पड़ गईं। टोल के लश्कारे उदास हो गए, मगर कुबरा की बरात न आई। जब एक जोड़ा पुराना हो जाता, तो उसे चाले का जोड़ा कहकर सेंत दिया जाता और फिर एक नए जोड़े के साथ नई उम्मीदों का इफ़्तिताह[10] हो जाता। बड़ी छान-बीन के बाद नई दुल्हन छाँटी जाती। सिह-दरी के चौके पर साफ़-सुथरी जाज़िम बिछती। मुहल्ले की औरतें हाथ में पानदान और बग़लों में बच्चे दबाए झाँझनें[11] बजाती आन पहुँचतीं।

''छोटे कपड़े की गोट तो उतर आएगी, पर बच्चियों का कपड़ा न निकलेगा।''

''लो बुआ...लो और सुनो, तो क्या निगोड़ी मारी टोल की चूलें पड़ेंगी ?'' और फिर सबके चेहरे फ़िक्रमन्द हो जाते। कुबरा की माँ ख़ामोश कीमियागर की तरह आँखों के फ़ीते से तूलो-अर्ज़[12] नापतीं और बीवियाँ आपस में छोटे कपड़े के मुतअल्लिक़[13] खुसर-फुसर करके क़हक़हा लगातीं। ऐसे में कोई मनचली कोई

---

7. नीले रंग का, 8. सवेरे या शाम की लालिमा, 9. घुटनों, 10. उद्घाटन, 11. पैजनी, 12. लम्बाई-चौड़ाई, 13. विषय में,

सुहाग या बन्ना छेड़ देती, कोई और चार हाथ आगे वाली ख़याली समधनों को गालियाँ सुनाने लगती, बेहूदा-गंदे मज़ाक़ और चुहलें शुरू हो जातीं। ऐसे मौक़ों पर कुँआरी बालियों को सिह-दरी से दूर सिर ढाँककर खपरैल में बैठने का हुक्म दे दिया जाता, और जब कोई नया क़हक़हा सिह-दरी से उभरता, तो बेचारियाँ एक ठंडी साँस भरकर रह जातीं। अल्लाह! यह क़हक़हे उन्हें ख़ुद कब नसीब होंगे।

इस चहल-पहल से दूर कुबरा शर्म की मारी मच्छरों वाली कोठरी में सिर झुकाए बैठी रहती। इतने में कतर-ब्योंत निहायत नाजुक मरहले[14] पर पहुँच जाती। कोई कली उलटी कट जाती और उसके साथ बीवियों की मति भी कट जाती। कुबरा सहमकर दरवाज़े की आड़ से झाँकती।

यही तो मुश्किल थी। कोई जोड़ा अल्लाह मारा चैन से न सिलने पाया। जो कली उलटी कट जाए, तो जान लो, नाइन की लगाई हुई बात में ज़रूर कोई अड़ंगा लगेगा। या तो दूल्हे की कोई दाश्ता[15] निकल आएगी या उसकी माँ ठोस कड़ों का अड़ंगा बाँधेगी। जो गोट में कान आ जाए, तो समझ लो या तो मेहर पर बात टूटेगी या भरत के पायों के पलंग पर झगड़ा होगा। चौथी के जोड़े का शगुन बड़ा नाजुक होता है। बी अम्माँ की सारी मश्शाक़ी[16] और सुघड़ापा धरा रह जाता। न जाने ऐन वक़्त पर क्या हो जाता कि धनिया बराबर बात तूल पकड़ जाती। बिस्मिल्लाह के रोज़ से सुघड़ माँ ने जहेज़ जोड़ना शुरू कर दिया था। ज़रा-सी कत्तर भी बची तो तिलेदानी या शीशी का ग़िलाफ़ सीकर, धनक, गोखरू से सँवारकर रख देतीं। लड़की का क्या है, खीरे-ककड़ी की तरह बढ़ती है। जो बरात आ गई तो यही सलीक़ा काम आएगा।

और जब से अब्बा गुज़रे, सलीक़े का भी दम फूल गया। हमीदा को एकदम अपने अब्बा याद आ गए। अब्बा कितने दुबले-पतले, लम्बे, जैसे मुहर्रम का अलम[17]। एक बार झुक जाते, तो सीधे खड़े होना दुश्वार[18] था। सुबह ही सुबह उठकर नीम की मिस्वाक[19] तोड़ लेते और हमीदा को घुटने पर बिठाकर न जाने क्या सोचा करते। फिर सोचते-सोचते नीम की मिस्वाक का कोई फूँसड़ा हलक़ में चला जाता और वह खाँसते ही चले जाते। हमीदा बिगड़कर उनकी गोद से उतर आती। खाँसी के धक्कों से यूँ ही हिल-हिल जाना उसे क़तई पसन्द न था। उसके नन्हे-से ग़ुस्से पर वह और हँसते और खाँसी सीने में बेतरह उलझती, जैसे गर्दन-कटे कबूतर फड़फड़ा रहे हों। फिर बी अम्माँ आकर उन्हें सहारा देतीं, पीठ पर धप-धप हाथ मारतीं।

''तौबा है ऐसी भी क्या हँसी?''

उच्छू के दबाव से सुर्ख़ आँखें ऊपर उठाकर अब्बा बेकसी से मुस्कुराते। खाँसी तो रुक जाती, मगर वह देर तक बैठे हाँफा करते।

14. पड़ाव, 15. रखैल, 16. प्रवीणता, 17. झंडा, 18. कठिन, 19. दातुन,

"कुछ दवा-दारू क्यों नहीं करते। कितनी बार कहा तुमसे!"

"बड़े शिफ़ाख़ाने का डॉक्टर कहता है, सूइयाँ लगवाओ, और रोज़ तीन पाव दूध और आधी छटाँक मक्खन।"

"ऐ ख़ाक पड़े इन डॉक्टरों पर। भला एक तो खाँसी, ऊपर से चिकनाई, बलग़म न पैदा कर देगी। हकीम को दिखाओ किसी दिन।"

"दिखाऊँगा!" अब्बा हुक़्क़ा गुड़गुड़ाते और फिर उच्छू लगता।

"आग लगे इस मुए हुक़्क़े को! इसी ने तो यह खाँसी लगाई है। जवान बेटी की तरफ़ भी देखते हो आँख उठाकर!"

और अब अब्बा कुबरा की जवानी की तरफ़ रहम-तलब[20] निगाहों से देखते। कुबरा जवान थी। कौन कहता था, जवान थी। वह तो जैसे बिस्मिल्लाह के दिन से ही अपनी जवानी की आमद[21] की सुनावनी सुनकर ठिठककर रह गई थी। न जाने कैसी जवानी आई थी कि न तो उसकी आँखों में कोई किरनें नाचीं, न उसके रुख़सारों[22] पर जुल्फ़ें परेशान हुईं, न उसके सीने में तूफ़ान उठे और न कभी उसने सावन-भादों की घटाओं से मचल-मचल कर प्रीतम या साजन माँगे। वह झुकी-झुकी, सहमी-सहमी जवानी, जो न जाने कब दबे पाँव उस पर रेंग आई। वैसे ही चुपचाप न जाने किधर चल दी। मीठा बरस नमकीन हुआ और फिर कड़वा हो गया।

अब्बा एक दिन चौखट पर औंधे मुँह गिरे और उन्हें उठाने के लिए किसी हकीम या डॉक्टर का नुस्ख़ा काम न आ सका।

और हमीदा ने मीठी रोटी के लिए ज़िद करनी छोड़ दी।

और कुबरा के पैगाम न जाने किधर रास्ता भूल गए। जानो किसी को मालूम ही नहीं कि उस टाट के परदे के पीछे किसी की जवानी आख़िरी सिसकियाँ ले रही है और एक नई जवानी साँप के फन की तरह उठ रही है।

मगर बी अम्माँ का दस्तूर न टूटा। वह उसी तरह रोज़ दोपहर को सिह-दरी में रंग-बिरंगे कपड़े फैलाकर गुड़ियों का खेल खेला करती हैं।

कहीं न कहीं से जोड़-जमा करके शबे-बर्अत के महीने में क्रेप का दुपट्टा साढ़े सात रुपए में ख़रीद ही डाला। बात ही ऐसी थी कि बग़ैर ख़रीदे गुज़ारा न था। मँझले मामूँ का तार आया कि उनका बड़ा लड़का राहत पुलिस की ट्रेनिंग के सिलसिले में आ रहा है। बी अम्माँ को तो बस जैसे एकदम घबराहट का दौरा पड़ गया। जानो चौखट पर बरात आन खड़ी हुई और उन्होंने अभी दुल्हन की माँग की अफ़्शाँ भी नहीं कतरी। हौल से उनके छक्के छूट गए। झट अपनी मुँहबोली बहन बुंदू की माँ को बुला भेजा कि "बहन, मेरा मरी का मुँह देखो, जो इसी घड़ी न आओ!"

---

20. दयनीय, 21. आगमन, 22. गालों,

और फिर दोनों में खुसर-फुसर हुई। बीच में एक नज़र दोनों कुबरा पर भी डाल लेतीं, जो दालान में बैठी चावल फटक रही थी। वह इस कानाफूसी की ज़बान को अच्छी तरह समझती थी।

उसी वक़्त बी अम्माँ ने कानों की चार माशा की लौंगें उतारकर मुँहबोली बहन के हवाले कीं कि जैसे-तैसे करके शाम तक तोला भर गोखरू, दस माशा सलमा-सितारा और पाव गज़ नेफ़े के लिए टोल ला दें। बाहर की तरफ़ वाला कमरा झाड़-पोंछकर तैयार किया। थोड़ा-सा चूना मँगाकर कुबरा ने अपने हाथों से कमरा पोत डाला। कमरा तो चिट्टा हो गया, मगर उसकी हथेलियों की खाल उड़ गई और जब वह शाम को मसाला पीसने बैठी तो चक्कर खाकर दुहरी हो गई। सारी रात करवटें बदलते गुज़री। एक हथेलियों की वजह से, दूसरे सुबह की गाड़ी से राहत आ रहे थे।

"अल्लाह! मेरे अल्लाह मियाँ, अब के तो मेरी आपा का नसीब खुल जाए। मेरे अल्लाह, मैं सौ रुकअत नफ़िल तेरी दरगाह में पढ़ूँगी," हमीदा ने फ़ज्र[23] की नमाज़ पढ़कर दुआ माँगी।

सुबह जब राहत भाई आए, तो कुबरा पहले ही से मच्छरों वाली कोठड़ी में जा छुपी थी। जब सेवइयों और पराँठों का नाश्ता करके बैठक में चले गए, तो धीरे-धीरे नई दुल्हन की तरह पैर रखती कुबरा कोठड़ी से निकली और झूठे बर्तन उठा लिए।

"लाओ, मैं धो दूँ बी आपा!" हमीदा ने शरारत से कहा।

"नहीं!" वह शर्म से झुक गई।

हमीदा छेड़ती रही। बी अम्माँ मुस्कुराती रहीं और क्रेप के दुपट्टे में लप्पा टाँकती रहीं।

जिस रास्ते कान की लौंगें गई थीं, उसी रास्ते फूल, पत्ता, और चाँदी की पाज़ेब भी चल दी, और फिर हाथों की दो-दो चूड़ियाँ भी, जो मँझले मामूँ ने रंडापा उतारने पर दी थीं। रूखी-सूखी ख़ुद खाकर आए दिन राहत के लिए पराँठे तले जाते, कोफ़्ते भूने जाते, पुलाव महकते। ख़ुद सूखा निवाला पानी से उतारकर वह होने वाले दामाद को गोश्त के लच्छे खिलातीं।

"ज़माना बड़ा ख़राब है बेटी," वह हमीदा को मुँह फुलाते देखकर कहा करतीं, "हम भूखे रहकर दामाद को खिला रहे हैं।" बी आपा सुबह-सवेरे उठकर जादू की मशीन की तरह जुट जाती है। निहार-मुँह पानी का घूँट पीकर राहत के लिए पराँठे तलती है। दूध ओंटाती है, ताकि मोटी-सी मलाई पड़े। उसका बस नहीं था कि वह अपनी चर्बी निकालकर उन पराँठों में भर दे, और क्यों न भरे, आख़िर को वह एक दिन उसका अपना हो जाएगा। जो कुछ कमाएगा, उसकी हथेली पर रख देगा। फल देनेवाले पौधे को कौन नहीं सींचता? फिर जब एक दिन फूल

23. सवेरे,

खिलेंगे और फलों से लदी हुई डाली झुकेगी तो वह ताना देने वालियों के मुँह पर कैसा जूता पड़ेगा, और इस ख़याल ही से मेरी बी आपा के चेहरे पर सुहाग खिल उठता, कानों में शहनाइयाँ बजने लगतीं और वह राहत भाई के कमरे को पलकों से झाड़तीं। उसके कपड़ों को प्यार से तह करतीं, जैसे वह कुछ उनसे कहते हों। वह उनके बदबूदार चूहों जैसे सड़े हुए मोज़े धोतीं। बिसाँधी बनियान और नाक से लिथड़े हुए रूमाल साफ़ करतीं। उसके तेल में चिपचिपाते हुए तकिये के ग़िलाफ़ पर स्वीट-ड्रीम काढ़तीं, पर मुआमला चारों कोने चौकस नहीं बैठ रहा था। राहत सुबह-सवेरे अंडे-पराँठे डटकर खाता और शाम को आकर कोफ़्ते खाकर सो जाता और बी अम्माँ की मुँहबोली बहन हकीमाना अन्दाज़ में खुसर-फुसर करतीं :

"बड़ा शर्मीला है बेचारा," बी अम्माँ तावीलें[24] पेश करतीं, "हाँ, यह तो ठीक है, पर भई, कुछ तो पता चले, रंग-ढंग से, कुछ आँखों से!"

"ऐ नौज! ख़ुदा न करे, मेरी लौंडिया आँख लड़ाए। उसका आँचल भी नहीं देखा है किसी ने।" बी अम्माँ फ़ख्ऱ से कहतीं।

"ऐ, तो पर्दा तुड़वाने को कौन कहे है।" बी आपा के पक्के मुहासों को देखकर उन्हें बी अम्माँ की दूरअंदेशी की दाद देनी पड़ती।

"ऐ बहन, तुम तो सच में बड़ी भोली हो। यह मैं कब कहूँ हूँ। यह छोटी निगोड़ी कौन-सी बक़रा ईद को काम आएगी।" वह मेरी तरफ़ देखकर हँसतीं, "अरी, ओ नकचढ़ी। बहनोई से कोई बातचीत, कोई हँसी-मज़ाक़, ऊँह! अरी चल दीवानी।"

"ऐ तो मैं क्या करूँ ख़ाला?"

"राहत मियाँ से बातचीत क्यों नहीं करती?"

"भैया, हमें तो शर्म आती है।"

"ऐ है, वह तुझे फाड़ ही तो खाएगा ना?" बी अम्माँ चिढ़कर बोलीं।

"नहीं तो...मगर..." मैं लाजवाब हो गई और फिर मिस्कौट हुई। बड़े सोच-विचार के बाद खली के कबाब बनाए गए। आज बी आपा भी कई बार मुस्कुरा पड़ीं। चुपके से बोलीं, "देखो हँसना नहीं, नहीं तो सारा खेल बिगड़ जाएगा।"

"नहीं हँसूँगी।" मैंने वादा किया।

"खाना खा लीजिए।" मैंने चौकी पर खाने की सीनी रखते हुए कहा। फिर जो पट्टी के नीचे रखे हुए लोटे से हाथ धोते वक़्त मेरी तरफ़ सिर से पाँव तक देखा, तो सरपट भागी वहाँ से।

मेरा दिल धक-धक करने लगा। अल्लाह, तौबा, क्या ख़न्नास[25] आँखें हैं।

24. स्पष्टीकरण, 25. शैतान,

"जा निगोड़ी मारी, अरी देख तो सही। वह कैसा मुँह बनाता है। ऐ है, सारा मजा किरकिरा हो जाएगा।"

आपा बी ने एक बार मेरी तरफ़ देखा। उनकी आँखों में इल्तिजा[26] थी। लौटी हुई बरातों का ग़ुबार था और चौथी के पुराने जोड़ों की माँद उदासी। मैं सिर झुकाए जाकर फिर खम्बे से लगकर खड़ी हो गई।

राहत ख़ामोश खाते रहे। मेरी तरफ़ न देखा। खली के कबाब खाते देखकर मुझे चाहिए था कि मज़ाक़ उड़ाऊँ, क़हक़हा लगाऊँ कि...

"वाह जी, वाह दूल्हा भाई...खली के कबाब खा रहे हैं!" मगर जानो किसी ने मेरा नरख़रा[27] दबोच लिया हो।

बी अम्माँ ने जलकर मुझे वापस बुला लिया, और मुँह ही मुँह में मुझे कोसने लगीं। अब मैं उनसे क्या कहती कि वह तो मज़े से खा रहा है कमबख्त।

"राहत भाई! कोफ़्ते पसन्द आए?" बी अम्माँ के सिखाने पर मैंने पूछा।

जवाब नदारद।

"बताइए न?"

"आपने लाकर दिए और हमने खाए। मज़ेदार ही होंगे।"

"अरे, वाह रे जंगली!" बी अम्माँ से न रहा गया।

"तुम्हें पता भी न चला, क्या मज़े से खली के कबाब खा गए।"

"खली के? अरे तो रोज़ काहे के होते हैं। मैं तो आदी हो चला हूँ खली और भूसा खाने का।"

बी अम्माँ का मुँह उतर गया। बी आपा की झुकी हुई पलकें ऊपर न उठ सकीं। दूसरे रोज़ बी आपा ने रोज़ाना से दुगनी सिलाई की और फिर जब शाम को मैं खाना लेकर गई, तो बोले : "कहिए, आज क्या लाई हैं? आज तो लकड़ी के बुरादे की बारी है।"

"क्या हमारे यहाँ का खाना आपको पसन्द नहीं आता?" मैंने जलकर कहा।

"यह बात नहीं। कुछ अजीब-सा मालूम होता है। कभी खली के कबाब, तो कभी भूसे की तरकारी।"

मेरे तन-बदन में आग लग गई। हम सूखी रोटी खा के उसे हाथी की ख़ुराक दें। घी टपकते पराँठे ठुसाएँ। मेरी बी आपा को जोशांदा नसीब नहीं और उसे दूध-मलाई निगलवाएँ। मैं भिन्नाकर चली आई।

बी अम्माँ की मुँहबोली बहन का नुस्ख़ा काम आ गया और राहत ने दिन का ज़्यादा हिस्सा घर ही में गुज़ारना शुरू कर दिया। बी आपा तो चूल्हे में झुकी रहतीं। बी अम्माँ चौथी के जोड़े सिया करतीं और राहत की ग़लीज़[28] आँखें तीर बनकर

---

26. याचना, 27. गला, 28. गन्दी,

मेरे दिल में चुभा करतीं। बात-बेबात छेड़ना। खाना खिलाते वक़्त कभी पानी, तो कभी नमक के बहाने और साथ-साथ जुमलेबाज़ी। मैं खिसियाकर बी आपा के पास जा बैठती। जी चाहता, किसी दिन साफ़ कह दूँ कि किसकी बकरी और कौन डाले दाना-घास। ए बी, मुझसे तुम्हारा यह बैल न नाथा जाएगा। मगर बी आपा के उलझे हुए बालों पर चूल्हे की उड़ती हुई राख...नहीं...मेरा कलेजा धक्क से हो गया। मैंने उनके सफ़ेद बाल लट के नीचे छुपा दिए। नास जाए इस कमबख़्त नज़ले का, बिचारी के बाल पकने शुरू हो गए।

राहत ने फिर किसी बहाने से मुझे पुकारा।

"ऊँह!" मैं जल गई, पर बी आपा ने कटी हुई मुर्ग़ी की तरह जो पलटकर देखा, तो मुझे जाना ही पड़ा।

"आप हमसे ख़फ़ा हो गईं?" राहत ने पानी का कटोरा लेकर मेरी कलाई पकड़ ली। मेरा दम निकल गया और भागी, तो हाथ झटककर।

"क्या कह रहे थे?" बी आपा ने शर्मो-हया से घुटी हुई आवाज़ में कहा। मैं चुपचाप उनका मुँह तकने लगी।

"कह रहे थे, किसने पकाया है खाना। वाह वाह! जी चाहता है, खाता ही चला जाऊँ। पकाने वाली के हाथ खा जाऊँ...ओह...नहीं...खा नहीं जाऊँ, बल्कि चूम लूँ।" मैंने जल्दी-जल्दी कहना शुरू किया और बी आपा का खुरदरा हल्दी-धनिया की बिसांध में सड़ा हाथ अपने गाल से लगा लिया। मेरे आँसू निकल आए। 'यह हाथ,' मैंने सोचा, 'जो सुबह से शाम तक मसाला पीसते हैं, पानी भरते हैं, प्याज़ काटते हैं, बिस्तर बिछाते हैं, जूते साफ़ करते हैं, यह बेकस[29] ग़ुलाम सुबह से शाम तक जुटे ही रहते हैं। इनकी बेगार कब ख़त्म होगी। क्या इनका कोई ख़रीदार न आएगा? क्या इन्हें कभी कोई प्यार से न चूमेगा? क्या इनमें कभी मेहँदी न रचेगी? क्या इनमें कभी सुहाग का इत्र न बसेगा?' जी चाहा, ज़ोर से चीख़ पड़ूँ।

"और क्या कह रहे थे?" बी आपा के हाथ तो इतने खुरदरे थे, पर आवाज़ इतनी रसीली और मीठी थी कि अगर राहत के कान होते, तो...मगर राहत के न कान थे, न नाक। बस दोज़ख़[30] जैसा पेट था।

"और कह रहे थे, अपनी बी आपा से कहना कि इतना काम न किया करें और जोशांदा पिया करें।"

"चल झूठी।"

"अरे वाह, झूठे होंगे आपके वह...।"

"अरी चुप मुर्दार!" उन्होंने मेरा मुँह बन्द कर दिया।

---

29. दुखी, 30. नरक,

"देख तो स्वेटर बन गया है। उन्हें दे आ...पर देख तुझे मेरी क़सम, मेरा नाम न लीजो!"

'नहीं बी आपा...उन्हें न दो वह स्वेटर! तुम्हारी इन मुट्ठी भर हड्डियों को स्वेटर की कितनी ज़रूरत है?' मैंने कहना चाहा, पर न कह सकी।

"आपा बी, तुम ख़ुद क्या पहनोगी?"

"अरे, मुझे क्या ज़रूरत है। चूल्हे के पास तो वैसे ही झुलसी रहती हूँ।"

स्वेटर देखकर राहत ने अपनी एक अब्रू[31] शरारत से ऊपर तानकर कहा, "क्या यह स्वेटर आपने बुना है?"

"नहीं तो!"

"तो भई हम नहीं पहनेंगे।"

मेरा जी चाहा कि उसका मुँह नोच लूँ। कमीने...मिट्टी के तोदे...यह स्वेटर उन हाथों ने बुना है, जो जीते-जागते ग़ुलाम हैं। इसके एक-एक फंदे में किसी नसीबों जली के अरमानों की गर्दनें फँसी हुई हैं। यह उन हाथों का बुना हुआ है, जो नन्हे पंगूड़े झुलाने के लिए बनाए गए हैं। इनको थाम लो गधे कहीं के। और यह दो पतवार बड़े से बड़े तूफ़ान के थपेड़ों से तुम्हारी ज़िन्दगी की नाव को बचा कर पार लगा देंगे। यह सितार की गत न बजा सकेंगे। मनीपुरी और भरत नाट्यम की मुद्रा न दिखा सकेंगे। इन्हें प्यानो पर रक़्स[32] करना नहीं सिखाया गया, इन्हें फूलों से खेलना नहीं नसीब हुआ, मगर यह हाथ तुम्हारे जिस्म पर चर्बी चढ़ाने के लिए सुबह से शाम तक सिलाई करते हैं। साबुन और सोडे में डुबकियाँ लगाते हैं। चूल्हे की आँच सहते हैं। तुम्हारी ग़िलाज़तें[33] धोते हैं, ताकि तुम उजले-चिट्टे बगुला-भगती का ढोंग रचाए रहो। मेहनत ने इनमें ज़ख़्म डाल दिए हैं। इनमें कभी चूड़ियाँ नहीं खनकती हैं। इन्हें कभी किसी ने प्यार से नहीं थामा।

मगर मैं चुप रही। बी अम्माँ कहती है, मेरा दिमाग़ तो मेरी नई-नई सहेलियों ने ख़राब कर दिया है। वह मुझे कैसी नई-नई बातें बताया करती हैं। कैसी डरावनी मौत की बातें, भूख और अकाल की बातें, धड़कते हुए दिल के एकदम चुप हो जाने की बातें।

"यह स्वेटर तो आप ही पहन लीजिए। देखिए न, आपका कुर्ता कितना बारीक है।"

जंगली बिल्ली की तरह मैंने उसका मुँह, नाक, गिरेबान, और बाल नोच डाले और अपनी पलंगड़ी पर जा गिरी। बी आपा ने आख़िरी रोटी डालकर जल्दी-जल्दी तसले में हाथ धोए और आँचल से पोंछती मेरे पास आ बैठीं।

"वह क्या बोले?" उनसे न रहा गया, तो धड़कते हुए दिल से पूछा।

---

31. भौं, 32. नृत्य, 33. मैल,

"बी आपा! यह राहत भाई बड़े ख़राब हैं।" मैंने सोचा, मैं आज सब कुछ बता दूँगी।

"क्यों?" वह मुस्कुराईं।

"मुझे अच्छे नहीं लगते...देखिए, मेरी सारी चूड़ियाँ चूरा हो गईं।" मैंने काँपते हुए कहा।

"बड़े शरीर हैं।" उन्होंने रोमांटिक आवाज़ में शर्माकर कहा।

"बी आपा...सुनो बी आपा...यह राहत अच्छे आदमी नहीं।" मैंने सुलगकर कहा, "आज मैं बी अम्माँ से कह दूँगी।"

"क्या हुआ?" बी अम्माँ ने जानमाज़[34] बिछाते हुए कहा।

"देखो मेरी चूड़ियाँ, बी अम्माँ।"

"राहत ने तोड़ डालीं?" अम्माँ मसर्रत[35] से चहककर बोलीं।

"हाँ।"

"ख़ूब किया। तू उसे सताती भी तो बहुत है। ऐ है, तो दम काहे को निकल गया। बड़ी मोम की बनी हुई हो कि हाथ लगाया और पिघल गईं।" फिर चुमकार कर बोलीं, "ख़ैर, तू भी चौथी में बदला ले लीजियो। वह कसर निकालियो कि याद ही करें मियाँ जी।" यह कहकर उन्होंने नीयत बाँध ली।

मुँहबोली बहन से फिर कॉन्फ्रेंस हुई और मुआमलात को उम्मीद-अफ़्ज़ा[36] रास्ते पर गामज़न[37] देखकर अज़हद[38] ख़ुशनूदी से मुस्कुराया गया।

"ऐ है, तू तो बड़ी ही ठस है। ऐ, हम तो अपने बहनोइयों का, ख़ुदा क़सम, नाक में दम कर दिया करते थे।"

और वह मुझे बहनोइयों से छेड़छाड़ के हथकंडे बताने लगीं कि किस तरह उन्होंने सिर्फ़ छेड़छाड़ के तीर-ब-हदफ़[39] नुस्ख़े से उन दो ममेरी बहनों की शादी कराई, जिनकी नाव पार लगने के सारे मौक़े हाथ से निकल चुके थे। एक तो उन में से हकीम जी थे। जहाँ बेचारे को लड़कियाँ-बालियाँ छेड़तीं, शर्माने लगते और शर्माते-शर्माते इख़्तिलाज[40] के दौरे पड़ने लगते। और एक दिन मामूँ साहब से कह दिया कि मुझे ग़ुलामी में ले लीजिए।

दूसरे वायसराय के दफ़्तर में क्लर्क थे। जहाँ सुना कि बाहर आए हैं, लड़कियाँ छेड़ना शुरू कर देतीं, कभी गिलौरियों में मिर्चें भर के भेज दीं। कभी सेवइयों में नमक डाल कर खिला दिया।

"ऐ लो, वह तो रोज़ आने लगे। आँधी आए, पानी आए, क्या मजाल, जो वह न आएँ। आख़िर एक दिन कहलवा ही दिया। अपने एक जान-पहचान वाले से कहा

---

34. नमाज़ पढ़ने की दरी या चटाई, 35. ख़ुशी, 36. आशाप्रद, 37. चलता हुआ, 38. बहुत ज़्यादा, 39. अचूक, 40. दिल की धड़कन,

कि उनके हाँ शादी करा दो। पूछा कि "भई किस से?" कहा : "किसी से करा दो। और ख़ुदा झूठ न बुलवाए, तो बड़ी बहन की सूरत थी कि देखो तो जैसे बीचा चला आता है। छोटी तो बस सुब्हानअल्लाह। एक आँख पूरब, तो दूसरी पश्चिम। पन्द्रह तोले सोना दिया है बाप ने और बड़े साहब के दफ़्तर में नौकरी अलग दिलवाई।"

"हाँ भई, जिसके पास पन्द्रह तोले सोना हो और बड़े साहब के दफ़्तर की नौकरी, उसे लड़का मिलते क्या देर लगती है?" अम्माँ ने ठंडी साँस भरकर कहा।

"यह बात नहीं है बहन! आजकल के लड़कों का दिल बस थाली का बैंगन होता है जिधर झुकाओ, बस उधर ही लुढ़क जाएगा।"

मगर राहत तो बैंगन नहीं। अच्छा-ख़ासा पहाड़ है। झुकाव देने पर कहीं मैं ही न पिस जाऊँ। मैंने सोचा, फिर मैंने आपा की तरफ़ देखा। वह ख़ामोश दहलीज़ पर बैठी आटा गूँध रही थीं और सब कुछ सुनती जा रही थीं। उनका बस चलता, तो ज़मीन की छाती फाड़कर अपने कुँआरपने की लानत समेत उसमें समा जातीं।

"क्या मेरी आपा मर्द की भूखी हैं? नहीं, वह भूख के एहसास से पहले ही सहम चुकी हैं। मर्द का तसव्वुर[41] उनके ज़ेहन में एक उमंग बनकर नहीं उभरा, बल्कि रोटी-कपड़े का सवाल बनकर उभरा है। वह एक बेवा की छाती का बोझ है—इस बोझ को धकेलना ही होगा।

मगर इशारों-किनायों के बावुजूद राहत मियाँ न तो ख़ुद मुँह से फूटे और न उनके घर ही से पैग़ाम आया। थक-हारकर बी अम्माँ ने पैरों के तोड़े गिरवी रखकर पीर मुश्किल-कुशा की नियाज़ दिला डाली। दोपहर भर मुहल्ला-टोले की लड़कियाँ सहन में ऊधम मचाती रहीं। बी आपा शर्माई-लजाई, मच्छरों वाली कोठरी में अपने ख़ून की आख़िरी बूँदें चुसवाने को जा बैठीं। बी अम्माँ कमज़ोरी में अपनी चौकी पर बैठी चौथी के जोड़े में आख़िरी टाँके लगाती रहीं। आज उनके चेहरे पर मंज़िलों के निशान थे। आज मुश्किल-कुशाई होगी। बस आँखों की सूइयाँ रह गई हैं, वह भी निकल जाएँगी। आज उनकी झुर्रियों में फिर मशालें थरथरा रही थीं। बी आपा की सहेलियाँ उनको छेड़ रही थीं और वह ख़ून की बची-खुची बूँदों को ताव में ला रही थीं। आज कई रोज़ से उनका बुख़ार नहीं उतरा था। थके-हारे दीये की तरह उनका चेहरा एक बार टिमटिमाता और फिर बुझ जाता। इशारे से उन्होंने मुझे अपने पास बुलाया। अपना आँचल हटाकर मलीदे की तश्तरी मुझे थमा दी।

"इस पर मौलवी साहब ने दम किया है।" उनकी बुख़ार से दहकती हुई गर्म-गर्म साँस मेरे कान में लगी।

तश्तरी लेकर मैं सोचने लगी। मौलवी साहब ने दम किया है। यह मुक़द्दस[42] मलीदा अब राहत के तंदूर में झोंका जाएगा। वह तंदूर जो छह महीने से हमारे ख़ून

41. कल्पना, 42. पवित्र,

के छींटों से गर्म रखा गया। यह दम किया हुआ मलीदा मुराद बर लाएगा[43]। मेरे कानों में शादियाने बजने लगे। मैं भागी-भागी कोठे पर बरात देखने जा रही हूँ। दूल्हे के मुँह पर लम्बा-सा सेहरा पड़ा है, जो घोड़े की अयालों को चूम रहा है।

चौथी का शहाबी[44] जोड़ा पहने, फूलों से लदी, शर्म से निढाल आहिस्ता-आहिस्ता क़दम तोलती हुई बी आपा चली आ रही हैं...चौथी का ज़रतार[45] जोड़ा झिलमिल कर रहा है। बी अम्माँ का चेहरा फूल की तरह खिला हुआ है। बी आपा की हया से बोझल निगाहें एक बार ऊपर उठती हैं। शुक्रिये का एक आँसू ढलक कर अफ़्शाँ[46] के ज़र्रों[47] में क़ुमक़ुमे की तरह उलझ जाता है।

''यह सब तेरी ही मुहब्बत का फल है।'' बी आपा की ख़ामोशी कह रही है...हमीदा का गला भर आया...

''जाओ न मेरी बहनो!'' बी आपा ने उसे जगा दिया और वह चौंककर ओढ़नी के आँचल से आँसू पोंछती ड्योढ़ी की तरफ़ बढ़ी।

''यह...यह मलीदा...'' उसने उछलते हुए दिल को क़ाबू में रखते हुए कहा...उसके पैर लरज़ रहे थे, जैसे वह साँप की बाँबी में घुस आई हो और फिर पहाड़ खिसका...और मुँह खोल दिया। वह एक क़दम पीछे हट गई, मगर दूर कहीं बारात की शहनाइयों ने चीख़ मारी, जैसे कोई उनका गला घोंट रहा हो। काँपते हाथों से मुक़द्दस मलीदे का निवाला बनाकर उसने राहत के मुँह की तरफ़ बढ़ा दिया।

एक झटके से उसका हाथ पहाड़ की खोह में डूबता चला गया...नीचे तअफ़्फ़ुन[48] और तारीकी[49] के अथाह ग़ार की गहराइयों में और एक बड़ी-सी चट्टान ने उसकी चीख़ को घोंट दिया।

नियाज़ के मलीदे की रकाबी हाथ से छूटकर लालटेन के ऊपर गिरी और लालटेन ने ज़मीन पर गिरकर दो-चार सिसकियाँ भरीं और गुल हो गई।[50] बाहर आँगन में मुहल्ले की बहू-बेटियाँ मुश्किल-कुशा की शान में गीत गा रही थीं।

सुबह की गाड़ी से राहत मेहमान-नवाज़ी का शुक्रिया अदा करता हुआ रवाना हो गया। उसकी शादी की तारीख़ तय हो चुकी थी और उसे जल्दी थी।

उसके बाद उस घर में कभी अंडे न तले गए। पराँठे न सिंके और स्वेटर न बने। दिक़[51] जो एक अरसे से बी आपा की ताक में भागी पीछे-पीछे आ रही थी, एक ही ज़स्त[52] में उन्हें दबोच बैठी और उन्होंने चुपचाप अपना नामुराद वुजूद उसकी आग़ोश में सौंप दिया।

और फिर उसी सिह-दरी में चौकी पर साफ़-सुथरी जाज़िम बिछाई गई। मुहल्ले की बहू-बेटियाँ जुड़ीं। कफ़न का सफ़ेद लट्ठा मौत के आँचल की तरह

---

43. कामना पूरी करेगा, 44. लाल, 45. सुनहरी तारों से बना हुआ, 46. बालों और गालों पर छिड़कने का सुनहरा पाउडर, 47. कणों, 48. सड़ांध, 49. अंधकार, 50. बुझ गई, 51. टी.बी., 52. छलाँग,

बी अम्माँ के सामने फैल गया। तहम्मुल[53] के बोझ से उनका चेहरा लरज़ रहा था। बाईं अब्रू फड़क रही थी। गालों की सुनसान झुर्रियाँ भायँ-भायँ कर रही थीं, जैसे उनमें लाखों अज़दहे[54] फुँकार रहे हों।

लट्ठे की कान निकालकर उन्होंने चौपड़ तह किया और उनके दिल में अनगिनत क़ैंचियाँ चल गईं। आज उनके चेहरे पर भयानक सुकून और हरा-भरा इत्मीनान था, जैसे उन्हें पक्का यक़ीन हो कि दूसरे जोड़ों की तरह चौथी का यह जोड़ा सैंता न जाएगा।

एकदम सिह-दरी में बैठी लड़कियाँ-बालियाँ मैनाओं की तरह चहकने लगीं। हमीदा माज़ी[55] को दूर झटक कर उनके साथ जा मिली। लाल टोपी पर...सफ़ेद गज़ी का निशान! उसकी सुर्ख़ी में न जाने कितनी मासूम दुल्हनों का सुहाग रचा है और सफ़ेदी में कितनी नामुराद[56] कुँआरियों के कफ़न की सफ़ेदी डूबकर उभरी है और फिर सब एकदम ख़ामोश हो गए। बी अम्माँ ने आख़िरी टाँका भर के डोरा तोड़ दिया। दो मोटे-मोटे आँसू उनके रुई जैसे नर्म गालों पर धीरे-धीरे रेंगने लगे। उनके चेहरे की शिकनों में से रौशनी की किरनें फूट निकलीं और वह मुस्कुरा दीं, जैसे आज उन्हें इत्मीनान हो गया कि उनकी कुबरा का सुर्ख़ जोड़ा बनकर तैयार हो गया हो और कोई दम में शहनाइयाँ बज उठेंगी।

---

53. धैर्य, 54. अजगर, 55. अतीत, 56. अभागी।

कैंडल कोर्ट

कच्चे चमड़े की मुख़्तसर-सी गड्डी, कुछ जंग़ियाई कीलें और नाल, एक आध हथौड़ी, राँपी, सुआ और चन्द बक्से, ये हैं उसका सारा असासा[1]। इसके अलावा चन्द फटे उधड़े जूते, एक उलझी हुई गड्डी, दो-चार टीन के डब्बे, ये है उसका घर। जिसका ठीक डाक का पता है : कैंडल कोर्ट की मोरी से ज़रा बाईं तरफ़ को, ईरानी होटल के सायबान के नीचे, जहाँ ऊपर फेंके हुए कचरे और पान की पीकों से पूरी तरह महफ़ूज़ रहा जा सकता है, उसका मकान, घर, महल, हवेली जो भी समझ लीजिए, वाक़े[2] है, यही उसका वतन है और वह यहीं का बाशिन्दा[3]। न जाने कब से रहता है, और कब तक रहे। अन्दाज़ा तो यही कहता है कि साहब लोगों के जूतों पर पॉलिश करते-करते उसे इस नफ़ाबख़्श[4] पेशा इख़्तियार करने का ख़याल आया होगा और ये ख़याल तब तक आता रहेगा, जब तक कि एक दिन ऐसी जगह मज़बूरन उसकी रूह उसके कड़वे-कसैले जिस्म से दिक़[5] होकर भाग न खड़ी होगी। और फिर जब वह हस्बे-मामूल[6] गूदड़ में से, जहाँ वह रोज़ सूरज के साथ-साथ छुप जाता है, निकलकर पुराने जूतों की क़तार लगाकर ख़ामे[7] चमड़े की गड्डी न खोलेगा तो वह राहगीरों की ठोकरों से भी न जागेगा और नाके पर खड़ा हुआ सिपाही अपना फ़र्ज़ अन्जाम देता रहेगा। सड़क पर मोटरें दौड़ती रहेंगी। होटल में प्यालियाँ खनकती रहेंगी और सारी जीती-जागती फ़िज़ा में वह सोता पड़ा रहेगा।

फिर जब उसकी नींद का भ्रम खुलेगा तो कैंडल कोर्ट के बासी और होटल में आने-जानेवाले चहमीगोइयाँ[8] शुरू कर देंगे। कुत्ते उसके जिस्म को सूँघेंगे और मक्खियाँ भनभनाएँगी। सरकारी लॉरी आएगी और बहैसियत एक शहरी के उसे उसका हक़ सौंप देगी। न जाने वह वक़्त कब आएगा। फ़िलहाल तो वह होटल खुलते ही जाग पड़ता है। ईंटों का मुज़्हकाख़ेज[9] दरीचा-सा बनाकर उस पर ओवल्टीन के ख़ाली डिब्बे में पानी चढ़ा देता है। होटल के पास रहने में उसे कितने ही फ़ायदे हैं। अलावा बिज़नेस की फिरावानी[10] के उम्दा खानों की लज़ीज़ ख़ुशबू मुफ़्त हाथ

---

1. सामान, 2. स्थित, 3. नागरिक, 4. ज़्यादा लाभ वाला, 5. तंग आकर, 6. नियमानुसार, 7. कच्चा, 8. कानाफूसी, 9. हास्यास्पद, 10. अधिकता,

आती है। उबली हुई चाय की पत्तियों को रोज़ाना हिफ़ाज़त से अगर सुखा लिया जाए तो वाफ़िर[11] चाय तैयार की जा सकती है। गो ये पत्तियाँ उबालने के बाद मसलने पर ज़रा सा ही रंग छोड़ती हैं, क्योंकि होटल वाला ख़ुद इसका पहले ही कई-कई बार ख़ून निचोड़ लेता है, तब फेंकता है। गर्म-गर्म मैला पानी पीकर वह इत्मीनान से अपनी दुकान सजाने में मश्ग़ूल[12] हो जाता है। शायद फ़ोटो की दुकानों के बड़े-बड़े मालिक भी इतना वक़्त सजाने में नहीं सर्फ़ करते होंगे। वह बड़ी एहतियात से कच्चे चमड़े की गड्डी खोलता है, एक-एक टुकड़े को जाँचता-पड़तालता है। पता नहीं वह अपनी चुँदी आँखों से उन टुकड़ों पर क्या घूरा करता है। फिर सर हिलाकर उन्हें दर्जा-दर्जा[10] तर्तीब[13] देता जाता है। फिर वह ज़ंगियाई कीलों की डिबिया और शीशियाँ निकालकर दवाओं की तरह सजाता है। चमकीली कीलें बड़े हिसाब से सजाता है। फिर पुराने जूतों की क़तार लगाना शुरू कर देता है। इस सजावट में वह बराबर रद्दोबदल[14] किए जाता है, हत्ता-कि[15] कोई ग्राहक आकर उसे चौंका न दे। ऐसी सूरत पैदा होते ही वह निहायत फुर्ती से जूते की नब्ज़ देखकर नुस्ख़ा तज्वीज़ कर देता है। फिर मज़े ले-लेकर एक माहिरे-फ़न[16] जर्राह[17] की तरह वह उसका एक-एक जोड़ ठोक-बजाकर देख लेता है, जैसे उसे इश्क़ हो उन जूतों से! हाथ में लेते ही पहले तो वह बड़े प्यार से उसे उलटता-पुलटता है, फिर ग्राहक की तरफ़ देखता है गोया पूछता हो, अब लाए हो बेचारे को, अब इसमें जान कहाँ, ख़ैर देखता हूँ। ख़ुदा पर भरोसा रखो और फिर औज़ार चल पड़ते हैं। झटपट सुआ चमड़े में डुबकियाँ मारता है, ज़ंगियाई कीलें अपनी-अपनी जगह ढूँढ़कर घुस जाती हैं और हथौड़े की खटाखट मामला फिट कर देती है। ग्राहक चुरमुर करता मुस्कुराता चल देता है और वह फिर जूतों की क़तारें नए सिरे से जाज़िबे-नज़र[18]अन्दाज़ में जमाने लगता है।

कैंडल कोर्ट की मोरी के दाएँ जानिब एक ग़ैराज है, जिसमें किसी ज़माने में मोटर रहा करती थी, पर अब वह मोटर तो सड़क के किनारे खड़ी रहती है और उसकी जगह पन्द्रह आदमियों ने छीन ली है। बीस मुरब्बा[19] फ़ीट जगह में पन्द्रह जी न जाने किस आस से उठते-बैठते हैं, ये किसी ने आज तक नहीं देखा। क्योंकि गैराज का दरवाज़ा ऊपर से हमेशा नीचे खिंचा रहता है, सिर्फ़ झुककर जाने का इन्तिज़ाम है। अगर आपको शौक़ हो तो कैंडल कोर्ट के सामने फ़ुटपाथ पर उकड़ूँ बैठ जाइए तो आपको गैराज के अन्दर बहुत-से मैले पैर, खुले घुटने और बरहना[20] कंधे आपस में गुत्थमगुत्था नज़र आएँगे। ये बेज़ार जिस्म औरतों के भी हैं और मर्दों के भी। माँओं के भी और बहनों के भी। बहुओं के भी और

---

11. अधिक, 12. लीन, 13. क्रम, 14. परिवर्तन, 15. जब तक कि, 16. कलाकार, 17. शल्य-चिकित्सक, 18. दृष्टि को अपनी ओर खींचनेवाला, 19. वर्ग, 20. नंगे,

बेटियों के भी। पता नहीं वहाँ क्या पकता है और क्या खाया जाता है। उभके हुए इंसान की बू हमेशा भबके दिया करती है।

और वह मोटर जो कुछ दिन पहले गैराज में शान से रहा करती थी, अब सड़क के किनारे मुँह बिसूरा करती है। रोज़ सुबह बाप, भाई या बेटा गैराज के अधखुले फाटक में से गर्दन न्योढ़ाकर निकालता है और मोरी से ज़रा फ़ासले पर अपने ज़राए-आमदनी को चमका-दमकाकर आईना बना लेता है। रात के छोड़े हुए बासी फूल, झूठे पत्ते और टूटे गिलास मोरी में झाड़ देता है। और अपना कासाए-गदाई[21] चलाकर रवाना हो जाता है।

गैराज और होटल के बीच में एक फाटक है। ये कैंडल कोर्ट का फाटक है जिसके खम्भे पर मालिक का नाम और इमारत का नाम और साले-तामीर[22] कंदा[23] है। ये इमारत कैंडल कोर्ट है। कोर्ट के मानी[24] हैं कचहरी, जहाँ मुक़दमा और चालान वग़ैरा होते हैं, मगर यहाँ ऐसी कोई हिमाक़त नहीं हुई। हाँ, ये और बात है कि निचले माले पर रहने वाले फ़िल्मस्टार से हुकूमत को ख़ास क़िस्म पर्ख़ाश[25] हो गई है। उस फ़िल्मस्टार को आप नहीं पहचानते, क्योंकि उसने कभी किसी फ़िल्म में काम नहीं किया फिर भी फ़िल्मस्टार है क्योंकि उसे उम्मीद है कि एक न एक दिन ज़रूर फ़िल्मी दुनिया को अपनी हिमाक़त पर रहम आएगा और वह किसी फ़िल्म में जल्वाअफ़रोज़[26] होकर रहेगा।

उसका ज़रीअए-आमदनी उम्मीदवारी है। वह इसी उम्मीद पर जीता है। वैसे उसे किसी ने कभी बग़ैर गाड़ी के कहीं आते-जाते नहीं देखा। वह हमेशा मुर्ग़े-ज़र्री[27] की तरह ठुमकता, हैट का छज्जा मोड़े एक से एक उम्दा कार से उतरता-चढ़ता देखा जाता है। कितनी ही फ़िल्मी परियाँ उसे हीरो बना चुकी हैं। जिस फ़िल्म कम्पनी में जाता है वहाँ की हीरोइन को ले उड़ता है। वह तनोमंद[28] है, ख़ूबरू[29] है, उसकी पेशनी से बेरह्मी[30] टपकती है, पर मुँह कुँआरियों जैसा है। वह नीले-पीले और सब्ज़ चिंघाड़ते हुए रंगों के कपड़े पहनता है और बालों में मसनूई ख़म बनवाता है। और जब फ़िल्मी परियाँ उसके लिए काले बाज़ार से व्हिस्की की बोतलें लाती हैं तो उन्हें ख़ाली करके वह उनके सरों पर फोड़ता है। और जब वह हामिला[31] हो जाती हैं, तो बड़ा कारामद साबित होता है। बावुजूद इसके वह इस क़दर जल्लाद क़िस्म का मरखना देव है, फिर भी उसके गिर्द हमेशा परियाँ फड़फड़ाया करती हैं। शाम पड़ते ही उसके यहाँ गिर्दो-नवाह[32] के रंगीन मिज़ाज जमा हो जाते हैं। आए दिन नाच-रंग के जल्से रहते हैं। कभी-कभी वह बड़े

---

21. भीख माँगने का प्याला, 22. जिस वर्ष इमारत बनी थी, 23. पत्थर पर लिखा हुआ, 24. अर्थ, 25. दुश्मनी, 26. उपस्थित, 27. सुनहरा पक्षी, 28. स्वस्थ, 29. सुन्दर, 30. निर्दयता, 31. गर्भवती, 32. चारों ओर,

मुक़द्दस अन्दाज़ में उन परियों से शादी रचा लेता है। फिर कुछ दिन के लिए कैंडल कोर्ट की निचली मंज़िल में मौत-सी हो जाती है। सारे क़हक़हे-चहचहे एक उजाड़ क़िस्म की ख़ामोशी में डूब जाते हैं।

फिर उसके बालों के ख़म ख़त्म होने लगते हैं, सूट माँद पड़ जाते हैं और निचली मंज़िल में छोटे-छोटे ज़लज़ले आने लगते हैं, क्योंकि फ़ौरन ही किसी फ़िल्मी हीरोइन को शिद्दत से एक हीरो की ज़रूरत महसूस होती है। और वह दोबारा बालों में ख़म डलवाकर तलाशे-मआश[33] में जुट जाता है और फिर ख़ाली बोतलें सरों पर फूटती हैं, कैंडल कोर्ट के निवासियों की नींदें उचटती हैं और एक दिन बन्द टूट जाता है। उसकी बीवी बचा-खुचा माल समेटकर नौ-दो-ग्यारह हो जाती है और उसके बाद फिर वही चहचहे शुरू हो जाते हैं। और इसी तरह ये ज़िन्दगी की चर्ख़ी चलती रहेगी, यहाँ तक कि एक दिन वह सचमुच हीरो बनकर पर्दए-सीमीं[34] पर जल्वाअफ़रोज़ हो जाएगा या इसी उम्मीद में उसके घनेरे बाल उम्र की अँधेरी वादियों में मुंतशिर[35] हो जाएँगे। उसकी खिंची हुई भवें झुक जाएँगी और चमकीली आँखें गदला जाएँगी। उसके तने हुए पट्ठे झूल जाएँगे। चीते जैसी कमर फैलकर फुकना बन जाएगी। और फिर न ही परियाँ उसके गिर्द मँडलाएँगी और न सरों पर ख़ाली व्हिस्की की बोतलें फुड़वाएँगी। और फिर वह लुटी-पिटी तवाइफ़ की तरह...न जाने क्या करेगा। ज़िन्दगी उसे फटी जूती की तरह घसीटते-घसीटते एकदम छोड़कर चल देगी। और फिर? फिर न जाने क्या होगा। उसका घर कोई दूसरा उम्मीदवार ले लेगा और उम्मीद की शमा जलाकर दुकान सजा देगा।

दो ज़ीने तै करने के बाद कैंडल कोर्ट का पहला माला है। यहाँ एक मराठी जोड़ा रहता है, छोटा सा ख़ानदान। नौजवान मियाँ और कमसिन बीवी और नन्हा मुन्ना-सा एक बेटा और एक बूढ़ी लड़ाका माँ। नौजवान कहीं पोर्ट में क्लर्की करता है और कमसिन बीवी किसी लोकल स्कूल में मुअल्लिमा[36] है। दोनों की मजमूई कमाई एक सौ दस रुपया है। नौजवान ग्रेजुएट है और उसकी बीवी मैट्रिक पास। और ये दोनों मिलकर एक सौ दस रुपया माहवार कमा लेते हैं। बयालीस रुपए मकान का किराया, बाक़ी अड़सठ रुपए में काले बाज़ार से गीले कोयले और किरकिरी शक्कर के अलावा चार जनों का खाना-पीना, सैरो-तफ़्रीह, सब कुछ हो जाती है।

जब हिन्दोस्तान आज़ाद था तब भी ये ख़ानदान यहीं रहता था। जब यहाँ एक बाप भी रहता था। ये घर हमेशा मशहूर लीडरों की तस्वीरों से आरास्त-पैरास्ता[37] रहा करता। और जब हिन्दोस्तान आजाद हो गया तो सबसे ज़्यादा रौशनी और झंडियाँ उन्हीं की बालकनी में लगी थीं। घर के दरवाज़े पर, सीढ़ियों पर और तस्वीर

---

33. जीविका की तलाश, 34. सिनेमा का पर्दा, रजत-पट, 35. बिखर जाना, 36. अध्यापिका, 37. सजा हुआ,

के चौखटे में फ्रेम किया हुआ 'जय हिन्द' निहायत रौशन और मुनव्वर[38] था। कमरे की सबसे बड़ी दीवार पर सुभाष बाबू की सैल्यूट करती तस्वीर है, उसके ऊपर कच्चे सूत के हार पड़े हुए हैं। लेकिन ये गए साल का ज़िक्र है। इस साल 15 अगस्त को उनकी बाल्कनी में झंडों की तादाद सिकुड़ गई थी और दीये दो-चार ही घंटे टिमटिमाकर रह गए और दीवार पर लिखा हुआ 'जय हिन्द' मंद पड़ता जा रहा है। उनका ख़याल है कि 15 अगस्त को जब आज़ादी आई तो गवर्नमेंट ने कन्ट्रोल नहीं किया इसलिए सारी आज़ादी ब्लैक मार्केट में धर ली गई। जिसका जी चाहे आज़ादी ले आए, पर ज़रा मुश्किल से मिलती है क्योंकि वही बात है कि माँग ज़्यादा है और सप्लाई कम। आज़ादी कोई ऐसी चीज़ तो नहीं कि धूप और हवा की तरह हर ऐरे-ग़ैरे नत्थू ख़ैरे को बाँट दी जाती। निहायत एहतियात से सेंत कर रखी गई है, वक़्ते-ज़रूरत बाँट दी जाएगी।

और इसी बँटवारे की आस लगाए ये जोड़ा ज़िन्दगी का क़र्ज़ उतारता चला जा रहा है। यूँ ही 'जय हिन्द' और क़ौमी लीडरों के साये में कमर झुकाए एक सौ दस रुपए में घर की आग सुलगती रहेगी। यूँ ही नौजवान यहाँ से कोर्ट और कोर्ट से घर आवागमन में जुता रहेगा और कमसिन बीवी, दोपहर के वक़्फ़े में नन्हे को दूध पिलाने हाँफती-दौड़ती आती रहेगी!

फिर एक दिन ये नौजवान अपनी जगह मुन्ने को सौंपकर चल देगा और वह नन्हा जवान होकर और भी बड़े-बड़े लीडरों की तस्वीरों से कमरे को सजाएगा और सीढ़ियों पर लिखा हुआ 'जय हिन्द' नए रंग से जगमगा उठेगा। फिर एक सौ दस रुपए आएँगे और गीले कोयलों और किरकिरी शक्कर की भेंट चढ़ जाएँगे!

दो ज़ीने और चढ़िए, यानी ज़मीन से चार ज़ीनों की ऊँचाई पर एक निहायत आला ख़ानदान की असली जीती-जागती फ़िल्मस्टार सुकूनत-पिज़ीर[39] है। वह मेरी सहेली है। ये मेल-जोल उस ज़माने की यादगार है जब मैंने बम्बई पर पूरे तौर से क़दम न डाले थे और हर फ़िल्मस्टार को जीता-जागता देखकर चीख़ें निकल जाती थीं। अर्से से हम एक-दूसरे की ख़ुशी और ग़म में शिरकत करते आए हैं! राज़ी खुशी न सही कम-अज़-कम मुझे तो उसके सारे ग़मों में शिरकत करनी ही पड़ती है। वैसे वह देखने में अच्छी ख़ासी इंसान मालूम होती है, मगर एक निहायत ही मकरुह[40] लत उसको चिमट गई है, वह है इश्क़बाज़ी। वह तालीम-याफ़्ता मुहज़्ज़ब[41] है, लिहाज़ा उसके उश्शाक़[42] में उमूमन, शो'रा[43] अदीब और जर्नलिस्ट भी पाए जाते हैं। मेरी सहेली का कहना है, पता नहीं कहाँ तक दुरुस्त है कि वह सबके सब उसके इश्क़ में गिरिफ़्तार हैं या गिरिफ़्तार थे या गिरिफ़्तार होने के आरज़ूमंद[44] हैं।

38. प्रकाशमान, 39. निवासी, 40. घिनौनी, 41. सभ्य, 42. आशिक़ों, 43. शायर का बहुवचन, 44. इच्छुक,

पता नहीं उसे ये शुब्हा क्यों हो गया है कि मैं इश्क़ के मामले में एक्सपर्ट हूँ क्योंकि वह हमेशा ताज़ा वारदात के मौक़े पर मुझी से राय लेती है। जहाँ उसके ताज़ा आशिक़ से चश्मक[45] चली, जो कि ज़रूर चलती है। चूँकि वह इश्क़ सिर्फ़ लड़ने, रुठने और मिलने के लिए करती है, तो मेरा दम घुट जाता है। आए दिन मेरी जान पर मुक़दमे दाइर होने लगते हैं। और तो और उसे इश्क़ के जुम्ला मराहिल[46] तै करने के लिए मेरा ही घर मौज़ूँ[47] नज़र आता है! मेरे ही सोफ़ों पर रुठे मनते हैं। मेरे ही गुलदानों से एक-दूसरे के सर फूटते हैं और बाज़ ज़माने में तो मुझे ख़ुद अपने कमरों में बाक़ायदा खँखारकर, हुक बजाकर जाना पड़ता है। कितनी बार जी चाहा, कह दूँ मुझको तुमने क्या समझ रखा है। तुम्हारे दुखड़े सुनने के लिए मेरे पास वक़्त नहीं। क्या मैं ऐसी बेमसरफ़[48] हूँ कि सिवाय तुम जैसी नाकारा चीज़ के और कोई उलझन मेरी ज़िन्दगी में नहीं। मैं बैठकर तुम्हारे आशिक़ों के दुखड़े सुनूँ या सोचूँ कि अनाज कितना कम मिलता है, राशन पर चावल तो ऐसे जैसे बोने से पहले बीज सड़ गया था। जब से कंट्रोल खिसका है, आँखें लट्ठे मलमल को तरस गई हैं। कहते हैं कफ़न का कोटा मिलता है। काश मरने से पहले वह कफ़न वाला लट्ठा मिल जाए तो एक ग़रारा मज़े से बन जाए। फिर शक्कर में कितनी धूल होती है। जानो गन्ने ही किरकिरे बोए जाने लगे। पर तुम क्या जानो इन बातों को। ये जो आशिक़ों का चस्का बैठे-बिठाए जान को लगा बैठी हो कि साल के बारह महीने बस उन्हीं की जान का रोना। अब कौन-सी फ़सल आई, कौन-से काटे जाएँ और कौन-से ताज़ा बोए जाएँ। किनकी उधेड़-बुन की जाए और कौन-से झाड़-पोंछकर नेपथलीन की गोलियाँ डालकर स्टोर कर दिए जाएँ कि वक़्ते-ज़रूरत काम आ सकें। और फिर मेरा जी बोल उठता है। और मोची की ख़ाम चमड़े और पुराने जूतोंवाली दुकान आँखों में फिर जाती है। मुझे उसके आशिक़ जूतों की एक तवील[49] क़तार की तरह मालूम होते हैं, ऊँची ऐड़ी के, नीची ऐड़ी के, बग़ैर ऐड़ी के, विलायती, हिन्दोस्तानी सेंडिल और वॉकिंग शू, डांसिंग शू और प्लेटफ़ार्म शू, रुपहले, चमकीले और फटे हुए चपटे और घतीले, पर कोई भी तो उनमें से फ़िट नहीं, किसी का पंजा काटता है, तो कोई ऐड़ी पर छाला डालता है। किसी का तस्मा ढीला तो किसी का बक्सुआ तंग। कोई भी तो ऐसा नहीं कि मज़े से पैर से डालकर ज़िन्दगी की पगडंडी पर ठुमकती-लचकती चली जाऊँ।

उनके ताज़ातरीन आशिक़ से मेरा पुराना बैर है। वह एक अर्से से मुझसे एक फ़िल्मी कहानी लिखवाना चाहता है और इतने भाव-ताव कर रहा है। कोई दम में कमर टूटा चाहती है और वह भी समझ गया है कि कुछ दिन बाद मैं उसकी मर्ज़ी के मुताबिक़ दामों पर लिखने पर मजबूर हो जाऊँगी। फिर उसमें वह जुम्ला

45. नाराज़ी, 46. सारी मंज़िलें, 47. उचित, 48. बेकार, 49. लम्बी,

रद्दो-बदल[50] करके अपनी बूढ़ी दाश्ता[51] को मेरे तख़य्युल[52] की पन्द्रह साला छोकरी बना देगा, और थुल-थुल करते दुम्बे जैसे हीरो को जो हामिला औरतों की तरह फैल-फैलकर चलता है और जिसके सीने पर इतना गोश्त है कि बाआसानी 32 नम्बर की ब्रेज़ीयर पहन सकता है, जवाँसाल हीरो का पार्ट दे देगा। फिर भी जब ये बूढ़ी घोड़ी ढीला हाथी फुदक-फुदककर बाग़ों में दोगाने गाएँगे, मेरा सर शर्म से नीचा हो जाएगा। मैं किसी को न बताऊँगी कि ये कहानी मैंने तख़्लीक़ की थी, क्योंकि मैं जानती हूँ कि वह कहानी महँगे कोयलों, भीगी शक्कर और कमयाब[53] लट्ठे ने सोची थी। काले बाज़ार से लट्ठा और मलमल ख़रीदूँगी और भीगे कोयले कि उसकी आँच सुलगती रहे और फिर मुझे कहानी लिखने का मुआवज़ा[54] मिले। एक अजीबो-ग़रीब चक्कर है जिसमें फ़िल्म डायरेक्टर और काला बाज़ार एक-दूसरे की दुम पकड़े चकफेरियाँ ले रहे हैं। मैं फिर डायरेक्टर को और फ़िल्म डायरेक्टर काले बाज़ार को और काला बाज़ार मुझे मज़्बूती से पकड़े हुए हैं। इस चक्कर में मुझे कितनी मतलियाँ आई हैं... ख़ाली मतलियाँ, फल नदारद! और ये मतलियाँ यूँ ही आती रहेंगी, यहाँ तक कि फ़िल्मस्टार के बाल झड़ते जाएँगे, चेहरा नाक़ाबिल-मरम्मत[55] हो जाएगा और वह अपने आशिक़ों में किसी एक के हक़ में क़ुर्आ[56] डाल देगी और उसके घर में बैठकर मोटी न होने की फ़िक्र में पड़ी फूला करेगी और एक दिन फ़िल्मी कहानी लिखते-लिखते मैं अपना क़लम चबाकर निगल जाऊँगी और उन गीले कोयलों को इतना फूँकूँगी कि वह भड़क उठेंगे।

अगर आपकी टाँगें शल[57] न हो गई हों तो दो ज़ीने और तै कर डालिए। ये 'कैंडल कोर्ट' का तीसरा माला है। अगर आप दरवाज़े पर दस्तक़ दें तो एक उजाड़ सूरत मरीज़ दरवाज़ा खोलकर झाँकने लगेगा और सहमकर आपसे दरख़्वास्त[58] करेगा कि भाई ग़ुल क्यों मचाते हो, ख़्वाह ग़ुल बिल्कुल न मच रहा हो। वह बेचारा एक मज़दूरपेशा आदमी है। ये जो आपको समन्दर के किनारे चाट-पकौड़ी की दुकानें नज़र आती हैं, ये क़रीब-क़रीब निस्फ़[59] उसी की हैं, जिन्हें उसने ठेके पर दे रखा है। वह निहायत ज़लील दर्जे का ठग है और बहुत कम मुनाफ़ा कमाता है। वैसे ये और बात है कि मरीन लाइन पर उसकी एक क़तार में तीन इमारतें हैं, बांद्रा में दो बँगले हैं, एक तो ग़रीब ने अपने ज़ाती[60] मसरफ़ के लिए बनवाया था, तमाम एयर कंडीशंड कराया, मगर फिर शरणार्थियों पर दया खाकर सिर्फ़ पच्चीस हज़ार पगड़ी लेकर दे दिया। बेचारा बिल्डिंग अपने लिए बनाता है, लोग ले लेते हैं। यही वजह है कि वह ख़ुद इस इमारत में रहता है। अब तो ये हाल है कि मकान की नींव पड़ी और पगड़ियाँ टपकीं। करे भी तो क्या? लोग छोड़ते ही नहीं। अब वह

---

50. परिवर्तन, 51. रखैल, 52. कल्पना, 53. अप्राप्य, 54. पारिश्रमिक, 55. जिसे ठीक न किया जा सके, 56. पाँसा, 57. शिथिल, ढीला, 58. निवेदन, 59. आधी, 60. निजी,

दिन दूर नहीं कि वह अपने मौजूदा मकान को पगड़ी पर देकर फ़ुटपाथ पर मोची के शाने से शाना[61] मिलाकर पड़ जाएगा। दुनिया उसे सरमायादार समझती है, हालाँकि उसकी रूह तक नंगी-बुच्ची है। उसका सारा रुपया कारोबार में फँसा हुआ फूलता जा रहा है।

इन मकानों के अलावा फ़ुटपाथ पर कपड़े की उसकी हज़ारों छोटी-छोटी दुकानें हैं, जहाँ वह मिल से पूरे थान लाकर उनके कटपीस बनाकर काले बाज़ार के भाव बेचता है। ये फ़ुटपाथ पर सारे बम्बई में काला बाज़ार पड़ा जगमगाता है, मगर उसे न पुलिस का सिपाही देखता है, न हमारे देश के मुक़द्दस लीडर, जैसे वह जादू की टोपी पहने हो।

दो ज़ीने और घसीट डालिए। आपकी टाँगों में वैसे दम तो न रहा होगा। ये कैंडल कोर्ट की छत है। यहाँ सिर्फ़ कोठरी है जिसमें मालिक मकान का फ़ालतू कूड़ा, मसलन पुरानी टंकी, टूटी हुई खिड़कियाँ, मोटर के घिसे हुए टायर, ख़ाक धूल, झींगुर और मकड़ियों के दरमियान एक मैली-सी दरी इंसानी हाथों से बिछाई नज़र आएगी, एक तरफ़ कुछ नए पुराने काग़ज़ों, रिसालों, अख़बारों का ढेर, रस्सी पर मैले कपड़े, एक कोने में एक अँगीठी जिस पर स्याह अल्मूनियम की केतली और दो-चार पुड़ियाँ चाय, गुड़-शक्कर की, इन चीज़ों को देखकर अन्दाज़ा होता है कि यहाँ कोई इंसान की क़िस्म की शै भी बसेरा लेती है। बहुत कम लोग हैं जो इस पुर-अस्रार[62] हस्ती के दीदार से मुस्तफ़ीज़[63] हो चुके हैं। रात को आख़िरी ट्राम के जाने के बाद कैंडल कोर्ट पर हैरत-अंगेज़[64] सन्नाटा छा जाता है। एक पुर-अस्रार क़दमों की चाप गूँजना शुरू होती है, नपी तुली, थकन में डूबी हुई चाप जैसे हज़ारों क़दम एक से सुर में ग़र्क़[65] चल फिर रहे हैं। फिर ये चाप कैंडल कोर्ट की तरफ़ सरकना शुरू होती हैं और फ़ाटक में दाख़िल होकर लम्बे और तारीक ज़ीनों पर रेंगने लगती है। उसी वक़्फ़े से उसी दिन से क़दम एक सीढ़ी पर गिरते-उठते हैं और बग़ैर सुस्ताए कैंडल कोर्ट की छत पर पहुँच जाते हैं। अगर कभी रात को एक बजे के बाद कैंडल कोर्ट में आँख खुल जाए तो आप इन क़दमों को सुनते-सुनते काँप उठेंगे जैसे कोई रूह आलमे-बाला[66] को चिढ़ा रही हो, एक-एक चाप गिन लीजिए।

ये क़दम एक अजीबो-ग़रीब शै की मिल्कियत है। मैं उसे शै ही कहूँगी क्योंकि कैंडल कोर्ट के वासी न उसका नाम जानते हैं, न मज़हब, जिन लोगों ने उसे देखा है उन्हें भी शक है कि वह पता नहीं ज़िन्दा है या मुर्दे का भूत। कुछ लोगों का ख़याल है कि वह कोई परेशान रूह है। बाज़[67] लोग कहते हैं, सरकारी

---

61. कंधे से कंधा, 62. रहस्यमय, 63. फ़ायदा उठाना, 64. आश्चर्यजनक, 65. डूबे हुए, 66. परलोक, आकाश, 67. कुछ,

जासूस है। कुछ लोग ये भी कहते हैं कि वह फ़रारशुदा[68] मुजरिम है और उसके नाम का वारंट निकला हुआ है, और वाक़िआ भी कुछ इसी क़िस्म का है। एक बार सुना कि वह एक ऐसे अख़बार से वाबस्ता[69] है जिसका हर पर्चा ज़ब्त हो चुका है या क़ाबिले-ज़ब्त है, फिर मालूम हुआ कि किसी मुशायरे में उसको पुलिस ने धर लिया है। फिर एक नाटक में कुछ ऐसा फ़सादअंगेज़[70] मुज़ाहिरा[71] किया गया कि पुलिस ने घेर लिया। मगर उसकी हस्ती कुछ ऐसी फिसलती कि न जाने कहाँ दुबक जाता है। वह जैसे खटमल होता है ना ज़िद्दी क़िस्म का, गुद्दी में काट लो और इससे पहले कि शिकार सँभले, पिडली में चटक गया। पिंडली मसली तो कमर में डोरे डाल दिये। तो यही सिफ़त[72] उसकी है। गवर्नमेंट बिलबिला रही है, खुजा रही है, और सर पीट रही है, पुलिस दौड़ रही है, मगर ये उसकी टाँगों में से निकलकर भाग जाता है। कैंडल कोर्ट के सारे किरायेदार जानते हैं कि वह यहाँ रहता है, लेकिन किसी में इतनी हिम्मत नहीं कि उसे पकड़वा दे। एक दफ़ा किसी ने कोशिश की भी तो वह पुलिस के जाने से पहले झींगुर बनकर ग़ायब हो गया और फिर कई महीने वह पुरअस्रार पैरों की चाप कैंडल कोर्ट के ज़ीनों पर न सरसराई। लेकिन फिर एक दिन इसी तरह वह हज़ारों पाँव एक नए सुर में डूबे। फिर से फटा पतलून और क़मीज़ है, वही पिचपिचे गाल और उलझे बाल। शायद वही लौटकर आ गया है। मगर शायद। क्योंकि यक़ीन से नहीं कहा जा सकता।

और ये पुरअस्रार क़दम हमेशा इसी तरह रात की पुरअस्रार-तारीकी में गूँजते रहे हैं। एक थक जाए तो दूसरा उनकी जगह ले लेगा और दूसरा थक जाएगा तो तीसरा। और ये लामुतनाही[73] क़दमों का सिलसिला इसी तरह बग़ैर लरज़िश[74] खाए चलता रहेगा, और एक-एक क़दम हज़ारों क़दमों में बसता चला जाएगा। तो ये कैंडल कोर्ट है, ऊपर से नीचे तक, फ़ुटपाथ से लेकर ख़ाली आसमान तक। अगर आपको एक पलंग की ज़रूरत हो तो मेहता से कहिए...वह आपको निहायत नामाक़ूल[75] पगड़ी के एवज़[76] एक आध कोना-खुदरा रहने को दे देगा...जब लीडरों की तस्वीरें जाग पड़ेंगी और शक्कर में से रेत के ज़र्रे छान डालेंगे, इन गीले कोयलों को इतना धौंकूँगी कि उनमें से शोले भड़क उठेंगे और ये ठिठुरन और फ़ाक़े ख़त्म हो जाएँगे, और मोची के सर पर कूड़ा न बरसेगा और कैंडल कोर्ट की छत पर छिपे हुए झींगुर बोसीदा माल को चाट जाएँगे...मगर नहीं...भला कहीं तस्वीरें भी जागा करती हैं!

---

68. भागा हुआ, 69. सम्बद्ध, 70. उपद्रव मचानेवाला, 71. प्रदर्शन, 72. गुण, 73. जिसका ओर-छोर न हो, 74. कम्पन, 75. अनुचित, 76. बदले।

पौम-पौम डार्लिंग

जब ख़ानदान में एक नए फ़र्द[1] का इज़ाफ़ा[2] होता है तो धूमधाम से लोग अपनी मसर्रत[3] का इज़हार करते हैं। जब किसी नए लिखने वाले का मज़्मून[4] किसी रिसाले[5] में शाए[6] होता है तो सारे मामूँ, चाचा, ख़ाला, फूफी मिलकर अपनी-अपनी राय पेश करते हैं।

जब क़ुर्रतुलऐन हैदर[7] का पहला अफ़साना शाए हुआ, तो ऐसा मालूम हुआ कि उफ़ुक़े-अदब[8] पर एक नया-नवेला सितारा तुलू[9] हो गया। चमक-दमक से अन्दाज़ा होता था कि वह दिन दूर नहीं जब नन्हा-मुन्ना-सा सितारा आफ़ताबे-अदब[10] बनकर आँखों को ख़ीरा[11] कर देगा। अदबी-हल्क़ों[12] में चेमीगोइयाँ[13] होने लगी। क़ुर्रतुलऐन हैदर का मज़्मून देखकर रिसाले पर छीना-झपटी शुरू हो जाती, वाह-वाह क्या कहना, कृष्ण चन्द्र जैसी ठोस रोमानियत, हिजाब इस्माईल जैसी तिलिस्मी फ़िज़ाएँ और इस्मत जैसे चटख़ते हुए मुकालमे...जी नहीं, ख़ास क़ुर्रतुलऐन हैदर की अपनी तराश-ख़राश, रंगीनी और लोच जो किसी ख़दशे का मुहताज नहीं।

"अब ख़ैर मनाइए अदीबा साहिब!" अहमद अब्बास ने डराया और मैंने वाक़ई ख़ैर मनाई। ये छोटे तो अपने साथ बड़े बन जाने का ख़मीर लेकर ही पैदा होते हैं। बाद में आने वाले बहुत-से झमेलों से बच जाते हैं। पहले गुज़रने वाले बहुत कुछ कील-काँटे रास्ते में से हटा चुकते हैं और नए आने वालों को आगे बढ़ने में बहुत-सी आसानियाँ मिल जाती हैं। लेकिन एक बात तो होगी। अब वह अकेला-अकेला नक्कूपन न रहेगा।

मैदान भरता जा रहा है। हाजरा[14], ख़दीजा[15] आ ही चुकी हैं और अब ये नया तीर तो यक़ीनन निशाने पर बैठने के लिए ही चिल्ले पर चढ़ा है। अब तो लोग, लिखने वाला मर्द है या औरत ? के सवाल में उलझकर क़लाबाज़ियाँ खाना कम कर

1. व्यक्ति, 2. बढ़त, 3. ख़ुशी, 4. लेख, 5. पत्रिका, 6. प्रकाशित, 7. उर्दू की प्रसिद्ध लेखिका, 8. साहित्य के आस्मान पर, 9. उदय, 10. साहित्य का सूरज, 11. चकाचौंध, 12. साहित्यिक मंडलियों, 13. कानाफ़ूसी, 14. हाजरा मस्रूर, 15. ख़दीजा मस्तूर,

देंगे। अब तो ये जानवर कहीं-कहीं के बजाय हर जगह पाया जाएगा, क्योंकि ज़माना भी तो तहज़ीबे-निसवाँ[16] और तहज़ीबे-मर्दां[17] के बजाय तहज़ीबे-इंसान का सवाल उठा रहा है।

एक के बाद दूसरा, तीसरा, चौथा और पाँचवाँ मज़्मून भी निकला। सितारा उसी जगह जगमगाता रहा :

उसका मह्‌वर[18] बदला न चाल-ढाल!!

देखने वालों ने आँखें मलकर देखा और बग़ौर[19] देखा कि कहीं ये उनकी आँखें बुढ़ापे से कमज़ोर तो नहीं होती जा रही हैं। सितारा तो कुछ टिमटिमाने लगा है!

"ठहरो जी, ज़रा सिंडरेला के ज़मीन पर उतरने का इन्तिज़ाम करो।" नाक़िद[20] ने ढारस बँधाई। मगर वह ख़्वाबों की 'चार्मिंग' रानी उसी तरह दूर ख़लाओं[21] में टिमटिमाती रही!

ज़माने की घड़ियाल ने बारह बजा दिए और जादू की घंटी का तिलिस्म[22] थककर टूटने लगा।

"अजी आप की क़ुर्रतुलऐन हैदर क्या लिखती हैं? जी हाँ, मेरी क़ुर्रतुलऐन हैदर। आख़िर हमारा इतना क़रीब का रिश्ता है ना। दोनों एक ही ज़ंजीर की अगली-पिछली कड़ियाँ ही तो हैं। नई कड़ियाँ तो पुरानी कड़ियों से ज़्यादा मज़्बूत ढली हुई होती हैं, तो फिर भूल-चूक कहाँ हो गई या ख़ुदाया!"

और मैंने बड़े एह्‌तिमाम से एक तवील[23] नासहाना[24] ख़त लिखना शुरू किया। जिसमें मैंने बाद दुआ के वाज़ेह करना चाहा कि भई ये शूशू, फूफू, भरत नाट्यम, सिवाय ठेला मार्के स्वीमिंग पूल में कब तक डुबकियाँ लगाती रहोगी। एक बार ज़रा बाहर झाँककर भी तो देखो। एक ही नुक़्ते[25] पर कितने चक्कर। क्या सारी उम्र 'मैरी गोराऊंड' ही पर घुमाती रहोगी? लोग कहीं बौखला न जाएँ। और फिर जब वह चिढ़कर तन्क़ीद[26] करेंगे तो उसमें झुँझलाहट और इन्तिक़ाम[27] के नश्तर पोशीदा[28] होंगे। फिर तुम्हारा दिल टूट जाएगा और तुम इस कूचे से बचकर कोई दूसरी 'हॉबी' पकड़ लोगी!

ख़त लिखने के बाद एकदम ख़याल आया, कहीं मेरा ख़त ही उस पहले पत्थर का काम न कर जाए, जिसकी तरफ़ मैं इशारा कर रही हूँ। कहीं मेरे एतिराज़[29] से दिलबरदाश्ता[30] होकर चिड़िया फुर्र से उड़कर दूसरी डाल पर न जा बैठे। लोग यही कहेंगे कि 'ये अदब के ठेकेदार' नए आने वालों को धमकाते हैं ताकि क़ब्ल[31] इसके कि उन बेचारों का फ़न पुख़्ता[32] होकर मुक़ाबले में आए,

16. महिलाओं की सभ्यता, 17. मर्दों की सभ्यता, 18. धुरी, 19. ध्यान से, 20. आलोचक, 21. अन्तरिक्ष, 22. जादू, 23. लम्बा, 24. उपदेशकों जैसा, 25. बिन्दु, 26. आलोचना, 27. बदला, 28. छिपे हुए, 29. आपत्ति, 30. उदास, 31. पहले, 32. परिपक्व,

उन्हें मार भगाएँ। फ़नकार[33] हासिद[34] होते हैं ना। दूसरे भई शायद मैं क़ुर्रतुलऐन के ज़माने से पीछे हूँ, इसलिए उनकी बातें मेरी समझ से बालातर[35] हैं, लिहाज़ा मैंने उनके हमअस्र[36] से रौशनी हासिल करना चाही, लेकिन उन्हें भी अपना हमख़याल पाकर कुछ ख़ुद एतिमादी पैदा हुई और मुझे अफ़सोस हुआ कि मैंने वह ख़त क्यों फाड़ डाला। और आज जब मैं ये मज़्मून लिख रही हूँ, अहमद अब्बास फिर कह रहे हैं : "तुमने जान-बूझकर एक होनहार अदीबा की रहनुमाई न की, उसकी ख़ामियों[37] को पुख़्ता[38] होने दिया। क्योंकि तुम जानती थीं, अगर उसकी ख़ामियाँ दूर हो गईं तो वह सबको फलाँगकर मीलों आगे निकल जाएगी।"

ये लीजिए, साँप के मुँह की छछूंदर, न निगले बने, न उगले। ज़माना भी तो बड़ा नाज़ुक है। किसी पर तन्क़ीद करो तो लोग कहते हैं, कम्यूनिस्टों ने बहका दिया है जी। अहमद अब्बास को अस्करी और रामानन्द सागर को एम. अस्लम से दूर का भी रिश्ता बता दो तो जानो मोटी सी गाली दे दी। हमें ये कभी न भूलना चाहिए कि लिखनेवाले, पढ़नेवालों के लिए लिखते हैं, कुछ चटख़ारे लेने के लिए नहीं लिखते। पढ़नेवालों की तन्क़ीद और सिताइश[39] दोनों के बराबर हक़दार हैं। वह अदीब जो तन्क़ीद नहीं सह सकते, वह न ही ज़िन्दा रह सकते हैं और न आगे बढ़ सकते हैं। तन्क़ीद करने वाले का रुत्बा, अगर वह ईमानदारी से अपना फ़र्ज़ अन्जाम दें, तो बहुत बुलन्द है। एक तरफ़ वह अदीब के दिमाग़ को ख़ुराक पहुँचाता है तो दूसरी तरफ़ अदब की हिफ़ाज़त करता है। इस अदब की, जिसका ज़िन्दगी से दामन बँधा हुआ है, और इस तरह वह ज़िन्दगी का भी मुहाफ़िज़[40] है। जैसे हर इंसान को दंदान-साज़[41] के पास वक़्तन-फ़वक़्तन[42] जाने की ज़रूरत है, उसी तरह हर अदीब को तन्क़ीद की ज़रूरत है। दाँत उखड़वाने में दुख तो बड़ा होता है, मगर सेहत भी बनती है, सिर्फ़ सही तन्क़ीद ही बहकने वाले क़लम को सीधा और सेहतबख़्श[43] रास्ता दिखाकर ग़लत मोड़ से बचा सकती है।

लेकिन जब क़ुर्रतुलऐन हैदर को ख़िज़्र[44] राह दिखाने चले तो ख़ुद अँधियारे में घिरकर सटपटा गए और धक्का देकर वापस लौट आने के सिवा कुछ न सूझा। वह सितारा जो आफ़्ताब[45] बन जाने के आसार लेकर उभरा था, भटककर, 'सितारों से आगे कुछ भी नहीं' की ख़ला[46] में गुम होता चला गया। क़ुर्रतुलऐन को समझने के लिए बड़ी आसानी होगी, अगर नज़्रसज्जाद हैदर[47] का भी मुतालआ किया जाए। जो उनका निजी रिश्ता है, वही उनका अदबी रिश्ता भी है। अदबी शज्रे[47] में 'नज़्र

33. कलाकार, 34. ईर्ष्यालु, 30. बहुत ऊँची, 36. समकालीन, 37. दोषों, 38. परिपक्व, 39. प्रशंसा, 40. रक्षक, 41. डैंटिस्ट, 42. कभी-कभी, 43. स्वास्थ्यदायक, 44. एक अमर पैग़म्बर जो भूले-भटकों को रास्ता दिखाते हैं, 45. सूरज, 46. शून्य, 46. क़ुर्रतुलएन हैदर की माँ, जो लेखिका थीं, 47. वंशवृक्ष,

सज्जाद हैदर' माँ हैं तो क़ुर्रतुलऐन हैदर बेटी। दोनों का वास्ता एक ही तब्क़े से पड़ा, लिहाज़ा दोनों के मसाइल[48] भी यकसाँ हैं। वह दुख जो अख़्तरुन्निसा ने झेले थे, क़ुर्रतुलऐन हैदर रोली-पोली और ऐनी झेल रही हैं। दुखड़ा वही, यानी नाप-तौल, शौहर की नायाबी, अख़्तरुन्निसा के वालिदैन जाबिर होने के इल्ज़ाम माथे पर लिए हुए थे, और रोली-पोली के वालिदैन माल तैयार करके ड्राइंग रूमों में बिठा देते हैं। घेर-घेरकर कम-अज़-कम आठ सौ कमाने वाले शिकार लाते हैं और खुली इजाज़त देते हैं कि मारो फंदा। फंदे चलते हैं, शिकार फाँदा-फूँदी करते हैं। फँस गए तो ठाट का एक ऐट-होम होता है, वर्ना डॉली का शिकार ज़ोफ़ी ले भागती है। शू-शू को पौम-पौम हड़प कर जाती है और टोडल्ज़ को फ़ी-फ़ी डकार जाती है। ये है लुब्बे-लुबाब[49] इन चार्मिंग लोगों की राम कहानियों का।

अख़्तरुन्निसा दिक़[50] का शिकार हो जाया करती थी। पोली, मोली ज़ेह्नी[51] तौर पर मद्क़ूक़[52] हो जाती है। कुत्ते अफ़्सानों से बेहतर नज़र आने लगते हैं। हर चीज़ के पीछे, 'कुछ न होने पर' फ़त्ह[53] हासिल नहीं हो सकती। ''ज़िन्दगी इतनी अजीब बन जाती है कि उसे कोई मानी नहीं पहनाए जा सकते। और वह नहीं जानती कि ''वह जंगल, पहाड़, दरिया, वह जगहें कहाँ हैं जहाँ ज़िन्दगी है।''

अख़्तरुन्निसा का दुश्मन समाज था। पोली, डोली और शूशू के दुश्मन वाहिमा[54], शुऊर[55], तह्तश्शुऊर[56] और क़नूतीयत[57] हैं। समाज से तो कोई लड़ भी सकता है मगर इन ज़ेह्नी भूतों से कौन लड़े। "Cynic बन जाने के सिवा और कोई चारा नहीं है।'' नज़्रसज्जाद हैदर ने किसी असर से तो बग़ावत की । क़ुर्रतुलऐन हैदर में वह भी सक़त नहीं। जहाँ तक तरक़्क़ीपसन्दी का सवाल है, उन दोनों का रिश्ता बिलकुल उल्टा नज़र आता है, यानी माँ बेटी से आगे सोचती है। नज़्रसज्जाद हैदर जागीरदारी निज़ाम के वक़्त उठी थीं और क़ुर्रतुलऐन हैदर सरमायादारी निज़ाम के ज़वाल[58] की पैदावार हैं। मगर उन्होंने कम-अज़-कम गिरती हुई दीवारों से लिपट-लिपट कर सर नहीं फोड़ा था। जागीरदारी निज़ाम की ख़ामियों और कोतहअंदेशियों[59] पर तअस्सुफ़[60] ही किया है, हालाँकि उनके आँसू बेकार गए। क्योंकि वह इस निज़ाम को दोबारा खड़ा तो न कर सकीं, लेकिन क़ुर्रतुलऐन हैदर सरमायादारी निज़ाम के डूबते हुए सूरज के अँधियारे में हाथ-पैर मार रही हैं। उसकी उफ़ूनत[61] भरी बोसीदगी से उन्हें घिन्न आती है, मगर प्यार भी है। वह अपने तब्क़े को उस मछली के मानिन्द समझती हैं जिसके इर्द-गिर्द का पानी सड़ चुका है, मगर ख़ुश्क रेत पर भी मौत के सिवा कुछ भी नहीं। उन्हें नहीं मालूम कि क्यों पोली के हुस्न के बजाय

---

48. समस्याएँ, 49. सार, निचोड़, 50. टी.बी., 51. मानसिक, 52. टी.बी. की रोगी, 53. जीत, 54. भ्रम, 55. चेतना, 56. अवचेतन, 57. निराशावाद, 58. पतन, 59. अदूरदर्शिता, 60. पश्चात्ताप, दुख, 61. दुर्गन्ध,

ज़ोनी के चक्कर में फँस जाता है! जिम्मी जूनी को छोड़कर पौम-पौम पर क्यों मिटता है? ये जानने के लिए इसका राज़ मालूम करना ज़रूरी है, कि जब सरमायादारी नज़्अ[62] के आलम में दम तोड़ने लगती है, तो ज़ेह्नी और अख़लाक़ी[63] इन्हितात[64] लाज़मी, शुरू हो जाता है। जब एक चीज़ गलने-सड़ने लगती है तो उससे मुल्हिक़ा[65] चीज़ें भी बिजबिजा उठती हैं। एक सरमायादार रूई का व्यापार छोड़कर लहसुन-प्याज़ का धंधा सँभाल लेता है। बॉबी, शैशम को छोड़कर रफ़ीआ को पकड़ लेता है, दोनों की एक ही ज़ेह्नीयत[66] है, एक ही पेशा और एक ही मक़्सद। जिसमें ज़्यादा मुनाफ़ा हो वही उनका मज़हब, वही उनका इश्क़ और वही उनकी ज़िन्दगी। इसके बावुजूद एक सरमायादार ये भी जानता है कि सब कुछ पाकर भी 'कुछ भी नहीं' का एहसास उसका वहम नहीं बल्कि एक ठोस हक़ीक़त है। उसका तरीक़ए-कार[67] इंसानियत के फ़लाहो-बह्बूद[68] के लिए नहीं, उसकी सारी स्कीमें, सारे मार्शल प्लान, सारे समझौते और गुटबंदियाँ आगे जाकर एक ऐसे नुक़्ते[69] पर ख़त्म हो जाती हैं जहाँ एहसास 'कुछ भी नहीं' के सिवा कुछ नहीं रहता। वह जानता है कि इसका अन्जाम फ़ना[70] ही है। वह काँटे की नोक पर टँगा हुआ है और उस खौलते-उबलते तूफ़ान का चढ़ाव देखकर लरज़ रहा है, जो दिन-ब-दिन घेरा तंग करता आ रहा है।

उसकी नई पौध बेइत्मीनानी, ये ख़ौफ़, ये ज़िन्दगी से फ़रार और 'कुछ भी नही' विर्से में लेकर जन्म ले रही है, उनके शुऊर और लाशुऊर इस ही साँचे में ढलकर पैदा हो रहे हैं। वह जानते हैं मगर खुले बन्दों नहीं कह सकते कि वह उनके सुकून और ऐश के दुश्मन हैं और हव्वा बन डराते हैं, क्योंकि वह जानते हैं कि बड़े से बड़ा अवाम-दुश्मन[71] भी खुलकर अपने वुजूद का ऐलान नहीं कर सकता। अवाम को लूटने के लिए ठगों को भी भक्त का रूप धारण करना पड़ता है।

सरमायादारों के एजेन्टों को ज़िन्दगी के हर मोड़ पर कम्यूनिस्ट दुबके हुए नज़र आ रहे हैं। सरकार तो सीधी भूखे पेट में दुबके हुए कम्यूनिस्ट पर लाठी चार्ज और गोली से वार करती है, मगर क़ुर्रतुलऐन हैदर निहायत ही रोमानी माहौल में निहायत ही बुक़्अए-नूर[72] क़िस्म की हसीनाओं के ज़रीए से कम्यूनिज़्म पर तंज़ फ़रमाती है। उनका कथकली, मणिपूरी और रम्बा में मस्त, जूही की कलियाँ सूँघने वाला क़लम जब लफ़्ज़ कम्यूनिस्ट लिखता है तो एकदम काले नाग की तरह फुंकारने लगता है। एक ही साँस में कैथोलिक चर्च, कम्यूनिज़्म और योगा की क़ै कर डालता है, और उस वक़्त वह अपने तब्क़े का भाँडा फोड़ देता है। फिर साफ़ मालूम हो जाता है कि उस कलम में कौन-सी स्याही भरी है और उसका निब किस फ़र्म का

62. प्राणों का अन्त, 63. नैतिक, 64. पतन, 65. जुड़ी हुई, 66. मानसिकता, 67. काम का ढंग, 68. भलाई, 69. बिन्दु, 70. मिट जाना, 71. जनता का दुश्मन, 72. चमक-भड़क वाली,

ढला हुआ है। उनके 'चार्मिंग लोग' जिमी के पाँच अक़्लमन्द कुत्तों की तरह किसी पार्टी में शामिल होने का प्रोग्राम न बनाते हुए जब मुफ़क्किरीन[73] का रूप धर कर फ़ल्सफ़ा बघारने की कोशिश फ़रमाते हैं तो बड़ा ही पुर-लुत्फ़ मंज़र नज़रों के सामने आ जाता है। वह हैडी लामार, बैटी गरीबल, रॉबर्ट टाइलर और चार्ल्स बुआए का काली चमड़ी वाले चर्बे में अच्छे ख़ासे सियासतदाँ[74] बनने लगते हैं। 'किस पूर्फ़' और 'बरगंडी' के मुस्तैद इस्तेमाल के बाद ये काम काफ़ी आसान भी तो है। उस वक़्त उनकी नर्गिसी आँखों को इश्तिराकी[75], इश्तिमरली[76] दहशत-पसन्द[77] कांग्रेसी और लीगी सबके सब गड्ड-मड्ड दिखाई देते हैं। और ये मुफ़क्किरीन इस नतीज़े पर पहुँचते हैं कि ये सारे कम्यूनिस्ट उन हसीनाओं के घायल नामुराद आशिक़ हैं जो फ़रार की ग़रज़ से और कुछ जले फफोले फोड़ने के लिए बेचारी बूर्जुआ लड़कियों की ज़ेह्नीयत पर लेक्चर देकर पार्टी में जाकर शामिल हो गए हैं और अब दुनिया भर को गालियाँ देते फिरते हैं। क्या पते की बात फ़रमाई है मोहतरमा ने "कि न आज टोलीमोली इन बेचारों का दिल तोड़ती और न ये कम्यूनिस्ट बनते।" तअज्जुब है सामराजियों को अब तक मोहतरमा की दरयाफ़्त का क्यों पता नहीं चला वर्ना वह उन्हें ज़रूर 'क़ैसरे-हिंद'[78] का ख़िताब अता फ़रमाते। अगर उन्हें मालूम हो जाए कि कम्यूनिस्ट बनाने की वज्ह ये हसीनाएँ हैं तो बजाय गोली और लाठी चार्ज में वक़्त बरबाद करने के एक क़ानूने-तहफ़्फ़ुज़े-आशिक़ाँ[79] पास कर दे, जिसकी रू से किसी माहजबीं[80] को किसी आशिक़ का दिल तोड़ने का हक़ न रहे। न दिल टूटेंगे, न कम्यूनिस्ट पैदा होंगे और जो ये आए दिन हवालातें भरती जा रही हैं, भूख फैल रही है, हड़तालें हो रही हैं, आप ही आप ख़त्म हो जाएँगी और सरकार क़ौम की ख़ादमाओं के लिए कैप्टन और हवाबाज़ फ़टाफ़ट तैयार करना शुरू कर देगी। भला जब मुल्क के नौजवानों को मालूम होगा कि जोई, पौम पौम और फ़ीफ़ी कम्यूनिस्टों को पसन्द नहीं फ़रमातीं तो वह फ़ौरन इस पेशे से ताइब[81] हो जाएँगे। आज कल हर मुल्क की सामराजी ताक़तें इन कम्यूनिस्टों के हाथ तिगनी का नाच नाच रही हैं। बहुत मुमकिन है कि मोहतरमा की ये दरयाफ़्त[82] एटम बम का रुत्बा हासिल कर जाए और उन्हें बैनलअक़्वामी[83] ज़िम्मेदारियाँ सँभालनी पड़ें।

ये नहीं तो कम-अज़-कम उन्हें कम्यूनिस्टों के ऊपर कीचड़ उछालने में सामराजियों का हाथ बँटाने के एवज़ कुछ तो इनाम मिलना ही चाहिए, हालाँकि जहाँ तक अवाम के फ़ैसले का सवाल है, ये हर्बा ख़ाली जाएगा। अगर आप उनसे जाकर कहें कि ये तुम्हारे नुमाइन्दे[84] हम मुक़द्दस बच्चियों पर ज़बरदस्ती आशिक़

---

73. विचारकों, 74. राजनीतिज्ञ, 75. साम्यवादी, 76. मिलाकर एक करने का सिद्धान्त, 77. आतंकवादी, 78. हिन्दोस्तान का राजा, 79. प्रेमियों की रक्षा का क़ानून, 80. हसीना, 81. तौबा करना, 82. खोज, 83. अन्तर्राष्ट्रीय, 84. प्रतिनिधि,

हो जाते हैं, और अगर हम उन्हें टरकाकर आठ सौ कमाने वालों से शादियाँ कर लें तो ये जलकर तुम से जा मिलते हैं और तुम्हें हमारे ख़िलाफ़ भड़काने लगते हैं, तो वह उसे आपका भागते वक़्त का आख़िरी पत्थर समझकर मुँह मोड़ डालेंगे। उन्हें अपने नुमाइन्दों के चाल-चलन की तस्दीक़[85] करने के लिए पौम-पौम डार्लिंग के सर्टीफ़िकेट की क़तई ज़रूरत नहीं। वह इतने अहमक़ नहीं जितना आप उन्हें समझती हैं। वह अब अपने दुश्मन की बिसांध दूर ही से सूँघ लेते हैं।

इतनी बात याद रहे कि कम्यूनिस्ट जो चीन, बर्मा, इंडोनेशिया और तेलंगाना में सामराजियों के छक्के छुड़ा रहे हैं, ये वह आपके दरबार में मुसाहिबत करने वाले गदागर नहीं जो दौलत की कमी को तरक़्क़ीपसन्दी और इश्तराकीयत के लबादे में लपेटकर महबूबा के क़दमों में डालते थे, क्योंकि ये हमारे तुम्हारे ज़माने के कम्यूनिस्ट हैं। ये क़तई रोमांटिक और रसीले नहीं, निहायत चालाक, तल्ख़ ज़बान, लाठी चार्ज से नहीं रुकते, गोली को ये ख़याल में नहीं लाते, मरके ये नहीं ख़त्म होते, तो भला ये महजबीनों के नज़रों को ख़ातिर में कब लाएँगे। टोली, मोली हज़ार बार उन पर आशिक़ न होने की धमकी दें, उनके कान पर जूँ भी न रेंगेगी।

उनकी महबूबा वह ज़ोनी नहीं जो जिम्मी के इश्क़ में नाकाम होकर फ़त्हे कश्मीर[86] के इरादे से तफ़रीहन[87] तराड़ख़ैल दौड़ पड़ती है। बल्कि वह ज़ोनी है जो तेलंगाना में अपनी ज़मीन के ज़र्रे-ज़र्रे की ख़ातिर अपने महबूब के दोश-बदोश[88] बढ़ रही है, जो कलकत्ता में सामराजी गोलियाँ सीने पर खाए सड़क पर ख़ून में नहा रही है, जो बम्बई में अपने प्यारों को भूखा मरता देखकर लाठियों और गोलियों की बौछार में सीनासिपर हो रही है। वह और ही तब्क़ा है जो डी. लामार और 'सवाए' के चिकने फ़र्श के तख़य्युल[89] ही से फिसल पड़ता है।

एक बार पतरस[90] ने मेरे ऊपर एतिराज़ किया, क्योंकि मैं दरमियाना दर्जे की अक्कासी[91] तो कर लेती हूँ, लेकिन ड्राइंगरूम में जाकर चौकड़ी भूल जाती हूँ। मुझे बड़ा दुख हुआ था कि लो यह पतरस साहब को भी पता चल गया कि मैं ड्राइंगरूम की मख़्लूक़[92] नहीं हूँ। लेकिन अब शुक्र करती हूँ कि अच्छा हुआ। मेरी फूहड़ माँ और कसीरुल-औलाद[93] बाप को ड्राइंगरूम सजाने की तौफ़ीक़ न हुई, वर्ना मेरा वास्ता भी टोटो, फोफो के सिवा किसी इंसान से न पड़ता। और आज ये दरमियाना तब्क़े के झमेलों से भी बेकार झमेले मेरा मौज़ू होते। मैं उन ही पर शर्मिन्दा हूँ लेकिन ये दरमियाना तब्क़ा फिसल-फिसलकर मज़दूर की आग़ोश में गिर रहा है। इस तब्क़े में सारे अदीब अगर फरार में न डूब गए तो एक दिन वहीं पहुँच जाएँगे।

---

85. प्रमाण, 86. कश्मीर को जीतना, 87. मन बहलाव के लिए, 88. कंधे से कंधा मिलाकर, 89. कल्पना, 90. प्रसिद्ध लेखक पतरस बुख़ारी, 91. चित्रकारी, 92. प्राणी, 93. जिसकी अधिक सन्तान हो,

मगर क़ुर्रतुलऐन के किरदार, उनका रवैया समझ में नहीं आता। ये चार्मिंग लोग सबके सब एक ही फ़र्मे के ढाले हुए हैं। सब ही तो मुर्ग़ाबियों के शिकार, बरगंडी क्यूटेक्स, रॉबर्ट टाइलर के सलोने हुस्न का, कारमन मेरांडा के गालों, एलेस्थर विलियम की सुडौल पिंडलियों के दीवाने मालूम होते हैं। ईसाई यतीमख़ानों की तालीम जहाँ ज़ौके-शे'री[94] 'ट्विंकल ट्विंकल लिटिल स्टार' से शुरू होकर 'चार्ज ऑफ़ दी लाइट ब्रिगेड' पर ख़त्म हो जाता है। और नस्र[95] का मुतालआ बाप दादा की बोसीदा लाइब्रेरियों में ठूँसी हुई चन्द पुरअस्ररार जर्मनी फ्रांसीसी, तुर्की और अंग्रेज़ी किताबों तक महदूद नज़र आता है। वैसे भी सूरत-शकल में, चाल-ढाल में सब यकसाँ ही नज़र आते हैं। वही ख़ामोश झीलों जैसी नीली आँखें, सुनहरी घूँघर वाले बालों की मालिक लड़कियाँ और सारे के सारे गैलेंट हैंडसम नौजवान, न कभी किसी को चेचक ने ख़ुर्दरा किया न टाइफ़ाइड ने गंजा किया, न कभी किसी में ख़ून की कमी पैदा हुई, सिवाय इश्क़ के कभी किसी को कोई रोग नहीं सताता। कभी कोई बेजोड़ दबावों का शिकार न होता। क्योंकि उनके बारे में कोई लँगड़ा-लूला फटकने ही न पाता। एक बार किसी ने कहा था कि क़ुर्रतुलऐन के यहाँ जिन्सी[96] लगाव का ज़िक्र नहीं होता, उर्यानी[97] नहीं होती। वैसे तो ये बड़ी अच्छी बात है। फ़हहाशी[98] कोई फ़ख़्र की बात नहीं, लेकिन उस फ़िज़ा को जो उनके अफ़्सानों में नज़र आती है, किस क़िस्म की घुटन समझा जाए? लड़कियों और लड़कों के जमघट होते हैं, मगर एक अजीब क़िस्म की बेहिसी तारी रहती है, हसीनाएँ बिलकुल थोक के माल की तरह परखती हैं और परखी जाती है, जानो ठोक बजाकर ताँबे की पतीलियाँ ख़रीदी जा रही हैं। अमेरिका और बर्तानिया की एक्सपोर्ट इम्पोर्ट हो रही है जैसे वहाँ मंडी की तलाश में समझौते होते हैं बिल्कुल उसी तरह प्रास्पेक्टस की तलाश में शादी-ब्याह होते हैं कि एहसासे-जिंसी कभी-कभार के आटे और रुई की बोरियों वाला एहसास रह गया है। इश्क़ में जो बहुत हुआ तो बेहोश होने को जी चाहता है और नाकामी के बाद तराड़ख़ैल रवानगी हो जाती है।

किर्दारनिगारी[99] को छोड़कर अगर अन्दाज़े-तह्रीर को देखा जाए तो उसमें इन्फ़िरदीयत[100] और अनोखापन काफ़ी मौजूद है। हाँ, कभी-कभी अंग्रेज़ी के बाज़ अल्फ़ाज़ भोंडे मालूम होते हैं, लेकिन उनके ख़यालात उल्टे-सीधे एक-दूसरे से कुछ इस तरह दस्तो-गिरीबान[101] नज़र आते हैं कि जी घबराने लगता है। अब नुक्ता उभरता है उसकी मुआफ़क़त[102] और मुख़ालफ़त[103] के सारे निकात[104] दौड़कर साथ लिपट जाते हैं। पता ही नहीं चलता कि 'हाँ' कह रही हैं या 'ना'। हिमाक़त और

---

94. काव्य रसिकता, 95. गद्य, 96. काम सम्बन्धी, 97. नग्नता, 98. अश्लीलता, 99. चरित लेखन, 100. विशेषता, 101. हाथापाई करते हुए, 102. समानता, 103. विरोध, 104. सूक्ष्म और गूढ़ बातें,

अक़्लमन्दी की बातें एक साँस में ही इरादे से उगला करती हैं। आमतौर पर लिखने वाला एक किर्दार चुन लेता है जो उसके अपने मेयार पर पूरा उतर सके। जिसमें वह ख़ुद अपनी हस्ती को छिपाकर बिठा देता है। वह जो पढ़ने वाले को अपने में जज़्ब करके जगबीती को आपबीती की चाशनी बख़्शता है। ये किर्दार कोई ख़यालात का हयूला नहीं बल्कि हक़ीक़त से वाबस्ता सही और ग़लत में इम्तियाज़[105] कराने वाला किर्दार होता है। मगर मिस हैदर का हर किर्दार कोई न कोई ऐसी छिछोरी हरकत कर बैठता है कि उसकी पूरी तस्वीर में एक बेहंगम-सा कूबड़ निकल आता है। वैसे आवे का आवा ही कुछ हद से ज़्यादा चार्मिंग, लेकिन उसके सोचने में भी बाटा के जूतों जैसी इंसानियत नज़र आती है। पढ़नेवाले को कुछ सोचने और समझने में मदद नहीं मिलती। शायद इसी यकसानियत से उकताकर ख़ुद मुसन्निफ़ा[106] कभी-कभी पढ़नेवाले को उछालकर किसी बॉलरूम या होटल में रक़्स के दो-चार चक्कर दे देती हैं। कभी जूही की कलियाँ नाम में ठूँस देती हैं, कभी सितारों और आबशारों[107] में घसीट ले जाती है।

कृष्ण चन्द्र का कहना है कि "वह अब रक़्सगाह[108] की रौशनी के साथ-साथ बाहर का अँधेरा भी देखने लगी हैं।" शर्तिया[109] उन्होंने तकल्लुफ़न[110] कहा है कि नाक़िद[111] की हैसियत से नहीं लिखा। क्योंकि फ़ीफ़ी, शीशी, अगर कभी भूले से अँधेरे में जाती हैं तो फ़ौरन जिम्मी और शूशू की बर्क़ी टॉर्च चमक उठती है, इसलिए वह अँधेरा कहीं नहीं देखतीं। दरअसल उन्होंने उजाला कभी नहीं देखा। अभी तक वह फ़रहतगाहों[112] और सर्कसों की बुक़्अए नूर फ़िज़ाएँ टटोल रही हैं। शम्अ ज़िन्दगी की तो उन्होंने नहीं देखी कि कितनी बुलन्द हो चुकी है, क्योंकि उनके तख़य्युल के शीशमहल की बड़ी मोटी-मोटी दीवारें हैं, और हर शै पर बेशबहा[113] ईरानी क़ालीन मंढ़े हुए हैं। बाक़ी सारे लवाज़िमात[114] पर गर्द जम चुकी है। यही वजह है कि कुर्रतुलऐन के क़लम का सारा चुलबुलापन और सारी फुर्ती एक घुटे हुए माहौल में बेदम नज़र आती है। नई खोपड़ियों में वही फ़रसूदा दिमाग़ सजाए हसीन ज़िन्दा नुकूश खेंचने के सर्लिसस्टिक बेल-बूटे बनाने पर मजबूर कर रहा है। वह दिन दूर नहीं जब मिस हैदर भी मिस हिजाब इस्माइल की तरह 'लाशों' के क़िस्से लिखने लगेंगी। अब भी उनके किर्दार कुछ कम हनूत[115] किए हुए नहीं होते।

सवाल उठता है कि वह ये सब कुछ क्यों करने पर मजबूर हैं। उनका ख़याल है कि दुनिया ख़त्म हो रही है! बड़ी तेज़ रफ़्तारी से ख़त्म हो रही है। स्पेन, चीन,

---

105. भेद, 106. लेखिका, 107. झरनों, 108. नाचघर, 109. अवश्य, 110. दिखावे के लिए, 111. आलोचक, 112. आनन्ददायक स्थान, 113. बहुमूल्य, 114. वस्तुओं, 115. सुगन्धित पदार्थ जो मृतक शरीर पर मला जाए,

इंडोनेशिया, कश्मीर सब ख़त्म हो रहे हैं। "क्योंकि वह सामराजियों के चंगुल से छूटे जा रहे हैं। बेशक उनकी दुनिया मर रही है, ख़त्म हो रही है। चीन में साम्राज्य दम तोड़ चुका है और बाक़ी ममालिक भी पड़े सिसक रहे हैं।" उनकी इंसानियत बड़े नाजुक दौर से गुज़र रही है और अब अगर सारी दुनिया भी एम्बूलेंस लेकर दौड़ पड़ी तो इस लबे-दम मरीज़ को न बचा सकेगी, लेकिन ये भी तो मुमकिन नहीं। उन्हें ख़ुद अपनी बातों पर यक़ीन नहीं। एक-दूसरे पर यक़ीन नहीं। ज़िन्दगी से, माज़ी से, मुस्तक़बिल से। उनके लिए ज़िन्दगी, मौत ही का एक हिस्सा है। हर चीज़ की आड़ में कुछ न होने का हव्वा अड़ा रहा है। अपने अन्जाम के आसार मुहल्ले-टोले में गिरती हुई दीवारों के धमाकों से दिखाई देने लगे हैं...'दुनिया' मर रही है। दम घुट रहा है।

वैसे फ़साद के ज़माने में तो अच्छी ख़ासी गुज़र गई। पुरानी कोठी बन्द होकर सुर्ख़ क़ालीनों और लकड़ी के गहवारों[116] पर गर्द जम गई, तो ये लोग कुत्तों को लेकर हवाई जहाज़ में लदकर नए मुल्क में क़हवा पीने और ख़्वाब देखने लगे। तो फिर ये हाय-तौबा, ये वहशत सिर्फ़ उसी ताक़त की हो सकती है, जो अब उन्हें बेदेखे नज़र आने लगी है। नई नवेली उम्र में ये एहसासे-मुर्दनी[117], ये फ़रार और यासीयत[118] क्या मानी रखती है। शायद सरमायेदार की नई पौध ही घुटी हुई पैदा हो रही है, मुर्दापन, फ़रार और यासीयत के जरासीम[119] उसे विर्से ही में मिल रहे हैं। 'सब कुछ पाकर भी कुछ नहीं का एहसास' दुनिया फ़ानी[120] और चन्द रोज़ा[121] है। ज़िन्दगी को कोई मानी नहीं पहनाए जा सकते। ये सब कुछ उनकी हड्डियों में रचा हुआ है।

बात ये है कि उन्हें ये मालूम होता जा रहा है कि अब ये चादर किसी पैवन्द, पारे से नहीं गूँथी जा सकती, उसकी धज्जियाँ उड़कर रहेंगी। कुछ तो ये डोली, मोली छीना-झपटी में मसकावेंगी, और रही-सही मारशल प्लानों, डॉलर स्कीमों और समझौतों की लूट-ख़सोट में तार-तार हो जाएँगे। बक़ौल कसे :

"अपने मर्क़ज़[122] ही से टकराता है ज़र[123] का फैलाव।"

और ये दुनिया के ख़त्म होने का एहसास वह दूसरों को भी दिलाना चाहती हैं। वैसे बात बेहद रोमांटिक मालूम होती है, मगर समझने वालों को नुक्ता भी काम का मिल जाता है! उन लोगों का मक़्सद अवाम के दिलों में यासीयत और फ़रार पैदा करना है कि ये ज़िन्दगी फ़ानी है। मारशल प्लान बनते हैं तो भाइयो तुम्हारी बला से, जीना ही कितने दिन का है। डॉलर के जाल फेंके जा रहे हैं तो क्या है। हम तो दो घड़ी के मेहमान हैं। क्या इस दो रोज़ा ज़िन्दगी में कम्यूनिस्टों

---

116. बच्चों के झूलने, 117. मृत्यु की भावना, 118. निराशा, 119. कीड़े, 120. मिट जाने वाली, 121. कुछ दिन की, 122. केन्द्र, 123. धन,

के साथ मिलकर अवाम के हुक़ूक़[124] माँगते हो? ''यहाँ तो ज़िन्दगी भी मौत ही का एक हिस्सा है।'' कुछ उम्दा-उम्दा मज़े के तरीक़े बताइए। आपस में कट मरो। चाहो तो मज़हब का शोशा उठा सकते हो, मुल्क और क़ौम का ढोंग रचा लो, मगर अपने बच्चे के दूध की फ़िक्र में न घुलो। अपनी बीवी की फटी साड़ी की परवाह न करो। ये क़तई ग़ैर-रोमानी बातें हैं। ग़िज़ा[125] और सत्रपोशी[126] के अलावा और भी तो ज़रूरी बातें हैं। ज़ोनी के पाँच स्पेनियल भी तो हैं, उनमें दिलचस्पी लो। इधर देखो, ग़रीब ज़ोनी नामुरादी के मारे दौड़ी जा रही है, क्योंकि जिम्मी डोली का हो गया है। कितना अनरोमांटिक सानिहा[127] हो गया। ये क्या बेकार को इलेक्शन गड़बड़ा के अच्छे-भले अंकल और डैडी का नातिक़ा[128] बन्द किए दे रहे हैं। इसके बजाय अपनी रुहों की फ़र्बेह[129] करो। शुऊर और लाशुऊर की गुत्थियों को समझो। आओ तुम्हें सितारों से आगे ख़ला[130] में लटका दें, वहाँ कम्यूनिस्ट पर नहीं मार सकते।

वैसे भी इससे तो बेहतर है कि तुम सब कैप्टेन और हवाबाज़[131] क्यों नहीं बन जाते। कम-से-कम चाली चार्ल्स बुआए या रॉबर्ट टाइलर ही बन जाओ, ताकि मोली डोली के सेहरों के फूल भी खिल जाएँ। कब से निगोड़ियाँ कॉन्वेंट छोड़े बैठी हैं। गाहकों की कमी की वजह से माल गहना कर लाशुऊर बौखलाए जा रहे हैं। इस तरह दुनिया की बेकारी भी मिट जाएगी। चुपड़ी और दो-दो। क्या गुर की बातें हैं, मगर कोई समझे जब ना, क्या बक़द्री[132] है इस मुल्क में इन्टेलेक्चुअल की!

आप समझ रहे होंगे कि ये सारी बकवास करने के बाद मैं मार्क्सी फ़ल्सफ़े की लम्बी-सी मशाल लेकर क़ुर्रतुलऐन की रूनुमाई करने चल पड़ूँगी और उनसे कहूँगी कि अपनी नई स्टूडीबेकर, जिसमें आगे भी शीशा है और पीछे भी, में बैठकर वह भंगी कॉलोनी में चली जाएँ और उनके साथ रहकर उनके लिए अवामी अदब तैयार करने लगें। जी नहीं। अव्वल तो अवाम को मुसन्निफ़ों की मदद की ज़रूरत नहीं, मगर सारी उम्र भी हम शहन्शाहों के सेहरे और मर्सिये लिखते रहें, तब भी अवाम की जद्दो-जहद[133] को नुक़सान नहीं पहुँच सकेगा। इन्क़िलाब की जंग सिर्फ़ मज़दूरों और किसानों की जंग है। हम मुसन्निफ़ीन की हैसियत इस बेह्‌रे-बेकराँ[134] में एक चुल्लू से ज़्यादा नहीं। मुम्किन है हमारी पॉलिसी इनकी फ़त्ह[135] में चन्द घंटों का फ़र्क़ डाल सकें, इससे ज़्यादा नहीं। अब ये हमें फ़ैसला करना है कि अपने चन्द घंटे किस पार्टी को दें। गिरते हुए साम्राज्य

---

124. अधिकार, 125. भोजन, 126. कपड़े पहनना, 127. दुर्घटना, 128. वाक्‌शक्ति, 129. मोटा-ताज़ा, स्थूल, 130. शून्य, 131. पायलट, 132. अपमान, 133. संघर्ष, 134. असीम सागर, 135. विजय,

को या उठे हुए अवामी जज़्बे को। उसे एक घंटा ज़्यादा चलाएँ या उनकी मुश्किल जल्द-अज़-जल्द आसान करके अवाम की फ़त्ह की ताख़ीर[136] को मिटाएँ। हमारे इस फ़ैसले पर हमारे फ़न और उसकी बक़ा[137] का इन्हिसार[138] है।

इसके अलावा अवाम की मदद करने का यही तरीक़ा नहीं कि हम ऊटपटाँग, बग़ैर जाने-बूझे उनके बारे में लिखना शुरू करें। वह जो वाक़ई अवाम में जज़्ब[139] होकर उनके बन सकते हैं तो क्या कहने, लेकिन वह जिनकी वुस्अतें[140] महदूद हैं और वह दरमियाना तब्क़े से ज़्यादा क़रीब हैं। उनका फ़र्ज़ है कि वह अपने तब्क़े की सिर्फ़ अक्कासी ही न करें बल्कि अपने फ़न की मदद से उनके ख़्वाबों में जाज़िबे-नज़र[141] रंग-आमेज़ी से सेहतबख़्श नज़रीया पेश करें। उन्हें मज़दूर तब्क़े से रूशनास[142] करके क़रीब तर लाएँ। उनकी फ़ुज़ूल क़द्रों की हिमाक़त और सही क़द्रों की ख़ूबसूरती को उजागर करने में मदद दे। इसलिए क़ुर्रतुलऐन का फ़र्ज़ है कि वह कम-अज़-कम अपने तब्क़े ही की ईमानदारी से ऐसी अक्कासी करें और उनमें ऐसे रंग भरें जो उनकी उलझनों का जवाब बन सकें। उल्टे-सीधे फ़ोटो उतारने के बजाय ऐसे रंगीन मुरक़्क़े[143] तैयार करें, जिन्हें देखकर ज़ोनी पोनी और पौम पौम सोचें और समझें कि उन्हें क्या और कैसे करना है। कम-अज़-कम पौम पौम सोचे और समझे कि उन्हें क्या और कैसे करना है। कम-अज़-कम यही बताएँ कि ये बेचारियाँ किन हथकंडों के ज़रीए शादी के बाज़ार में कामयाब छीना-झपटी करें कि 'बेचारी औरत कुछ तो कम ट्रेजिक मख़्लूक़ बन सके' ये क्या एक तरफ़ वह कम्यूनिस्टों और उनके इरादों से नाराज़ हैं, दूसरी तरफ़ लोगों के दिल में हर 'इस' और 'कुछ नहीं' का एहसास शिद्दत से पैदा करना चाहती हैं।

मगर ये मैंने ग़लत राय दी। उस तबक़े को सुधारने की कोशिश उतनी ही फ़ुजूल है जितनी मेंढकों को उड़ना सिखाने की। ये पौध तो बालो पर लुंडमुंड ही पैदा हो रही है। दिक़ तीसरे दर्जे को पहुँच चुकी है, अब तो वक़्त दवा और दुआ के दोनों निकल चुके। ये तो अब यूँ ही दिमाग़ी और रुहानी शुऊर और लाशुऊर के मरीज़ों में घुल-घुलकर ख़त्म हो जाएगी। अब तो बेहतरी यही है कि क़ुर्रतुलऐन उनकी मिट्टी अज़ीज़ कराने में जो कुछ भी मदद कर सकती हैं, कर डालें, सवाब[144] मिलेगा। इससे बेह्तर तो ये है कि उन अक़ाबों[145] के नुकीले पंजों पर सान रखी जाए जो इस लबे-दम[146] मरीज़ पर छींटें मार रहे हैं और कोई दम में तिक्का-बोटी किया चाहते हैं। चलते-चलते इतना कहे बग़ैर नहीं रहा जाता कि हमें क़ुर्रतुलऐन के क़लम से एक लगाव है, अजीब क़िस्म का प्यार है, जिसे झटकते वक़्त वही पुरानी रस्मी टीसें उठती हैं और जी चाहता है, काश उनकी पौम पौम डार्लिंग एक बार उन

136. विलम्ब, 137. जीवन, 138. निर्भरता, 139. घुल-मिलकर, 140. फैलाव, 141. दृष्टि को अपनी ओर खींचनेवाला, 142. परिचित, 143. चित्र, 144. पुण्य, 145. गरुड़, 146. मरने के क़रीब,

मोटे-मोटे ईरानी क़ालीनों को दूर फेंककर अधमरे चार्मिंग लोगों को भूलकर चल पड़े...मसलन बम्बई... "फिर यहाँ उसको एक कॉमरेड मिल जाए जो अपने आइडियलिज़्म के लिए दुनिया से लड़कर मैदान में आया, फिर वह उससे शादी करे। तो जिम्मी, जूफ़ी की मुहब्बत उसे मज़्हकाख़ेज़[147] मालूम होने लगे। एक छोटे से फ़्लैट में रहने लगे। घर का ख़र्च पूरा करने के लिए किसी स्कूल या अख़बार के दफ़्तर में नौकरी कर ले! और शाम को दोस्तों में बैठकर सोशलिज़्म बघारे और उनके लिए कॉफ़ी तैयार करे।" बख़ुदा कॉफ़ी बनाना 'इन चार्मिंग बोरों' से मग़ज़-पच्ची[148] करने से हज़ार दर्जा ज़्यादा दिलचस्प मशग़ला है और फिर जब उसके बच्चे का बाप शायर या अदीब होने के जुर्म में नामालूम मुद्दत के लिए जेल में डाल दिया जाए तो हर हफ़्ते नन्हे बच्चे को गोद में लेकर उससे मिलने जाए। ख़ुदा ने चाहा तो पुराने जरासीम मर जाएँगे। टूटी, फ़ीफ़ी और जिम्मी पाँच ग़ैरजानिबदार कुत्तों की जुदाई शाक़ न गुज़रेगी। एक टोलडर को छोड़कर दूसरे के पीछे भागने की ज़रूरत ख़त्म हो जाएगी। अपने पुराने ख़ोल से नफ़रत भी न रहेगी। सिर्फ़ कभी-कभी फुरहरी[149] आ जाएगी।

'कुछ भी नहीं' मिटकर बहुत कुछ जनम लेगा। जमी हुई गर्द झड़ जाएगी और मुर्दा ज़िन्दगी में चहल-पहल जाग उठेगी। अरे वाह, कहीं बीसवीं सदी में भी मोजिज़े[150] हो सकते हैं!!!

147. हास्यास्पद, 148. दिमाग़ खपाना, 149. निष्पक्ष, 150. चमत्कार।

जड़ें

सबके चेहरे उड़े हुए थे। घर में खाना तक न पका था। आज छठा दिन था। बच्चे स्कूल छोड़े, घर में बैठे, अपनी और सारे परिवार की ज़िन्दगी बवाल किए दे रहे थे। वही मार–पिटाई, धौल–धप्पा, वही उधम, जैसे कि आया ही न हो। कमबख़्तों को यह भी ध्यान नहीं कि अंग्रेज़ चले गए और जाते–जाते ऐसा गहरा घाव मार गए जो वर्षों रिसता रहेगा। भारत पर अत्याचार कुछ ऐसे क्रूर हाथों और शस्त्रों से हुआ है कि हज़ारों धमनियाँ कट गई हैं, ख़ून की नदियाँ बह रही हैं। किसी में इतनी शक्ति नहीं कि टाँका लगा सके।

कुछ दिनों से शहर का वातावरण ऐसा गन्दा हो रहा था कि शहर के सारे मुसलमान एक तरह से नज़रबन्द बैठे थे। घरों में ताले पड़े थे और बाहर पुलिस का पहरा था। और इस तरह कलेजे के टुकड़ों को, सीने पर मूँग दलने के लिए छोड़ दिया गया था। वैसे सिविल लाइन्स में अमन ही था, जैसा कि होता है। ये तो गन्दगी वहीं अधिक उछलती है, जहाँ ये बच्चे होते हैं। जहाँ ग़रीबी होती है, वहीं अज्ञानता के घोड़े पर धर्म के ढेर बजबजाते हैं और ये ढेर कुरेदे जा चुके हैं। ऊपर से पंजाब से आनेवालों की संख्या दिन प्रतिदिन बढ़ती ही जा रही थी जिससे अल्पसंख्यकों के दिलों में ख़ौफ बढ़ता ही जा रहा था। गन्दगी के ढेर तेज़ी से कुरेदे जा रहे थे और दुर्गन्ध रेंगती–रेंगती साफ़–सुथरी सड़कों पर पहुँच चुकी थी।

दो स्थानों पर तो खुला प्रदर्शन भी हुआ। लेकिन मारवाड़ राज्य के हिन्दू और मुसलमान इस प्रकार एक–दूसरे के समान हैं कि उन्हें नाम, चेहरे या कपड़े से भी बाहर वाले बड़ी मुश्किल से पहचान सकते हैं। बाहर वाले अल्पसंख्यक लोग जो आसानी से पहचाने जा सकते थे, वे तो पन्द्रह अगस्त की महक पाकर ही पाकिस्तान की सीमाओं से खिसक गए थे। बच गए राज्य के पुराने निवासी, तो उनमें न तो इतनी समझ थी और न ही उनकी इतनी हैसियत थी कि पाकिस्तान और भारत की समस्या उन्हें कोई बैठकर समझाता। जिन्हें समझना था, वह समझ चुके थे और वह सुरक्षित भी हो चुके थे। शेष जो ये सुनकर गए थे, कि चार आने सेर का गेहूँ और चार आने की हाथ भर लम्बी रोटी मिलती है वे लुट रहे थे, क्योंकि वहाँ जाकर उन्हें

यह भी पता चला कि चार सेर का गेहूँ ख़रीदने के लिए एक रुपए की भी ज़रूरत होती है और हाथ भर लम्बी रोटी के लिए पूरी चवन्नी देनी पड़ती है। और ये रुपया, अठन्नियाँ न किसी दुकान में मिलीं न ही खेतों में उगीं। इन्हें प्राप्त करना उतना ही कठिन था जितना जीवित रहने के लिए भाग-दौड़।

जब खुल्लमखुल्ला इलाक़ों से अल्पसंख्यकों को निकालने का निर्णय लिया गया तो बड़ी कठिनाई सामने आई। ठाकुरों ने साफ़ कह दिया कि साहब जनता ऐसी गुँथी-मिली रहती है कि मुसलमानों को चुनकर निकालने के लिए स्टाफ़ की ज़रूरत है, जो कि एक फ़ालतू ख़र्च है। वैसे आप अगर ज़मीन का कोई टुकड़ा शरणार्थियों के लिए ख़रीदना चाहें तो वे खाली कराए जा सकते हैं। जानवर तो रहते ही हैं। जब कहिए जंगल साफ़ करवा दिया जाए।

अब शेष रह गए कुछ गिने-चुने परिवार, जो या तो महाराजा के चेले-चपाटों में से थे और जिनके जाने का सवाल ही कहाँ। और जो जाने को तुले बैठे थे, उनके बिस्तर बँध रहे थे। हमारा परिवार भी उसी श्रेणी में आता था। जल्दी न थी। मगर उन्होंने तो आकर बौखला ही दिया। फिर भी किसी ने अधिक महत्त्व नहीं दिया। वह तो किसी के कान पर जूँ तक न रेंगती और वर्षों सामान न बँधता जो अल्लाह भला करे, छब्बा मियाँ का, वो पैंतरा न चलते। बड़े भाई तो जाने ही वाले थे, कह-कहकर हार गए थे तो मियाँ छब्बा ने क्या किया कि स्कूल की दीवार पर 'पाकिस्तान ज़िन्दाबाद' लिखने का फ़ैसला कर लिया। रूपचन्द जी के बच्चों ने इसका विरोध किया और उसकी जगह 'अखंड भारत' लिख दिया। निष्कर्ष ये कि चल गया जूता और एक-दूसरे को धरती से मिटा देने का वचन। बात बढ़ गई। यहाँ तक कि पुलिस आ गई और जो कुछ गिनती के मुसलमान बचे थे, उन्हें लॉरी में भरकर घरों में भिजवा दिया गया।

अब सुनिए कि ज्योंही बच्चे घर में आए, हमेशा हैज़ा, महामारी के हवाले करनेवाली माएँ ममता से बेक़रार होकर दौड़ीं और कलेजे से लगा लिया। और कोई दिन ऐसा भी होता कि रूपचन्द जी के बच्चों से छब्बा लड़कर आता तो दुल्हन भाभी उसकी वह जूतियों से मरहम-पट्टी करतीं कि तौबा भली और उठाकर उन्हें रूपचन्द के पास भेज दिया जाता कि पिलाएँ इसे अरंडी का तेल और कुनैन का मिश्रण, क्योंकि रूपचन्द जी हमारे ख़ानदानी डॉक्टर ही नहीं, अब्बा के पुराने दोस्त भी थे। डॉक्टर साहब की दोस्ती अब्बा से, उनके बेटों की भाइयों से, बहुओं की हमारी भावजों से और नई पौध की नई पौध से आपस में दाँतकाटी दोस्ती थी। दोनों परिवार की वर्तमान तीन पीढ़ियाँ एक-दूसरे से ऐसी घुली-मिली थीं कि कोई सोच भी नहीं सकता था कि भारत के बँटवारे के बाद इस प्रेम में दरार पड़ जाएगी। जबकि दोनों परिवारों में मुस्लिम लीगी, कांग्रेसी और महासभाई मौजूद थे। धार्मिक और राजनीतिक

वाद-विवाद भी जमकर होता था मगर ऐसे ही जैसे फ़ुटबॉल या क्रिकेट मैच होता है। इधर अब्बा कांग्रेसी थे तो उधर डॉक्टर साहब और बड़े भाई लीगी थे तो उधर ज्ञानचन्द महासभाई, इधर मँझले भाई कम्यूनिस्ट थे तो उधर गुलाबचन्द सोशलिस्ट और फिर इसी हिसाब से मर्दों की पत्नियाँ और बच्चे भी इसी पार्टी के थे। आमतौर पर जब बहस-मुबाहसा होता तो कांग्रेस का पलड़ा हमेशा भारी रहता, कम्यूनिस्ट और सोशलिस्ट गालियाँ खाते मगर कांग्रेस ही में घुस पड़ते। बच जाते महासभाई और लीगी, ये दोनों हमेशा साथ देते, वैसे वह एक-दूसरे के दुश्मन होते, फिर भी दोनों मिलकर कांग्रेस पर हमला करते।

लेकिन इधर कुछ साल से मुस्लिम लीग का ज़ोर बढ़ता जा रहा था और दूसरी ओर महासभा का। कांग्रेस का तो बिलकुल पटरा हो गया। बड़े भाई की देख-रेख में घर की सारी पौध केवल दो-एक पक्षपात रहित कांग्रेसियों को छोड़कर नेशनल गार्ड की तरह डट गई। इधर ज्ञानचन्द की सरदारी में सेवक संघ का छोटा-सा दल डट गया, मगर प्रेम वही रहा पहले जैसा।

"अपने लल्लू की शादी तो मुन्नी ही से करूँगा।" महासभाई ज्ञानचन्द के लीगी पिता से कहते, "सोने के पाज़ेब लाऊँगा।"

"यार मुलम्मे की न ठोक देना।" अर्थात् बड़े भाई ज्ञानचन्द की साहूकारी पर हमला करते।

और इधर नेशनल गार्ड दीवारों पर, 'पाकिस्तान ज़िन्दाबाद' लिख देते और सेवक संघ का दल उसे बिगाड़कर 'अखंड भारत' लिख देता। यह उस समय की घटना है जब पाकिस्तान का लेन-देन एक हँसने-हँसाने की बात थी।

अब्बा और रूपचन्द यह सब कुछ सुनते और मुस्कुराते और फिर सबको एक बनाने के इरादे बाँधने लगते।

अम्माँ और चाची राजनीति से दूर धनिये, हल्दी और बेटियों के जहेज़ों की बातें किया करतीं और बहुएँ एक-दूसरे के फ़ैशन चुराने की ताक में लगी रहतीं। नमक-मिर्च के साथ-साथ डॉक्टर साहब के यहाँ से दवाएँ भी मँगवाई जातीं। हर दिन किसी को छींक आई और वह दौड़ा डॉक्टर साहब के पास या जहाँ कोई बीमार हुआ और अम्माँ ने दाल भरी रोटी बनवानी शुरू की और डॉक्टर साहब को कहला भेजा कि खाना हो तो आ जाएँ। अब डॉक्टर साहब अपने पोतों का हाथ पकड़े आ पहुँचे।

चलते वक़्त पत्नी कहतीं, "खाना मत खाना, सुना।"

"हुँ तो फिर फ़ीस कैसे वुसूल करूँ। देखो जी लाला और चुन्नी को भेज देना।"

"हाय राम तुम्हें तो लाज भी नहीं आती।" चाची बड़बड़ातीं। मज़ा तो तब आता जब कभी अम्माँ की तबीअत ख़राब होती और अम्माँ काँप जातीं।

"ना भई ना, मैं उस जोकर से इलाज नहीं करवाऊँगी।" मगर घर के डॉक्टर को छोड़कर शहर से कौन बुलाने जाता। डॉक्टर साहब बुलाते ही दौड़े चले आते।

"अकेले-अकेले पुलाव उड़ाओगी तो बीमार पड़ोगी।" वह चिल्लाते।

"जैसे तुम खाओ हो वैसा औरों को समझते हो।" अम्माँ पर्दे के पीछे से भिनभिनातीं।

"अरे ये बीमारी का तो बहाना है भई, तुम वैसे ही कहला भेजा करो, मैं आ जाया करूँगा। ये ढोंग काहे को रचती हो।" वे आँखों में शरारत जमाकर मुस्कुराते और अम्माँ जलकर हाथ खींच लेतीं और बातें सुनातीं। अब्बा मुस्कुराकर रह जाते।

एक मरीज़ को देखने आते तो घर के सारे रोगी खड़े हो जाते। कोई अपना पेट लिए चला आ रहा है तो किसी का फोड़ा छिल गया। किसी का कान पक गया है तो किसी की नाक फूली पड़ी है।

"क्या मुसीबत है डिप्टी साहब! एकाध को ज़हर दे दूँगा। क्या मुझे 'सलोतरी' समझ रखा है कि दुनिया भर के जानवर टूट पड़े।" वह रोगियों को देखते जाते और मुस्कुराते।

और जहाँ कोई नया बच्चा जनमने वाला होता तो वह कहते :

"मुफ़्त का डॉक्टर है, पैदा किए जाओ, कमबख़्त के सीने पर कोदूँ दलने के लिए।"

मगर ज्योंही दर्द शुरू होता, वह अपने बरामदे से हमारे बरामदे का चक्कर काटने लगते। चीख़-चिंघाड़ से सबको बौखला देते। मोहल्ले-टोले वालों का आना तक मुश्किल।

पर ज्योंही बच्चे की पहली आवाज़ उनके कानों में पहुँचती, वह बरामदे से दरवाज़ा, दरवाज़े से कमरे के अन्दर आ जाते और उनके साथ अब्बा भी बावले होकर आ जाते। औरतें कोसती-पीटती पर्दे में हो जातीं। बच्चे की नाड़ी देखकर वह उसकी माँ की पीठ ठोंकते 'वाह मेरी शेरनी', और बच्चे का नाल काटकर उसे नहलाना शुरू कर देते। अब्बा घबरा-घबराकर फूहड़ नर्स का काम करते। फिर अम्माँ चिल्लाना शुरू कर देतीं :

"लो ग़ज़ब ख़ुदा का, ये मर्द हैं कि ज़च्चा घर में पिले पड़ते हैं।"

परिस्थिति को भाँपकर दोनों डाँट खाए हुए बच्चे की तरह बाहर भागते।

अब फिर अब्बा के ऊपर जब फ़ालिज का हमला हुआ तो रूपचन्द जी अस्पताल से रिटायर हो चुके थे और उनकी सारी प्रैक्टिस उनके और हमारे घर तक ही सीमित रह गई थी। इलाज तो और भी कई डॉक्टर कर रहे थे, मगर नर्स के और अम्माँ के साथ डॉक्टर साहब ही जागते और जिस समय से वह अब्बा को दफ़नाकर आए, ख़ानदानी प्रेम के अलावा उन्हें ज़िम्मेदारी का भी एहसास हो गया। बच्चों की फ़ीस माफ़ कराने स्कूल दौड़े जाते। लड़कियों-बालियों के दहेज के लिए ज्ञानचन्द की वाणी बन्द रखते। घर का कोई भी विशेष कार्य बिना डॉक्टर साहब की राय के

न होता। पश्चिमी कोने को तुड़वाकर जब दो कमरे बढ़ाने का प्रश्न उठा तो डॉक्टर साहब की ही राय से तुड़वाया गया।

"उससे ऊपर दो कमरे बढ़वा लो।" उन्होंने राय दी और वह मानी गई। फ़ज्जन एफ़. ए. में साइंस लेने को तैयार न था, डॉक्टर साहब जूता लेकर पिल पड़े, मामला ठंडा हो गया। फ़रीदा, मियाँ से लड़कर घर आन बैठी, डॉक्टर साहब के पास उसका पति पहुँचा और दूसरे दिन उनकी मँझली बहू शीला जब ब्याह कर आई तो आया का झगड़ा भी समाप्त हो गया। बेचारी अस्पताल से भागी आई। फ़ीस तो दूर की चीज़ है, ऊपर से छठे दिन कुर्ता-टोपी लेकर आई।

पर आज जब अब्बा लड़कर आए तो उनकी ऐसी आवभगत हुई जैसे मैदान मारकर आया हो कोई बहादुर मर्द। सभी ने उसकी बहादुरी का वर्णन जानना चाहा और बहुत-से जवानों के सामने अम्माँ गूँगी बनी रहीं। आज से नहीं, वह 15 अगस्त से जब डॉक्टर साहब के घर पर तिरंगा झंडा लहराया और अपने घर पर लीग का झंडा टँगा था, उसी दिन से उनकी ज़बान को चुप लग गई थी। उन झंडों के बीच एक लम्बी खाई का निर्माण हो चुका था, जिसकी भयानक गहराई अपनी दुखी आँखों से देख-देखकर सिहर जातीं अम्माँ। फिर शरणार्थियों की संख्या बढ़ने लगी। बड़ी बहू के मैके वाले बहावलपुर से माल लुटाकर और किसी तरह जान बचाकर जब आए तो खाई की चौड़ाई और बढ़ गई। फिर रावलपिंडी से जब निर्मला के ससुराल वाले मूर्च्छित अवस्था में आए तो उस खाई में अजगर फुँकारें मारने लगे। जब छोटी भाभी ने अपने बच्चे का पेट दिखाने को भेजा तो शीला भाभी ने नौकर को भगा दिया।

और किसी ने भी इस मामले पर वाद-विवाद नहीं छेड़ा, सारे घर के लोग एकदम रुक गए। बड़ी भाभी तो अपने हिस्टीरिया के दौरे भूलकर लपाझप कपड़े बाँधने लगीं।

"मेरे ट्रंक को हाथ न लगाना।" अम्माँ की ज़बान अन्त में खुली और सबके सब हक्का-बक्का रह गए।

"क्या आप नहीं जाएँगी।" बड़े भैया तैश से बोले।

"नौज, मुई मैं सिन्धनों में मरने जाऊँ। अल्लाह मारियाँ बुर्क़े-पाजामे फड़काती फिरे हैं।"

"तो सँझले के पास ढाके चली जाएँ।"

"ऐ वो ढाके काहे को जाएँगी। वहाँ बंगाली की तरह चावल हाथों से लसेड़-लसेड़ कर खाएँगी।" सँझले की सास मुमानी बी ने ताना दिया।

"तो रावलपिंडी चलो फ़रीदा के यहाँ।" ख़ाला बोलीं।

"तौबा मेरी, अल्लाह पाक पंजाबियों के हाथों मिट्टी गन्दी न कराए। मिट गए दोज़ख़ियों (नरक वासी) की तो ज़बान बोले हैं।" आज तो मेरी कम बोलने वाली अम्माँ पटापट बोलीं।

"ऐ बुआ तुम्हारी तो वही मसल हो गई कि ऊँचे के नीचे, बेर लिए कि पेड़ तले बैठी तेरा घर न जानूँ। ए बी, यह कट्टो गिलहरी की तरह ग़म्ज़ा मस्तियाँ कि राजा ने बुलाया है। लो भई झमझम करता हाथी भेजा। चक-चक ये तो काला-काला कि घोड़ा भेजा, चक-चक ये तो लातें झाड़े कि..."

वातावरण विषैला-सा था इसके बावुजूद क़हक़हा पड़ गया। मेरी अम्माँ का मुँह जरा-सा फूल गया।

"क्या बच्चों की-सी बातें हो रही हैं।" नेशनल गार्ड के सरदार अली बोले।

"जिनका सर न पैर, क्या इरादा है यहाँ रहकर कट मरने का।"

"तुम लोग जाओ, अब मैं कहाँ जाऊँगी अपनी अन्तिम घड़ी में।"

"तो अन्तिम घड़ियों में काफ़िरों से गत बनवाओगी?" ख़ाला बी पोटलियों को गिनती जाती थीं और पोटलियों में सोने-चाँदी के गहनों से लेकर हड्डियों का मंजन, सूखी मेथी और मुल्तानी मिट्टी तक थी। इन चीज़ों को वो ऐसे कलेजे से लगाकर ले जा रही थीं मानो पाकिस्तान का स्टरलिंग बैलेंस कम हो जाएगा। तीन बार बड़े भाई ने जलकर उनकी पुराने रूहड़ की पोटलियाँ फेंकीं पर वह ऐसी चिंघाड़ीं मानो अगर उनकी यह दौलत न गई तो पाकिस्तान ग़रीब रह जाएगा। फिर मज़बूर होकर बच्चों के मूत में डूबी हुई गदेलों की रुई की पोटलियाँ बाँधनी पड़ीं, बर्तन बोरों में भरे गए। पलंगों के पाचे-पट्टियाँ खोलकर झलंगों में बाँधी गईं, और देखते ही देखते जमा-जमाया घर टेढ़ी-मेढ़ी गठरियों और बुग़चियों में परिवर्तित हो गया। अब तो सामानों के पैर लग गए हैं। थोड़ा सुस्ताने को बैठा है। अभी फिर उठकर नाचने लगेगा।

पर अम्माँ का ट्रंक ज्यों का ज्यों रखा रहा।

"आपा का इरादा यहीं मरने का है तो इन्हें कौन रोक सकता है?" भाई साहब ने अन्त में कहा।

और मेरी मासूम सूरत वाली अम्माँ भटकती आँखों से आसमान को तकती रहीं, जैसे वे स्वयं अपने आपसे पूछती हों, कौन मार डालेगा? और कब?

"अम्माँ तो सठिया गई हैं। इस उम्र में इनकी बुद्धि ठिकाने पर नहीं है।" मँझला भाई कान में खुसफुसाया।

"क्या मालूम इन्हें कि काफ़िरों ने मासूमों पर तो और भी अत्याचार किया है। अपना देश होगा तो जान-माल की तो सुरक्षा होगी।"

अगर मेरी कम बोलने वाली अम्माँ की ज़बान तेज़ होती तो वह ज़रूर कहतीं, "अपना देश है किस चिड़िया का नाम? लोगो! वह है कहाँ अपना देश? जिस मिट्टी में जन्म लिया, जिसमें लोट-पोटकर पले-बढ़े वही अपना देश न हुआ तो फिर जहाँ चार दिन को जाकर बस जाओ वह कैसे अपना देश हो जाएगा? और फिर

कौन जाने वहाँ से भी कोई निकाल दे। कहे, जाओ नया देश बसाओ। अब यहाँ सुबह का चिराग़ बनी बैठी हूँ। एक नन्हा-सा झोंका आया और देश का झगड़ा समाप्त और ये देश उजड़ जाने और बसाने का खेल मधुर भी तो नहीं। एक दिन था मुग़ल अपना देश छोड़कर नया देश बसाने आए थे। आज फिर चलो देश बसाने, देश न हुआ पैर की जूती हो गई, थोड़ा कसी नहीं कि उतार फेंकी और फिर दूसरी पहन ली।'' मगर अम्माँ चुप रहीं। अब उनका चेहरा पहले से अधिक थका हुआ मालूम होने लगा, जैसे वह सैकड़ों वर्षों से देश की खोज में ख़ाक छानने के बाद थककर बैठी हों और इस खोज में स्वयं को भी खो चुकी हों।

अम्माँ अपनी जगह ऐसी जमी रहीं जैसे बड़ के पेड़ की जड़ आँधी-तूफ़ान में खड़ी रहती है। पर जब बेटी, बहुएँ, दामाद, पोते-पोतियाँ, नवासे-नवासियाँ, पूरे का पूरा जनसमूह फाटक से निकलकर पुलिस की सुरक्षा में लारियों में सवार हुआ तो उनके दिल के टुकड़े उड़ने लगे। बेचैन नज़रों से उन्होंने खाई के उस पार बेबसी से देखा। सड़क बीच का घर इतना दूर लगा जैसे दूर पौ फटने से पहले गर्दिश में बादल का टुकड़ा। रूपचन्द जी का बरामदा सुनसान पड़ा था। दो-एक बच्चे बाहर निकले मगर हाथ पकड़कर वापस घसीट लिए गए पर अम्माँ की आँसू भरी आँखों ने उनकी आँखों को देख लिया, जो दरवाज़े की झिरियों के पीछे गीली हो रही थीं। जब लारियाँ धूल उड़ातीं पूरे घर को ले उड़ीं तो एक बाईं ओर की मुर्दा लज्जा ने साँस ली। दरवाज़ा खुला और बोझिल चालों से रूपचन्द जी चोरों की तरह सामने के ख़ाली ढँढ़ार घर को ताकने निकले और थोड़ी देर तक धूल के ग़ुबार में बिछड़ी सूरतों को ढूँढ़ते रहे और फिर उनकी असफल निगाहें अपराधी शैली में, उस उजड़े दरवाज़े से भटकती हुई वापस धरती में धँस गईं।

जब सारी उम्र की पूँजी को ख़ुदा के हवाले करके अम्माँ ढँढ़ार आँगन में आकर खड़ी हुईं तो उनका बूढ़ा दिल नन्हे बच्चे की तरह सहमकर मुर्झा गया जैसे चारों ओर से भूत आकर उन्हें दबोच लेंगे। चकराकर उन्होंने खम्बों का सहारा लिया। सामने नज़र उठी तो कलेजा मुँह को आ गया। यही तो वह कमरा था जिसमें दूल्हे की प्यार भरी गोद में लाँघकर आई थीं। यहीं तो कमसिन डर भरी आँखों वाली भोली-सी दुल्हन के चाँद से चेहरे पर से घूँघट उठा था और जिसने जीवन-भर की ग़ुलामी लिख दी थी। वह सामने कोने वाले कमरे में पहली बेटी पैदा हुई थी और बड़ी बेटी की याद एकदम से कौंध बनकर कलेजे में समा गई। वहाँ कोने में उसका नाल गड़ा था। एक नहीं दस नाल गड़े थे और दस आत्माओं ने यहीं पहली साँस ली थी। दस मांस व हड्डी की मूर्तियों ने, दस इनसानों ने इसी पवित्र कमरे में जन्म लिया था। इस पवित्र कोख से जिसे आज वे छोड़कर चले गए थे। जैसे वह पुरानी कजली थी जिसे काँटों में उलझाकर वे सब चले गए। अमन व शान्ति की खोज में, रुपए के चार सेर गेहूँ के

पीछे और वह नन्ही-नन्ही हस्तियों की प्यारी-प्यारी आग़ू-आग़ू से कमरा अब तक गूँज रहा था। लपककर वह कमरे में गोद फैलाकर दौड़ गईं पर उनकी गोद ख़ाली रही। वह गोद जिसे सुहागिनें पवित्रता से छूकर हाथ कोख को लगाती थीं, आज ख़ाली थी। कमरा ख़ाली पड़ा भायँ-भायँ कर रहा था। वहशत से वह लौट गईं। मगर छूटे हुए कल्पना के क़दम न लौटा सकीं। वह दूसरे कमरे में लड़खड़ा गईं। यहीं तो जीवनसाथी ने पचास वर्ष गुज़ार चुकने के बाद मुँह मोड़ लिया था। यहीं दरवाज़े के सामने कफ़न में लिपटी लाश रखी गई थी, सारा परिवार घेरे खड़ा था। क़िस्मत वाले थे वे जो अपने प्यारों की गोद में सिधारे पर जीवनसाथी को छोड़ गए। जो आज बेकफ़न की लाश की तरह लावारिस पड़ गई। पाँवों ने जवाब दे दिया और वहीं बैठ गईं जहाँ मीत के सिरहाने कई वर्ष इन कँपकँपाते हाथों ने चिराग़ जलाया था। पर आज चिराग में तेल न था और बत्ती भी समाप्त हो चुकी थी।

सामने रूपचन्द अपने बरामदे में तेज़ी से टहल रहे थे। गालियाँ दे रहे थे अपने बीवी-बच्चों को, नौकरों को, सरकार को और अपने सामने फैली वीरान सड़क को, ईंट-पत्थर को, चाक़ू-छूरी को, यहाँ तक कि पूरा विश्व उनकी गालियों की बमबारी के आगे सहम गया था। और विशेष उस ख़ाली घर को जो सड़क के उस पार खड़ा उनको मुँह चिढ़ा रहा था, जैसे स्वयं उन्होंने अपने हाथों से उसकी ईंट से ईंट बजा दी हो। वह कोई चीज़ अपने मस्तिष्क में से झटक देना चाहते थे। पूरी शक्ति की मदद से नोचकर फेंक देना चाहते थे, मगर असफल होकर झुँझला उठे। कपट की जड़ों की तरह जो चीज़ इनके अस्तित्व में जम चुकी थी वह उसे पूरी शक्ति से खींच रहे थे मगर साथ-साथ जैसे उनका मांस खिंचा चला आता हो, वह कराहकर छोड़ देते थे। फिर एकाएक उनकी गालियाँ बन्द हो गईं। टहल थम गई और वे मोटर में बैठकर चल दिए।

रात हुई। जब गली के नुक्कड़ पर सन्नाटा छा गया तो पिछले दरवाज़े से रूपचन्द जी की पत्नी दो परोसी हुई थालियाँ ऊपर नीचे रखे चोरों की तरह अन्दर आईं। दोनों बूढ़ी औरतें चुप एक-दूसरे के आमने-सामने बैठ गईं। ज़बानें बन्द रहीं पर आँखें सब कुछ कह रही थीं। दोनों थालियों का खाना ज्यूँ का त्यूँ रखा था। औरतें जब किसी की चुग़ली करती हैं तो उनकी ज़बानें क़ैंचियों की तरह चल पड़ती हैं, पर जहाँ भावनाओं ने हमला किया और मुँह में ताले पड़ गए।

रात भर न जाने कितनी देर तक यादें अकेला पाकर अचानक हमला करती रहीं। न जाने रास्ते ही में कहीं सब न ख़त्म हो जाएँ। आजकल तो पूरी-पूरी रेलें कट रही हैं। पचास वर्ष ख़ून से सींचकर खेती तैयार की थी और आज वह देश निकाले नई धरती की तलाश में जैसी-तैसी हालत में चल पड़े थे, कौन जाने नई धरती इन पौधों को रास आए न आए, कुम्हला तो न जाएँगे ये ग़रीबुल वतन पौधे। छोटी बहू

का तो पूरा महीना है, न जाने किस जंगल में ज़च्चाघर बने। घर-परिवार, नौकरी, व्यापार सब कुछ छोड़ के चल पड़े। नए देश में। चील-कौओं ने कुछ छोड़ा भी होगा या मुँह तकते ही लौट आएँगे और जो लौटकर आएँ तो फिर से जड़ें पकड़ने का मौक़ा मिलेगा भी या नहीं, कौन जाने। यह बुढ़िया उनके लौट आने तक जीवित रहेगी भी कि नहीं।

अम्माँ पत्थर की मूरत बन गई थीं। नींद कहाँ, सारी रात बूढ़ा शरीर, बेटियों की कटी-फटी लाशें, नौजवान बहुओं का नंगा जुलूस और पोतों-नवासों के चिथड़े उड़ते देखकर थर्राता रहा। न जाने कब झपकी ने हमला कर दिया। ऐसा प्रतीत हुआ दरवाज़े पर दुनिया भर का हंगामा हो रहा है। जान प्यारी न सही, पर बिना तेल का दीया भी बुझते समय काँप उठता है और सीधी-सादी मौत ही क्या कम निर्दयी होती है जो ऊपर से वह इनसान का भूत बनकर सामने आए। सुना है बूढ़ियों तक को बाल पकड़कर सड़कों पर घसीटते हैं। यहाँ तक कि खाल छिलकर हड्डियाँ तक झलक आती हैं और फिर वही दुनिया के अन्जाम प्रकट होते हैं, जिनको सोचकर ही नरक के फ़रिश्ते पीले पड़ जाएँ।

दस्तक़ की घनगरज बढ़ती जा रही थी। यमराज को जल्दी पड़ी थी और फिर अपने आप सारी चटख़नियाँ खुलने लगीं, बत्तियाँ जल उठीं जैसे दूर कुएँ की तलहटी से किसी की आवाज आई। शायद बड़ा लड़का पुकार रहा था, नहीं ये तो छोटे और मँझले की आवाज़ थी दूसरी दुनिया के ध्वस्त कोने से। तो मिल गया सबको अपना देश? इतनी जल्दी? सँझला, उसके पीछे छोटा, साफ़ तो खड़े थे, गोदों में बच्चों को उठाए हुए बहुएँ। फिर एकदम से सारा घर जीवित हो उठा, सारी आत्माएँ जाग उठीं और दुखियारी माँ के आस-पास जमा होने लगीं। छोटे-बड़े हाथ प्यार से छूने लगे। सूखे होंठों में एकाएक कोंपलें फूट निकलीं। ख़ुशी से सारे होश तितर-बितर होकर अँधेरे में भँवर डालते डूब गए।

जब आँख खुली तो रगों पर जानी-पहचानी उँगलियाँ रेंग रही थीं।

"अरे भाभी मुझे वैसे ही बुला लिया करो, चला आऊँगा। ये ढोंग काहे को रचाती हो?" रूपचन्द जी पर्दे के पीछे से कह रहे थे।

"और भाभी आज तो फ़ीस दिलवा दो। देखो तुम्हारे नालायक़ लड़कों को लोनी जंक्शन से पकड़ लाया हूँ। भागते जाते थे बदमाश कहीं के। पुलिस सुपरिंटेंडेंट का भी विश्वास नहीं करते थे।"

फिर बूढ़े होंठों में कोंपलें फूट निकलीं। वह उठकर बैठ गईं। थोड़ी देर चुप रहीं। फिर दो गर्म-गर्म मोती लुढ़ककर रूपचन्द जी के झुर्रियों भरे हाथ पर गिर पड़े।

सोने का अंडा

रात की तारीकी[1] में एक बारीक-सी 'हुआँ-हुआँ' दूर दीवार को सोगवार[2] बनाती रतजगा मनाने वाले कुत्तों के पुरसोज़[3] नालों[4] में डूब गई। "च च अल्लाह मारी फिर लौंडिया..." पड़ोसन ने अदवाइन पर अपनी एड़िया खुजाते हुए करवट ली।

तजर्बेकार बीवियाँ उड़ती चिड़िया के पर गिन लेती हैं। आवाज़ सुनकर ही पता लगा लिया कि बुन्दू मियाँ पर डिगरी सादिर हो गई। लड़की हुई तो 'हुआँ-हुआँ' और लड़का हुआ तो 'हिया-हिया'। मतलब ये कि लड़की पैदा होती है तो कहती है कि घर की दौलत हुआँ (वहाँ) चली यानी पराए घर...और जो लड़का आता है तो इत्मीनान दिलाता है कि दौलत हिया (यहाँ) लाऊँगा। और ये सब दौलत ही की तो धूम है।

"ख़ुदा की मार पड़े इन हरामज़ादियों पर। निगोड़ियों ने बुन्दू मियाँ का ही घर देख लिया है।" सहदरी से पड़ोसन की पड़ोसन बोली, "अबके तो पक्की बात थी कि बेटा ही होगा। पैर ही ऐसा पड़ा था बुन्दू की दुल्हन का।...भई अल्लाह की देन तो न हाथ देखे न पाँव...नौ महीने पापड़ बेले...अब फिर झाड़ूफिरी लौंडिया..."

पड़ोसन बड़बड़ाई कि इतने में ज़चगी वाले घर से सटर-पटर दौड़ने और दबी-घुटी हाय-तौबा की आवाज़ ने पड़ोसनों को अपनी खुर्री चारपाइयाँ और सीनों से लटकते हुए बच्चे छोड़कर दीवारों पर चढ़ जाने पर मजबूर कर दिया।

दीवार के उस पार सफ़े-मातम[5] बिछी हुई थी, दहलीज़ पर बुन्दू मियाँ की माँ फसकड़ा मारे बैठीं, निकम्मी बहू की सात पुश्त को गालियाँ दे रही थीं, "मुई हीजड़ों के ख़ानदान की...लौंडियाँ ना जनेगी तो और क्या करेगी।"

सहनची के सामने पड़ी हुई खाट पर बुन्दू मियाँ सर पकड़े ऐसे बैठे थे, जानो डाकू उनके घर में कामल फोड़कर दर आए हैं और उनकी नौ महीने की जमा-पूँजी को आग लगाकर राख का ढेर बना गए हैं। ये तीसरा घाव था उनकी जाने-हज़ीं[6] पर! एक सहा...दूसरा सहा...पर इस तीसरे चरके ने तो उनकी कमर दोहरी कर दी। एक नहीं, तीन बेटियाँ, ऐसी धँसी हुई छाती पर तीन पहाड़...तीन बारातें...तीन दूल्हों के

---

1. अँधियारे, 2. दु:खी, 3. जलन और तपन से भरा हुआ, 4. चीख़ों, 5. शोक सभा मनाने के लिए चादर बिछाना, 6. दुखी जान,

सौ नख़रे...तीन जहेज़ों के तीन हज़ार तनतने जैसे तीन लम्बी नागिनें उनकी गर्दन की तरफ़ ज़बानें लपलपाती बढ़ी चल आ रही हैं। रह-रहकर एक दबी हुई ख़्वाहिश फन उठाती कि एक बार जी कड़ा करके इन तीनों नागिनों का गला घोंट डालें।

जब पहली बार यही सानिहा[7] हुआ था तो वह कुछ खिसियाकर रह गए थे। चार लोगों ने फब्तियाँ कसी थीं, सो भी कड़वी मुस्कुराहट में छिपा गए थे। दो-चार इनायतें, जो बेटे की आस पर बीवी के लिए बतौर इनाम इकट्ठा कर रखी थीं, वह गोल कर गए। मगर फिर उस मज़दूर की तरह जो एक कुआँ खोद, ज़मीन के कलेजे में हाथ डालकर चल्लू भर पानी उठाए और वह खारी निकल जाए तो कुल्ली करके फिर दूसरे कुएँ की दाग़-बेल डाल देता है...उन्होंने भी निहायत बेसब्री से दाग़-बेल डाल दी...एक नए अरमानों का नया बीज बो डाला।

और ये नया बीज इस बार फिर लटक गया। बहुतेरा झुँझलाए, गालियाँ, घूँसे, लात, सब ही कुछ इस्तेमाल किया और फिर भी हिम्मत न हारी। अल्लाह का बन्दा कोशिश पर आमादा हो गया कि अब के तो जान तोड़कर एक ऐसा बीज बो डाला, जिसके तने दर तने से पीठ लगाकर ज़िन्दगी की भाग-दौड़ में एक घड़ी को सुस्ता सकें। जिसकी घनेरी छाँव में एक बार थके-माँदे पैर फैला सकें। आख़िर दुनिया में कुछ थोड़ा-सा सहारा, कुछ थोड़ी-सी छाँव उसके हिस्से की भी तो थी। मगर नहीं। उसके नसीब में तो बस काँटों भरी झाड़ियाँ ही थीं, एक नहीं तीन-तीन।

''अरे अपने रसूलुल्लाह[8] की भी तो बेटियाँ ही थीं। जन्नती[9] होता है बेटियों का बाप।'' लोगों ने चाहा बन्दू मियाँ के ज़ख़्मों पर ज़रा फ़िरदौसे-बरीं[10] की मुक़द्दस हवाओं के फाये रखें। शायद कुछ हूराने-बहिश्ती[11] की अम्बरीन जुल्फ़ों का ख़याल मशामे-जाँ[12] को फ़रहत[13] बख़्शे। ज़मुर्रुद[14] के महलों की जगमगाहट उसके कच्चे मकान की ग़िलाज़तों[15] को ढक सके।...दूध और शहद की नहरों का तसव्वुर शायद इस तल्ख़ी को ज़ाइल[16] कर सके। जो बोसीदा अनाज, बदबूदार तेल और बासी तरकारियों की इनायत से हलक़ में मख़मल और कमख़ाब[17] के ख़्वाब के घिसे-फटे चीथड़ों में रफ़ू कर सके। वैसे भी अल्लाह पाक अपने प्यारे बन्दों को दुनिया में दुख पहुँचा कर उनका इम्तिहान लिया करता है। पता नहीं, उसे इस क़िस्म की इम्तिहान बाज़ी में क्या लज़्ज़त मिलती है। काश इन अहमक़ाना बातों में पड़ने के एवज़ वह जी लगाकर ख़ुदाई करता तो कितना अच्छा होता। लेकिन न जाने क्यों उसका दिल इस पेशे से उकता चुका है और उसे भी कड़े इम्तिहान लेने...मुसीबतें झेलवाने...और अपने लाड़ले बन्दों को बाल से ज़्यादा बारीक और तलवार से ज़्यादा तेज़ पुल सिरात[18] पर नटबाज़ी करवाने का चस्का पड़ गया है।

7. दुर्घटना, 8. पैग़म्बर मुहम्मद साहब, 9. स्वर्ग के योग्य व्यक्ति, 10. सबसे ऊपर का स्वर्ग, 11. स्वर्ग की सुन्दर स्त्रियाँ, 12. आत्मा, 13. आनन्द, 14. पन्ना, 15. गन्दगी, 16. समाप्त, 17. एक बहुमूल्य कपड़ा, 18. मुसलमानों के विश्वास के अनुसार वह पुल जिस पर से अन्तिम निर्णय के दिन सच्चे आदमी तो स्वर्ग में चले जाएँगे और दुष्ट नर्क में गिरेंगे,

मगर बुन्दू मियाँ इस वक़्त रात के तीन बजे जबकि एक अदद लड़की उन पर क़िस्मत ने और दाग़ दी थी, जन्नती बनने को बिलकुल तैयार न थे। हूराने-बहिश्ती की सूरत से उन्हें क़ै आ रही थी, क्योंकि वह इस जिंस के हाथों बेतरह सताए गए थे। जब एक काली, दुबली और बेबस लड़की ही उनके कहे पर न चल सकी और एक टूटा-फूटा लौंडा भी पैदा न कर सकी तो भला वह नख़रीली हूरें उसका कलेजा क्या ठंडा कर सकेंगी। दूध और शहद की नहरें उन तीन नन्हे-मुन्ने हल्क़ों को जो उनके चारों तरफ़ मुँह फाड़े घूम रहे हैं, भला क्या तर कर सकेंगी। वह अच्छी तरह जान गए थे कि याक़ूत[19] और ज़मुर्रुद के महल क़तई उनके हाथ न आ सकेंगे। वहाँ भी यही धाँधली होगी। बड़ी भारी पगड़ी होगी जो उनके बाप से भी न भरी जाएगी!

और तारीक कोठरी के सबसे तारीक कोने में मुल्ज़िमा[20] अपनी सूखी हुई आँखों से उन तीनों पहाड़ों को देख रही थी, उन्हें अपने रहिम[21] में, अपनी ममता की छाँव में परवान चढ़ाया था, उनमें अपनी जवानी का गर्म-गर्म ख़ून निचोड़ा था...तीन बार उसने अपने तई फाड़कर एक-एक नया इंसान जना था, तीन बार ख़ुद को मिटाकर फिर से बनाया था, पर न जाने कौन-सी चूक हो गई कि हर बार फल कड़वा हो गया...हर बार निवाला कीचड़ में गिर पड़ा...और फिर सियाह लालटेन की धुँधली रौशनी में उसने तीन पहाड़ों को अपनी छाती की तरफ़ फिसलते देखा और हिचकियों से उसका थका हुआ जिस्म टूटने लगा। कड़वे-कड़वे आँसू उसके ज़ख़्मी होंठों पर तेज़ाब की तरह चुभने लगे...जमीलन का दर्द पेचो-ताब खाकर उठा और जिस्म के दुखों ने ज़ेह्नी दुखों को परे धकेल दिया। ये पैदाइश के बाद की टीसें दर्दे-ज़ेह[22] से कुछ कम नहीं होतीं!

जब दर्द का चक्कर धीमा पड़ा तो उसे बेइख़्तियार[23] पहलौठी का पहला दर्द याद आ गया। वह अजीब क़िस्म का जीता-जागता दर्द जिसकी नन्हा-मुन्ना मेहमान तार के ज़रीए से इत्तिला भेजता है, जिसे वुसूल करते ही उस पर ख़ौफ़ और मसर्रत के वह अजीबो-ग़रीब जज़्बात तारी हो गए थे, जिनकी कोई तशरीह नहीं...जिनको किसी दुख, किसी सुख या किसी दूसरे एहसास से तश्बीह[24] नहीं दी जा सकती, जो सिर्फ़ एक माँ की सज़ा...माँ का इनाम और एक माँ की दौलत होती है।

मगर वह बड़ी नादान थी। पहले ही दर्द पर बेटे को गोद में लेने लपकी... चश्मज़दन[25] में उसे छाती से लगा भी लिया...घर शादियानों[26] से गूँज उठा, शुह्दों ने मुहल्ला सर पर उठा लिया, मेहतरानियाँ लहककर गाने लगीं और वह दुल्हन बनकर नन्हे-से दूल्हा को गोद में सँभाले सेह्न में तारे देखने लगी और देखते ही देखते आँगन में छम-छम खेलने लगा। दादी-दादा के बूढ़े दिल जाग उठे...लो वह चौड़ी

---

19. एक प्रसिद्ध रत्न, 20. अपराधी, 21. गर्भाशय, 22. प्रसवपीड़ा, 23. सहसा, 24. उपमा, 25. पलक झपकते ही, 26. बधाई,

छाती का जवान अखाड़े में कूद पड़ा...मसें भीगीं...मूँछों का कूँडा हुआ...ऐ लो दीवानापन तो देखो, मुसलमानियाँ भूल ही गईं...तौबा... ।

अगर दर्द का मुँहज़ोर हमला एकाएक न हो जाता तो वह पहले इस मुक़द्दस फ़र्ज़ से सुबुकदोश हो जाती। ख़ैर जब लहरें साहिल से दूर हटीं तो अल्लाह रखे सब काम-काज पूरे हो चुके थे। और अब कमाऊ पूत रुपयों की थैली झंकारता दहलीज़ लाँघ रहा था। खन-खन करते गोल-गोल चाँदी के टुकड़े सारे घर में ठुनकने लगे। दो-चार फुदककर बूढ़ी दादी की झोली में भी जा पड़े। दो-चार उचककर दादा की दाढ़ी में भी सितारों की तरह टिमटिमाने लगे। वाह ये ख़ूब, दुख भरी फ़ाख़्ता और कौए अंडे खाएँ। माँ का हक़ पहले...दर्दों का मुआवज़ा[27] पहले...गोश्त-पोश्त की क़ीमत पहले और वह लम्बे-लम्बे हाथ मारकर खेती काटती ही रहती कि दर्दों ने तो तू चल मैं आया, शुरू कर दिया। उसने सोचा कि कमाऊ पूत के लिए बहू ब्याह कर लाए या नहीं ? क्योंकि वह आ गई तो डाल उधर ही झुकने लगेगी, फल उधर ही ज़्यादा टपकेंगे। इससे पहले कि वह बहू लाने का फ़ैसला करती...अड़ाड़ा-धम...बेटी आ गई। खन-खन करते सारे रूपहली सितारे चूहे बनकर बिलों में घुस गए, रुपयों की थैली लोट-पोटकर ख़ाली ठीकरा बन गई।

दादा की सफ़ेद दाढ़ी पर ओस पड़ गई और दादी के अरमानों का शीराज़ा हवा में उड़ गया। दाई माई मोटी-मोटी गालियाँ देती हुई औरत ज़ात के जन्म में थूकने लगी। उसका बस चलता तो वह एक सिरे से औरत की पैदाइश का गला ही घोंट देती, उसका बीज ही दुनिया से मिटा देती। अल्ला मारी रात के तीन बजे और फिर ख़ाक पड़ी और नसीबों जली लौंडिया...और फिर नसीबों जली लौंडिया...और फिर नसीबों जली लौंडिया।

फिर न जाने एकदम से उसके जी में न जाने क्यों एक तूफ़ान-सा उठ खड़ा हुआ। जमीलन का दर्दो-ग़म ग़ुस्से के बहाव में बह गया। ग़ुरूर से उसने तकिये पर सरक कर सर ऊँचा कर लिया। उसने कोई गुनाह नहीं किया...वह बाँझ नहीं, बंजर नहीं फिर ये उदासी क्यों। उसने किसकी जागीर छीन ली, किसकी दौलत छीन ली...जिसका उसे ये ख़म्याज़ा[28] भुगतना पड़ रहा है। गाय ब्याहती है तो कोई नहीं पूछता, बेटी है कि बेटा, सब कुछ दूध दोहने लगते हैं। मुर्ग़ी अंडा देती है तो उसे प्यार से दाना डालते हैं। पर जब औरत हामिला[29] होती है तो लोग उससे सोने का अंडा देने की क्यों फ़रमाइश करते हैं ? और अगर वह सोने का अंडा न दे सके तो...तो घर में मौत हो जाती है, उम्मीदों, आरज़ुओं के जनाज़े उठने लगते हैं और दुनिया ग़रीब हो जाती है।

फिर उसे अपने तीनों गन्दे बेमस्रफ़[30] अंडों का ख़याल सताने लगा। बेइख़्तियार जी भर आया और आँखों में धुआँ उठने लगा। जी चाहा कि अपने तीनों कलेजे के

27. पारिश्रमिक, 28. परिणाम, 29. गर्भवती, 30. बेकार,

टुकड़ों को उठाकर इस घर से, इस गली से...इस शहर से बल्कि इस दुनिया से भाग जाए, वहाँ, जहाँ उसके जिगर-गोशे[31] दौलत की तराज़ू में न तौले जाएँ, जहाँ सब सोने के अंडे हों...कोई गन्दे अंडे की ख़ंदक़ में न डाला जाए। जहाँ उसकी नन्ही गुड़ियाँ दाश्ताओं[32] की ख़िदमत अन्जाम देने के बदले औरत, माँ, बेटी और बीवी का रुतबा हासिल कर सकें। जहाँ औरत की तख़्लीक़[33] अज़ाबे-जान[34] न हो, जहाँ लड़कियों की बरातें भूत बनकर माँ-बाप के सीनों पर न चढ़ती हों, जहाँ बेटियों का जहेज़ माँ-बाप की खाल न उतार ले, जहाँ औलाद से वालिदैन[35] मुहब्बत करें, औलाद समझकर, जागीर समझकर नहीं।

उसका जी चाहा, लपककर उठ बैठे और बाहर जाकर सोग[36] मनाने वाले मियाँ का मुँह नोंच डाले और उसे झंझोड़कर कहे, तुम्हें ग़म है, सदमा है कि मैंने तुम्हारे बीज से कंटीला झाड़ उगाया, मगर ग़ौर से देखो। क्या ये तुम्हारी हड्डी नहीं। तुम डर रहे हो कि तुम्हें इसकी सिंचाई तो करनी पड़ेगी, मगर फल न मिलेंगे। आज अगर बेटा-बेटी के बदले सोने के तोड़े जन देती तो तुम यूँ मुँह फुलाकर कभी न बैठते!

मगर इतने में मैंने देखा कि एक भयानक साया उसके पलंग की तरफ़ बढ़ रहा है। ख़ौफ़ से उसकी रगें खिंचने लगीं, आवाज़ गले में घुटकर रह गई, मगर इससे पहले कि वह कुछ करती, बुन्दू मियाँ नौज़ाईदा[37] बच्ची पर झुक गए।

"शौकत, हशमत...और इसका नाम...रहमत, क्यों ठीक है ना?" उन्होंने बच्ची के फूल से नर्म रुख़सार[38] को उँगली से छुआ और मुस्कुराने लगे। आज न उनके चेहरे पर खिसियानापन था और न आँखों में मलामत[39], न उनके अन्दाज़ में अज़-सरे-नौ[40] पैग़ाम था, न झूठी उम्मीदों के ग़ैर-मुत्मइन[41] साये, जैसे वह बहुत कुछ सोच-समझकर किसी बड़े दुश्मन से जीतकर आए हैं।

रुआँसी माँ ने ग़ुरूर से शौकत, हशमत और रहमत को देखा, दुनिया की माओं को देखा...उन पहाड़ों को देखा, जिनके दामन में ज़िन्दगी की हरियालियाँ अँगड़ाई लेती हैं, जिनके आँचलों में मेहरो-उल्फ़त[42] के फूल खिलते हैं, जिनके सीनों से अमृत टपकता है, जिनकी गोदों में इल्मो-हुकूमत है....फ़ल्सफ़ए-आग़ोश भरता है और फ़ुनूने-लतीफ़ा[43] किलकारियाँ मारते हैं। जहाँ बिसूरती ज़िन्दगी चुमकारी जाती है और सोई इंसानियत जगाई जाती है...उचाट नींदें मनाई जाती हैं, रोती आँखें हँसाई जाती हैं और बिखरे मोती समेटे जाते हैं।...दुनिया बनती-बिगड़ती है...यहाँ इंसान ढलते हैं।

---

31. सन्तान, 32. घर में डाली हुई स्त्री, 33. जन्म, 34. यातना, 35. माँ-बाप, 36. शोक, 37. नवजात, 38. गाल, 39. निन्दा, 40. नए सिरे से, 41. असंतुष्ट, 42. प्रेम, 43. ललित कलाएँ।

कच्चे धागे

आज गांधी जयन्ती है। शहर में कितनी चहल-पहल है। फूलों और तिरंगे झंडों से आरास्ता-पैरास्ता[1] मोटरें अपनी आग़ोश[2] में नौदौलतिये[3] सेठों को दबाए फ़र्राटे भर रही हैं। बर्फ़ जैसी सफ़ेद खद्दर में ये आबनूसी[4] पुतले, काले-सफ़ेद का चितकबरा मिलाप आँखों पर कैसी तकलीफ़देह[5] चोट करता है और उनके पहलू में बैठी हुई बदज़ौक़ सेठानियाँ और ग़ुल मचाते हुए बच्चे 'सोने पर सुहागा' का काम कर रहे हैं। दौलत बिना कहे-सुने उन पर टूट पड़ी है। मालूम होता है, कपड़े पहने हुए नहीं बल्कि बहुत-से बेहंगम[6] थान किसी ने उलझाकर मोटरों में ठूँस दिए हैं। सामाने-आराइश[7], रंग और पाउडर अलमारियों से कूदकर उन पर आन पड़ा है। नाक बहते, तेल में चिपचिपाते बच्चे टाइट ओऐ की अल्ट्रा मॉडर्न फ़राकों के साथ झाँझन कड़े पहने...आँखों में मनों काजल उड़ेले, अजीब मज़हक़ाख़ेज़ हयूला बने हुए हैं। हाथों में तिरंगे झंडे हैं और अमरीकन खिलौने। ऐसा मालूम होता है, किसी सस्ते सर्कस का इश्तिहार चला जा रहा है।

आज बापू का जन्मदिन है ना। आज भारत के सपूत ने भारतवासियों को ग़ुलामी से आज़ाद कराने के लिए धरती पर पहला साँस लिया था। मगर प्रेल और लाल बाग़ की चालों में ये कैसी मुर्दनी छाई हुई है जैसे आज कोई न पैदा हुआ हो, बल्कि हज़ारों मौतें हो गई हों। क्या ये कभी वापस न आएँगी? उनके कपड़ों में रंग क्यों नहीं, तेल की चमक क्यों नहीं, उनके हाथों में तिरंगे ग़ुब्बारे क्यों नहीं?

बापू तो जनता के थे। फिर ये चोर बाज़ार ही के हत्थे क्यों चढ़ गए। जैसे पुराने ज़माने के देवताओं को छीन लिया था, ऐसे ही उन्हें भी लोग उड़ा ले गए और शो-केस में सजा दिया, तिजोरियों में मढ़ लिया...लेन-देन की तराज़ू के पलड़े में बटखरी बनाकर डाल दिया, उन्हें मिठाई और बिस्किट के डिब्बों पर चिपका दिया है। जूतों के इश्तिहार पर टाँग दिया है, उन्हीं का बहाना करके कंट्रोल हटाते हैं और काले बाज़ार को सींचते हैं। उनके बिना कोई धंधा नहीं चलता, जानो तुरप

1. सजी हुई, 2. गोद, 3. नए धनी, 4. काले, 5. कष्टदायक, 6. भद्दे, 7. सज्जा का सामान,

का इक्का हाथ आ गया है। हर दाँव पर वही लगा देते हैं। अब शायद उन्हीं के नाम पर अहिंसा के उसूलों पर तीसरी जंग का ख़ून छिड़का जाएगा!

आज अहिंसावादी उनकी याद में आत्मा को शुद्ध करने के लिए सूत कात रहे हैं। बड़े-बड़े मिनिस्टर, चोटी के अफ़सर, मिलों के मालिक, सट्टे और चोर बाज़ारों के व्यापारी, एक महाज़ पर खड़े होकर आत्मा को शुद्ध कर रहे हैं। दो साल के अर्से में कितनी बहुत-सी आत्माएँ नापाक हो चुकी हैं। उनके लिए इस सूत के ताने-बाने से एक सायबान बुना जाएगा, जिसकी छाँव में निश्चिंत बैठकर ये फलते-फूलते रहेंगे।

मेरे मामूँजान भी अपने ड्राइंगरूम में सोफ़े पर नीमदराज़[8] सुबह से तकली नचा रहे हैं। उनके चेहरे पर कैसा मुक़द्दस उज़्म[9] छाया हुआ है। जानो पुल-सिरात बन रहे हैं, जिस पर चलकर उन्हें स्वर्ग में जाना है। न जाने वह इस कच्चे सूत के फंदे से क्या कुछ फाड़ लेने की तिगड़म लगा रहे हैं।

कभी वह ब्रिटिश सरकार के फ़र्ज़ंदे-दिलबंद[10] रह चुके थे, लेकिन च्यूँटी की तरह तूफ़ान की ख़बर पाकर जल्दी से नमक के सत्याग्रह में कूद पड़े और नमक बनाने लगे। जब वह यूँ गुमराह हुए तो उनके वालिद साहब ने उन्हें आक़ नहीं किया बल्कि बेटे की दानिश्वरी[11] की दाद दी। वह ख़ुद सरकार से वाबस्ता रहे, मगर उनका बेटा बाग़ी हो गया। महकमए-तालीम[12] की सलाह करने के बाद वह अब 'कम्यूनिस्टों को मारो' वाली स्कीम में बड़ी मुद्दत से हिस्सा लेने के क़ाबिल हो गए हैं।

तकली नचाते जाते हैं और सोच रहे हैं, भंगियों की हड़ताल तालिबे-इल्मों[13] की मदद से न टूट सकी। ये वार ख़ाली गया। अब तालिबे-इल्मों की हड़तालें किसकी मदद से तुड़वाई जाएँ। ताली बजने के लिए दो हाथों का होना ज़रूरी है। सर लड़ाने के लिए दूसरों का होना ज़रूरी है। क्या तालिबे-इल्मों के दो टुकड़े नहीं किए जा सकते? मामूँजान ज़हर का तोड़ ज़हर से ही करते हैं इसलिए तालिबे-इल्मों की एक सही नुमाइन्दा जमाअत[14] की पैदावार में मुन्हमिक[15] हैं, जो जी तोड़कर क़ौमी गीत गाने, फ़ीस बढ़ाने पर सरकार की बेपनाह मेहरबानी का शुक्रिया अदा करे और कम्यूनिस्टों के बहकावे में आकर मुल्क का तख़्ता न उलटे, बस फिर हड़तालें बन्द हो जाएँगी। इधर तकली नाच रही है और उधर वज़ीरे-आज़म[16] परदेसों से नाता जोड़ रहे हैं! वहाँ से तुह्फ़ा लाएँगे जिसकी मदद से भूख के साथ भूखों का भी सफ़ाया हो जाएगा!

इधर मेरे नानाजान उन्हें रश्क-आमेज़[17] नज़रों से तक रहे हैं। वह सुबह से बैठे जूझ रहे हैं पर तकली उनके तकले से बल निकाले दे रही है! वह रुई का टुकड़ा पसीने में डूबकर चूहे की शक्ल का हो गया है। तीन तकलियाँ बदल चुके हैं पर हर

8. अधलेटे, 9. पवित्र संकल्प, 10. बेटा, अर्थात सेवक, 11. बुद्धिमत्ता, 12. शिक्षा विभाग, 13. छात्रों, 14. प्रतिनिधि दल, 15. तल्लीन, 16. प्रधानमंत्री, 17. ईर्ष्या भरी,

नई तकली उन्हें नया नाच नचा रही है। वह उकड़ूँ भी बैठे, पालथी भी, दो ज़ानू हुए, फिर मामूँजान की तरह नीमदराज़ भी हो गए, मगर उनकी तरह नृत्य भाव न जमा सके। कोई तकली भी मामूँजान की तकली की तरह भर्राटा नहीं मारती।

वह झुँझलाते हैं तब मामूँ जान मुस्कुराते हैं। जैसे आँखों ही आँखों में कह रहे हों, ''क़िब्ला[18] रियाज़[19] की ज़रूरत है, रियाज़ की। ये मर्तबा यूँ ही हाथ नहीं लग जाया करता। जहाँ के लिए तलवार पकड़ने की आरज़ूमन्द उँगलियाँ भला तकली को पकड़ना क्या जानें। आप तोप-तुफंग़ के आदी ठहरे, ये रुहानी तलवार यानी तकली घुमाना क्या जानें।''

मेरे नाना जान उनकी आँखों की बातचीत समझने के ऐसे आदी हो चुके हैं कि फ़ौरन उनके घुटने लरज़ने लगते हैं। वैसे ही उनकी घबराहट मालीख़ूलिया[20] की हदों को छू रही है। जब से सुना कि हिन्दोस्तान और पाकिस्तान दोनों जगह उनकी तिजारत खंडत में पड़ने वाली है, बिलकुल ही हवास-बाख़्ता[21] होकर रह गए हैं! उनका एक पैर हिन्दोस्तान में है तो दूसरा पाकिस्तान में। यहाँ अक़ल्लियतों[22] के हुक़ूक़[23] की हिफ़ाज़त का वास्ता देते हैं तो वहाँ इस्लाम की दुहाई। पर ऐसा मालूम होता है, नानाजान की चीख़-पुकार में कोई दम नहीं रहा। दोनों मुल्क एक-दूसरे से दूर खिसकते जा रहे हैं और उनके साथ मेरे नानाजान के दोनों पैरों के दरमियान का फ़ासला ख़तरनाक हद तक दूर होता जा रहा है। बीच में से चिर जाने का कर्ब[24] उनकी रग-रग में रच गया है। दुख और ख़ौफ़ से पथराई हुई आँखें वह गांधी जी के उस मुजस्समे[25] की तरफ़ फेर देते हैं जो बँगले के बीचोंबीच नस्ब[26] है और हर आने वाले को जताकर नानाजान वहाँ रोज़ फूल चढ़ाकर दंडवत करते हैं।

मामूँजान पर उन्हें रश्क नहीं आता, अब तो जादूगरी का भी शुब्हा होने लगा है। वह कैसी दिलेरी से बैठकर अफ़सरों के बीच से वज़ीरे-आज़म पर झपट्टे बाज़ी शुरू कर देते हैं। उनके बौखलाने और एकदम बिखरने से क़िस्से सुना-सुनाकर क्या मज़े से क़हक़हे लगाते हैं और लगवाते हैं। कांग्रेस महादेवियों का तो बिल्कुल घर की बड़ी-बूढ़ियों की तरह ज़िक्र करते हैं!

तू बिलकुल गधा है, एक महादेवी ने एक बार मेरे मामूँजान से कहा था और उस वक़्त उन्हें अपनी ख़ुशनसीबी पर फ़ख्र हुआ था और आँखों में मारे अक़ीदत[27] के आँसू आए थे। जब भी बाज़ मौक़ों पर वह क़िस्सा सुनाते हैं तो उनकी आँखों से आँसू उबल आते हैं! नानाजान इस रुहानी रिश्ते की मुतबर्रिक[28] लताफ़त पर झूम-झूम उठते हैं, पर दुख से तिलमिला जाते हैं। काश उन्हें भी किसी ने प्यार से गधा या कुत्ता कहा होता तो वह आज कितनी बहुत-सी ज़ह्मतों[29] से बच गए होते। मगर

---

18. पूज्य, 19. अभ्यास, 20. मस्तिष्क विकृति, 21. जिसके होश ठीक न हों, 22. अल्पसंख्यक, 23. अधिकार, 24. दुख, 25. मूर्ति, 26. स्थापित, 27. श्रद्धा, 28. पवित्र, 29. कष्टों,

एक बार क़ाइदे-आज़म[30] के जुलूस का ऊँट बनने के बाद किसी और अस्तबल में तो उनके लिए जगह नहीं और आज बापू की जयन्ती के मौक़े पर तकली के नख़रे बड़े खल रहे हैं।

वह सूत कातने जा रहे हैं और उसमें मोटी-मोटी गालियाँ पिरोते जा रहे हैं, मगर वह जानते हैं, ये अड़ियल सूत उनसे शर्त बाँधकर मुक़ाबला कर रहा है। मरोड़ियाँ देते-देते उनकी चुटकियाँ थक चुकी हैं। पोरें सहला रहे हैं, पर सूत मजाल है जो कमबख़्त दो इंच से आगे खिसक जाए, तभी तो वह उसमें मुग़ल ज़ात की गिरहें जड़ते जाते हैं। ये सूत वह ईदुल अज़्हा के मौक़े पर वज़ीरे-आज़म की गर्दन में माला बनाकर हिमाइल करना चाहते हैं। बड़ी काविशों से उन्होंने मुसलमान मुहल्लों में लोगों को ऊँच-नीच दिखाकर वज़ीर साहब को मद्ऊ[31] करने का इन्तिज़ाम किया है, जब भी तार टूटता है तो उनका जी चाहता है कि एकदम हज को चले जाएँ और वहाँ दरे-हुज़ूर पर बैठकर आँखें बन्द करके एक मुस्तक़िल मुराक़बा[32] में चले जाएँ। मगर एकदम उन्हें हिन्दोस्तान और पाकिस्तान के फैले हुए कारोबार का ख़याल उस मुराक़िबे से चौंका देता है और वह सहमकर चारों तरफ़ देखने लगते हैं कि कहीं मामूँजान का कोई छटा-सातवाँ एहसास उनके दिल का चोर न पकड़ ले! नहीं तो सारे किए-धरे पर पानी फिर जाएगा।

अपने बरामदे में बैठे हुए रोड़ीमल जी की तकली भी कुछ ताल-सुर से नहीं नाच रही है। चकरियाँ लेते-लेते एकदम से तोड़े लेने लगती है और फिर त्योराकर तार भी तोड़ देती है मगर रोड़ी जी हिम्मत नहीं हारते। मुल्क में बड़ी अफ़रातफ़री पड़ी है। इधर देखो बेईमानी, धोखेबाज़ी, बापू की तालीम को भूलकर सब लूट-खसोट पर तुले हुए हैं! ऐसे में कोई ईमानदारी का व्यापार करे तो कैसे करे। ईमानदारी चलेगी कितने दिन, खुले बाज़ार में धरा ही क्या है? माल को बाज़ार नहीं मिलता, बाज़ार को ग्राहक नहीं मिलते। जब माल कोठों में पड़ा सड़ रहा है तो मज़दूर को कोई मज़दूरी कहाँ से दे। नेता कहते हैं माल की पैदावार बढ़ाओ 'सो बढ़ गई।' अब नेता ये नहीं बताते कि ग्राहकों की पैदावार कैसे बढ़ाए? काश 'ख़ुराक उगाव' का नारा मारने के बजाय, 'ख़रीदार उगाव' की स्कीम चला सकते। मगर ख़रीदार का बीज सिवाय अमेरिका के कहीं नहीं पैदा होता। अमेरिका ने तो क्या मज़े से सारे मुल्कों में डॉलर बोकर ख़रीदारों के खलियान क़ायम कर दिए हैं।

ज़नानख़ाने में मुमानी भी बैठी तकली को मथकर अपने जीवन का अमृत निचोड़ने पर जुटी हुई हैं। बावुजूद कोशिशों के वह खददर न पहन सकीं। उनका अत्लस और कमख़ाब की आग़ोश में पलने वाला जिस्म खद्दर के घिस्से न सह सका और हमेशा फफक उठता। गर्मी दाने, फुंसियाँ और फिर फोड़े बन जाते। ये

30. जिन्ना को कहा जाता है, 31. आमंत्रित, 32. अल्लाह में ध्यान लगाना,

राई के पहाड़ काफ़ूर के मरहम का चिपचिपाता हुआ फाया बना देते। कुछ दिन तक तो मामूँजान ने उनके जिस्म के ज़मींदारी ठस्सों को न गरदाना, मगर जब डाक्टरों ने मरीज़ के सिवा बारीक मलमल के दवा में डुबोए हुए फायों के जुम्ला सत्रपोशी[33] से मना कर दिया तो वह मज़बूरन इस शुद्धि से बाज़ आ गए। वैसे भी टिंक्चर और आयडोफ़ार्म के हमले झेलने की हिम्मत नहीं रही थी। इसके बाद वह उन्हें तीसरे दर्जे का नेशनलिस्ट समझते हैं और ऐसे हक़ारत से देखते हैं जैसे एक पहुँचा हुआ मुर्शिद[34] किसी मुब्तदी[35] को देखता है।

मुमानी भी तकली घुमा रही हैं, मगर उनकी उँगलियाँ लरज़ रही हैं। उन नाज़ुक तारों में उनके जज़्बात की हलचल को सहारने की सकत नहीं, क्योंकि मिस राज की उँगलियाँ भी तो क़ाबू में नहीं। मामूँजान के घर के सारे साज़ो-सामान की तरह आज उनकी प्राइवेट सेकेट्री भी शुद्ध होने का पुख़्ता इरादा करके मामूँजान से तकली चलाना सीख रही है।

मिस राज की उम्र का इब्तिदाई[36] हिस्सा यतीमख़ाने में गुज़रा, जहाँ वह यसू मसीह के मुजस्समे के सामने ख़ुदा की बरकात की हम्द[37] गाती रही। खुर्दरे, बदरंग कपड़े पहनकर और नाक़िस खाने खाकर उसने ख़ुदा की इनायत की दाद दी। यतीमख़ाने से निकलकर वह सीधी फ़ौज के दफ़्तर पहुँच गई। जंग के ये चन्द पुरबहार साल उसकी ज़िन्दगी में रौशन सितारों की तरह हमेशा दरख़्शाँ[38] रहेंगे। वह सैर-सपाटे, वह रक़्सो-सुरूद[39] के जमघटे, सफ़ेद चमड़ी वाले आशिक़ों के नर्ग़े[40]। जवान लड़कियों की कमी जिसने कुँआरियों को भी पापड़ बना दिया था और वह एक ख़स्ता पापड़ की तरह एक जबड़े से दूसरे जबड़े में मुंतक़िल[41] होती गई। अंग्रेज़ सार्जंट के हाथ से जब ज़्यादा अलाउंस पाने वाले अमेरिकन सार्जंट ने उसे जीत लिया तो वह घंटों आईने में अपनी चौड़ी नाक में हुस्न तलाश करने की कोशिश करती रही।

फिर एकदम जैसे उसे किसी ने झंझोड़कर जगा दिया। जंग ख़त्म हो गई। गोरे सोल्जर एक-एक करके रुख़सत होने लगे और वह एक लट्टू की तरह भन्नाटे से एक से दूसरे हाथ में मुंतक़िल होती गई, यहाँ तक कि उसके ख़ाली बाज़ू फ़िज़ा में फड़फड़ाते रह गए। उसके साथ वालियों ने जंग में कितना कुछ जमा कर लिया। ये सफ़ेद सिपाही बड़े दिल-फेंक और साथ-साथ दौलत-फेंक भी होते हैं। जाते वक़्त वह अपनी महबूबाओं को मालामाल कर जाते हैं।

मुमानीजान के हाथ से सूत टूट जाता है। वह तकली ऐसे चला रही हैं जैसे किसी का गला घोंट रही हों। मगर दूसरे लम्हे अहिंसा के साये में पली हुई

---

33. पूरे शरीर को ढाँपने से, 34. धर्मगुरु, पीर, 35. नौसिखिया, 36. आरम्भिक, 37. ईश्वर की स्तुति, 38. चमकते हुए, 39. नृत्य और गीत, 40. घेरे, भीड़, 41. स्थानान्तरण,

शेरनी दहलकर सूत जोड़ लेती है और एक मौहूम[42] सहारे पर आगे चल पड़ती है। वह अपनी सारी बदनसीबी औलाद न होने पर मह्मूल[43] करती हैं। अगर आज उनकी गोद में एक लड़का हुमकता होता तो मियाँ की मजाल न थी कि उनके सीने पर कोई यूँ सौतें चढ़ाते, मगर लड़के का बीज सदा के लिए बेकार हो गया। वह एक मर्द के हाथ के मैल पर पली थीं, अब भी एक शरीफ़ मर्द ही उनका कफ़ील[44] है। फिर जब यह मर्द मरोड़ा दे देता है तो उन्हें चारों तरफ़ अँधेरा ही अँधेरा नज़र आता है। अगर वह ख़ुद एक सहारा बना सकतीं तो फिर बुढ़ापा तीर हो जाता, मगर मामूँजान कहते हैं, यह भी उनका ख़ानदानी क़ुसूर है। उमूमन नवाबों, जागीरदारों के यहाँ औलादे-नरीना[45] नापैद[46] होती है और उसका भुगतान वह भी भुगत रहे हैं, ख़ुद उनके जिस्म में तो नर बनाने का काफ़ी माद्दा है।

कौन जाने, जिस तकली ने स्वराज दिया, क्या वह उन्हें एक बेटा नहीं दे सकती। एकदम उनके चेहरे के खँडहर जाग उठते हैं। डरावनी मुस्कुराहट एक नई करवट बदलकर अँगड़ाई लेती है। तकली नाच रही है और वह मुस्कुरा रही हैं। उस कच्चे धागे को वह इकलौते बेटे की तरह परवान चढ़ते देख रही हैं... एक सूत...फिर दूसरा...तीसरा और चौथा, सारे मिलकर एक मज़बूत रस्सी बन जाएगी। मिस राज के गले की रस्सी बन जाएगी, जिसने उनका जीवन-अमृत चुरा लिया है।

यूँ आज बापू की जयन्ती के रोज़ आत्माएँ शुद्ध हो रही हैं, गन्दी और घिनौनी आत्माएँ। मगर लाल बाग़ और परेल के इलाक़ों में एक भी तकली नाचती नज़र नहीं आती। किसी को आत्मा को पाक[47] करने की फ़िक्र नहीं। इस छीन-झपट, इस मुनाफ़ाख़ोरी और इश्तिहारबाज़ी के चौराहे पर दूर कामगार मैदान में बम्बई के मेहनतकश अम्न[48] कॉन्फ्रेंस के पहले इज्लास[49] के मौक़े पर ज़िन्दगी के नए प्रोग्राम बना रहे हैं। यहाँ बाशुऊर[50] मेहनतकश तब्क़े की रहनुमाई में छटनी की धार से ज़ख़्मी मज़्दूर, फ़ीसों के बार[51] से कुचले हुए तालिबेइल्म[52] और कम तनख़्वाह और महँगाई के मारे क्लर्क और मुअल्लिम[53] तीसरी जंग के ख़िलाफ़ अम्न का अज़्म[54] लेकर जमा हुए हैं। पच्चीस हज़ार जानें एक क़ालिब[55] होकर उम्मीद भरी नज़रों से आज़ाद मुल्क़ों के रहनुमाओं की तस्वीरों को तक रही हैं। अपने दिलों की आवाज़ अपने साथियों के मुँह से सुन रही हैं।

''तीसरी जंग न होगी...इंसान, इंसान से नहीं, इस बार हैवान से लड़ेगा...काले बाज़ार से जंग करेगा...डॉलर के ग़ुलामों से मुक़ाबला करेगा...''

---

42. भ्रमात्मक, 43. जिसकी कल्पना की गई हो, 44. पालनेवाला, 45. लड़का, 46. अप्राप्य, 47. शुद्ध, 48. शान्ति, 49. सभा, 50. बुद्धिमान, 51. बोझ, 52. छात्र, 53. अध्यापक, 54. संकल्प, 55. शरीर,

कौन कहता है, ये निहत्थे हैं। इनके हाथों में बड़े ख़ौफ़नाक हथियार हैं, जिनके तख़य्युल[56] ही से सल्तनतें लरज़ रही हैं, ऐटम बम काँप रहे हैं और डॉलर के पुल टूट रहे हैं। ये नज़र न आनेवाले पच्चीस हज़ार फ़ौलादी तारों की ऐसी रस्सी बट रहे हैं जो सारी फ़ासिस्ट क़ुव्वतों[57] का गला घोंट डालेगी।

तभी तो कामगार मैदान के चारों तरफ़ पुलिस का मुसल्लह पहरा है। सी.आई.डी. का चक्कर है। ज़र-ख़रीद[58] डंडे मंडला रहे हैं।

नाजाइज़ शराब पर पहरा नहीं...काले बाज़ार पर पहरा नहीं...चोर-उचक्कों पर पहरा नहीं...रिश्वत-सितानी[59] और इस्मत-फ़रोशी[60] पर पहरा नहीं...दुनिया भर की ग़लाज़तें[61] फल-फूल रही हैं...मगर अम्न चाहनेवालों पर पहरा है...मौत बेलगाम तर्रारे भर रही है और ज़िन्दगी के लबों पर ताला है। सड़ते हुए गुनाह के सर पर क़ानून की छाँव है। शादाब[62] इंसानीयत के सर पर शैतानी आग...

आज मैं इस मज्मे[63] के दरमियान कहाँ खो गई हूँ। पच्चीस हज़ार दिलों की धड़कन कुछ इस तरह हमआहंग[64] हो चुकी है कि ढूँढ़े से भी नहीं मिलती। पचास हज़ार आँखों में मेरी आँखें कौन-सी हैं? मेरी इन्फ़िरादीयत[65] कहाँ है? मेरा शुऊर[66], लाशुऊर[67], मेरी जिबिल्लत[68], मेरी उलझनें, परेशानियाँ और मेरे ज़ाती दर्द कहाँ हैं?

मगर अपनी वुस्अत[69] पर ख़ुद हैरान हूँ, ढूँढ़ने की क्या ज़रूरत है? मेरी इन्फ़िरादीयत कामगार मैदान में खचाखच भरी है। ये पच्चीस हज़ार दिल और पचास हज़ार आँखें मेरी ही हैं। ज़रा और ऊपर आँख उठाऊँ तो पच्चीस लाख...पच्चीस करोड़...नहीं मुझे गिनती मालूम करने की ज़रूरत नहीं...इस तूफ़ान में मैं भी एक क़तरा हूँ...और हर क़तरा तूफ़ान है।

---

56. कल्पना, 57. शक्तियों, 58. मोल लिया हुआ, 59. घूस लेना, 60. वेश्या कर्म, 61. गन्दगी, 62. प्रफुल्ल, 63. भीड़, 64. एक-सी, 65. एकत्व, अकेलापन, 66. चेतना, 67. अवचेतन, 68. प्रकृति, 69. सामर्थ्य, शक्ति।

ये बच्चे

एक ज़माना था, जब मेरा ख़याल था कि दुनिया में बच्चे के सबसे बड़े दुश्मन उसके माँ-बाप और भाई-बन्धु होते हैं। वह उसके दिल की बात समझने की कोशिश नहीं करते। बेजा ज़बरदस्तियों से उसकी उभरती हुई ताक़तों को कुचल देते हैं। यही वजह है कि जब बड़े हो जाते हैं तो बजाय मुकम्मल इंसान बनने के चोर, डाकू और उचक्के बन जाते हैं। तभी तो हमारा देश तरक़्क़ी नहीं कर पाता।

लेकिन ख़ुद माँ बनने के बाद मेरे ख़यालात ने एकदम से पलटा खाया और यक़ीन हो गया कि आज कल के बच्चे ही ज़रूरत से ज़्यादा हठीले, बेचैन और मुँहज़ोर पैदा हो रहे हैं। उनकी तामीर में ही कोई ख़राबी पैदा हो जाती है, जो उन्हें जंगली बना देती है। अगर सलीक़े से बच्चे पैदा किए जाएँ तो हमारे देश से दलिद्दर दूर हो जाएँगे।

इसी सिलसिले में मैंने साइकॉलॉजी से मदद लेनी चाही और जी भरकर तह्लीले-नफ़्सी[1] कर डाली मगर बेकार क्योंकि मुझे जल्दी मालूम हो गया कि ये जिस पगडंडी पर मैं बहककर चली आई हूँ, "ये कुछ भी नहीं कि दुनिया के बीचोंबीच ख़त्म हो जाती है" मेरे दोनों ख़याल ग़लत थे। न माँओं का क़ुसूर है, न बेचारे बच्चों का। क़ुसूर सारा है इस तरीक़ए-ज़िन्दगी का जो एक मख़्सूस निज़ाम[2] ने हमारी जानों पर लागू कर रखा है। जिसने माँ और बच्चे का रिश्ता भी तोड़-मरोड़ कर एक कारोबारी शै बना दिया है! अव्वल तो बच्चे के ख़याल ही से एक माँ लरज़ उठती है। जिस्मानी कोफ़्त[3] के डर से नहीं, इस डर से कि घर में एक और खाने वाला मुँह बढ़ा। एक और जिस्म ढकने की फ़िक्र बढ़ी। फिर अगर लड़का है तो ख़ैर, ख़ुदा न करे लड़की है तो एक और तावान[4] भुगतने को तैयार हो जाइए, उसकी शादी-ब्याह की फ़िक्र!

लोग कहते हैं कि अदीबों को अदब से सरोकार रखना चाहिए और ख़्वामख़्वाह सरकार से न उलझना चाहिए। तो भई, यहाँ किसे सरकार से दस्तो-गिरीबाँ[5] होने का शौक़ है। अब इसमें हमारा क्या क़ुसूर कि ज़िन्दगी के हर मोड़ पर सरकार से

1. मनोविश्लेषण, 2. व्यवस्था, 3. कष्ट, 4. जुर्माना, 5. हाथापाई,

मुठभेड़ हो जाती है। कितना ही दिल को समझाएँ, अब यक़ीन नहीं आता कि हमारी मुसीबतों के बढ़ाने में देवी-देवता या तक़दीर का हाथ है। हम अब पहचान चुके हैं कि किसका हाथ है, जिसने अपने भयानक शिकंजे में हमारी ज़िन्दगी की ज़रूरीयात को दबोच रखा है। वह मुनाफ़ाख़ोरी...चोरबाज़ारियों का हाथ जो हमारी सरकार की लगामें थामे है और जिसके इशारों पर हमारे ऊपर फ़ीले-मस्त[6] हमले करता है और हम ये सब कुछ इसलिए समझ गए हैं कि हमारे सामने रूस की शानदार मिसाल है। जहाँ का निज़ाम[7] मज़दूरों और किसानों का है जो उन्होंने बरसों की मेहनतों और क़ुर्बानियों के बाद ख़ुद अपने लिए तामीर किया है। रूस में बच्चा जंजाल नहीं, मुल्क का एक ताक़तवर बाज़ू है, मुल्क की दौलत है, जहाँ पैदाइश से पहले ही माँ की तख़्लीक़ी अज़्मतों को मर्हबा[8] कहकर आने वाले मेहमान की आव-भगत शुरू हो जाती है। उससे बारबरदारी[9] के काम नहीं लिये जाते हैं, बाक़ायदा ख़ास ख़ुराक का राशन मुक़र्रर हो जाता है। जब ज़माना क़रीब हो जाता है तो उसे एक अच्छे ज़च्चाख़ाने में भेज दिया जाता है, जहाँ वह बड़े सुकून और आराम से जन्म देती है। ग़ुलाम मुल्कों में ज़च्चाएँ फ़ौरन ही मेहनत-मज़दूरी पर मजबूर हो जाती हैं, जिसकी वजह अपनी रही-सही ताक़त खो बैठती हैं।

मगर रूस में जब तक ज़च्चा को डॉक्टर इस क़ाबिल नहीं समझते, नर्सिंगहोम में ही रहती है। जब मुकम्मल तौर पर चाक़ोचौबन्द[10] हो जाती है तब वह घर पर लौटती है। यहाँ वह बच्चे को कमर पर लादकर नहीं लाती जैसे हमारी मेहनतकश औरतों को करना पड़ता है कि दूध पीते बच्चे को सड़क के किनारे रेत...धूल में डालकर ख़ुद काम पर जुट जाती हैं। रूस के सुनहरे देश में बच्चों के घर हैं, जहाँ मुहब्बत करने वाली नर्सें और मश्शाक़ डॉक्टर उनकी देखभाल करते हैं। दिन भर बच्चे वहाँ बड़े आराम से रहते हैं। शाम को माँएँ उन्हें अपने घर ले जाती हैं। हमारे यहाँ दूसरे-तीसरे बच्चे के आने की ख़बर से ही माँ-बाप के होश उड़ जाते हैं। पहले तो मुहल्ले-टोले ही की फ़नकार दाइयाँ उसको अल्टीमेटम देने की कोशिश करती हैं, जिसकी वजह से मुल्क की हज़ारों औरतें मौत के घाट उतर जाती हैं या सदा की रोगी बन जाती हैं। मगर रूस में ज़रखेज़[11] होने को जुर्म या गुनाह नहीं समझा जाता, बल्कि जैसे अच्छे फल-फूल पैदा करने पर काश्तकार की शुहरत होती है, उसी तरह ज़्यादा बच्चों वाली माँ को तमग़ा या इनाम मिलते हैं। वहाँ ये सारे बच्चे माँ की छाती पर मूँग दलने को पिले नहीं रहते, न मुहल्ले-टोले का नातिक़ा बन्द करने को उचक्कों के गिर्द रहते, बल्कि उनके लिए भी घर होते हैं, जहाँ उनकी तालीमो-तरबीयत का पूरा ख़याल रखा जाता है। यूँ तो अमेरिका और इंग्लिस्तान में भी ऐसे बोर्डिंग मौजूद हैं, जहाँ बच्चों को रखा जाता है, मगर हम

6. मस्त हाथी, 7. व्यवस्था, 8. धन्य, शाबाश, 9. बोझ उठाना, 10. चौकस, स्वस्थ, 11. उपजाऊ,

देखते हैं कि उन मुल्कों के बच्चे छोटी-सी उम्र में ही निहायत गन्दी आदतों के शिकार हो जाते हैं। अमेरिका के मुफ़क्किर[12] बड़ी फ़िक्र में हैं कि ये बच्चे इतने गुमराह क्यों पैदा हो रहे हैं। और वह बैठ-बैठकर नफ़्सीयाती-तौजीह[13] ढूँढ़ रहे हैं हालाँकि बात सीधी-सादी है। अमेरिका के बच्चे वहाँ के साम्राजी निज़ाम की पैदावार हैं जो वालिदैन तिजारती मंडियों और सियासी स्टेज पर कर रहे हैं, बच्चे वही स्कूलों और कॉलेजों में कर रहे हैं, वही लूटमार, वही मुँहज़ोरी और गुंडागर्दी...आज वह गुंडों के सरदार हैं, कल उन्हें फर्मों और मिलों का मालिक बनकर इसी खेल को हक़ीक़त बनाना है। वही रंगो-नस्ल की तफ़रीक़[14], एटम बम की धमकियाँ उन खेलों में रची नज़र आती हैं। उन मुल्कों को तो फ़ख्र करना चाहिए कि उनकी आइन्दा नस्लें इतनी होनहार पैदा हो रही हैं तो फिर ये हैरत और उफ़ कैसी ? उस फ़िज़ा में पलने वाले बच्चों पर कोई तालीम, कोई तबीयत असर न डाल सकेगी, सबसे बड़ी तबीयत अमल[15] है। और रूस की गवर्नमेंट का अमल वहाँ के अवाम में झलकता है। हर रूसी बच्चा इस अमल का अक्स लेकर ज़िन्दगी में क़दम रखता है। इसके अलावा बच्चों के लिए वहाँ अलैह्दा सिनेमा घर, थियेटर और लाइब्रेरियाँ हैं, जहाँ उन्हें खेल ही खेल के मेहनतकश और मुफ़ीद इंसान बनने की तालीम दी जाती है। तबीयत[16] के रुजहान को देखकर आइन्दा फ़र्ज़े-ज़िन्दगी[17] मुक़र्रर किया जाता है।

वहाँ उन्हें बताया जाता है कि एक मेहनतकश, एक फ़नकार, वह ख़्वाह किसी मुल्क और किसी रंग और नस्ल का हो, सारी दुनिया की दौलत है और उसकी अपनी दौलत है और अपने मुल्क के लिए दौलत ख़रीदकर नहीं ख़ुद अपने क़ुव्वते-बाज़ू[18] से पैदा की जाती है। बच्चों को मिलों में भारी काम नहीं दिए जाते, ताकि उनकी बढ़वार न मारी जाए।

वह माँएँ, जिनके बच्चे दिन-रात उन घरों में रहते हैं, अपने काम से लौटकर वहाँ जाती हैं और वहाँ अपने ही नहीं हज़ारों और बच्चों को कलेजे से लगाकर ममता ठंडी कर सकती हैं। रूस के दुश्मन कहते हैं कि "इज्तिमाई[19] ज़िन्दगी ने घरेलू ज़िन्दगी को फ़ना कर दिया है।" उन अहमक़ों को कौन समझाए, रूस में बाँझ को भी बच्चे गोद लेने की ज़रूरत नहीं, मुल्क के सारे बच्चे ही उसके बच्चे हैं। सारा मुल्क ही एक ख़ानदान है जहाँ न बच्चों की कमी हो सकती है न माँ-बाप की।

मगर हमारे मुल्क में हमारी सरकार की राय है कि शक्कर के दाने गिन-गिनकर माएँ बच्चों को जन्म दें, न ज़रूरत से ज़्यादा बच्चे पैदा होंगे न शक्कर की कमी पड़ेगी, क्योंकि अब ये डर हो गया है कि कम्यूनिस्ट माँ के पेट ही में बच्चे के

---

12. चिन्तक, 13. मनोवैज्ञानिक कारण, 14. भेद, 15. कर्म, 16. प्रकृति, 17. जीवन कर्तव्य, 18. निजी परिश्रम, 19. सामूहिक,

कान में सरकार के ख़िलाफ़ भड़काने वाली बातें फूँक देते हैं, तभी तो आज कल के बच्चे जन्म से शक्कर दूध के लिए मुँह फाड़े पैदा होते हैं।

इसीलिए हमारी मेह्रबान सरकार ने 'अनाज उगाव' की स्कीम से ज़्यादा ज़ोर-शोर से 'बच्चे न उगाव' की स्कीम चालू करने की ठान ली है। ऐसे मुल्क में अगर कोई ढीठ बच्चा आ ही टपकता है तो वह एक मुसीबत समझा जाता है। लोग कहते हैं, बच्चे आँख, कान और दिल का सुरुर[20] होते होंगे, मगर हमारी आँखें तो आँखों के इस नूर को नाकाफ़ी और ग़लत ख़ुराक की वजह से बुझते दीये की तरह काँपता देखती हैं। जिस बच्चे को देखिए, दुनिया भर के रोग जान को चिमटे नज़र आते हैं। ख़ून की कमी की शिकायत तो आम होती है, जिसकी वजह से आए दिन बीमारियों का शिकार होते रहते हैं। अस्पतालों में नन्हे-नन्हे मुरझाए हुए फूल हज़ारों की तादाद में क्यों खड़े रहते हैं ? सड़कों पर लाखों मासूम हाथ हमारी तरफ़ भीख के लिए फैले नज़र आते हैं, और हमारा ज़मीर[21] इस तमाचे से तिलमिलाकर रह जाता है। जिस उम्र में रूस के बच्चे खेलकूद कर सेहत बनाते हैं, हमारे बच्चे रोज़ी की फ़िक्र में परेशान फ़ुटपाथ पर पाटिया लिये बैठने में गुज़ार देते हैं। रूस में चौदह बरस की लड़कियाँ यूनिवर्सिटी की डिग्री की तैयारी करती हैं। हमारे मुल्क की इस उम्र की ज़्यादातर लड़कियाँ फ़िल्मी गीत गाकर साजन को पुकारने में गुज़ार देती हैं।

रूस में हर बच्चे को मुफ़्त तालीम दी जाती है बल्कि जब्रीया[22] तालीम दी जाती है और हमारे मुल्क के तालिबेइल्म उल्टी जब्रीया तालीम हासिल करना चाहते हैं तो उन पर लाठी चार्ज होते हैं, गोलियाँ चलती हैं और उन्हें सज़ाएँ दी जाती हैं, स्कूल में दाख़िला ही नहीं किया जाता। अब तो नामनेहाद[23] तालीम के दरवाज़े भी बन्द होते जा रहे हैं। हमारी गवर्नमेन्ट इल्म को हिमाक़त समझकर फ़ीस बढ़ाती जा रही है। ज़ाहिर है, जहाँ पेट की आग बुझाने से ही फ़ुर्सत नहीं मिलती, वहाँ तालीम के लिए ख़र्चा कहाँ से आए ? दूसरे हमारे नेताओं का ख़याल है कि तालीम हासिल करने के बाद लोग मेहनत से जी चुराने लगते हैं, मगर हम जानते हैं हमारे नेता तालीम से क्यों डरते हैं। क्योंकि वह जानते हैं कि बाशुऊर[24] इंसान का ख़ून आसानी से नहीं चूसा जा सकता। पढ़-लिखकर वह अगर अमरीकी ब्लॉक की तालीम के दायरे तक महमूद रहे तो ख़ैरियत है, मगर मुश्किल ये है कि वह रूस की तालीम पर भी नारे डालने लगते हैं जो उसे मशीन में पीसने, हलों में जोते जाने और कारख़ानों में नाकाफ़ी मुआवज़े पर जुटे रहने के ख़िलाफ़ बग़ावत पर उभारती है। हिन्दोस्तान की माँएँ जब रूसी बच्चों की तरफ़ देखती हैं तो वह अपने लालों के लिए भी वही सहूलतें माँगने लगती है, जो उन्हें मुयस्सर[25] नहीं।

20. आनन्द, 21. अन्तरात्मा, 22. ज़बरदस्ती, 23. तथाकथित, 24. बुद्धिमान, 25. उपलब्ध,

तभी तो हकूमत के दुश्मनों के कैम्प में जा शामिल होती हैं। मगर हमारी ममता मजबूर नहीं। हमें रूस के बच्चों से प्यार है, वहाँ की ख़ुशनसीब माँओं से प्यार है, वह ख़्वाह किसी मुल्क, रंग और नस्ल के बच्चे हों। दुनिया के बच्चे दुनिया की माँओं के बच्चे हैं। वह हमारे बच्चे हैं। उन पर ये मँडराते हुए गिद्ध छापा न मार पाएँगे। हम दुनिया के बच्चों के लिए, इंसानियत के मुस्तक़्बिल के लिए, हर मक्रूह[26] ताक़त से मुक़ाबला करेंगे। हमने जो कुछ अपनी ज़िन्दगी में खोया, अपने बच्चों की ज़िन्दगी में पाने की कोशिश करेंगे। हम उनके लिए उनका मुस्तक़्बिल पुरअम्न[27] और रौशन बनाने के लिए अपनी जान की बाज़ी भी लगा देंगे!

मुबारक है वह मुल्क, जहाँ बच्चे सच्चे मानों में आँखों का नूर और दिल का सुरूर हैं। मुबारक है वह मुल्क जो इंसानियत का मुहाफ़िज़ है, जहाँ औरत माँ बनकर पछताती नहीं बल्कि निस्वानीयत[28] को चार चाँद लगाती है और फ़ख़्र के साथ अपनी कोख की दौलत को फलता-फूलता देखती है।

आज हम रूस की बत्तीसवीं सालगिरह के मौक़े पर हम अह्द[29] करते हैं कि रूस के अन्जाम को मशअले-राह[30] बनाकर हम अपने बच्चों का मुस्तक़्बिल भी उतना ही रौशन, उतना ही शानदार बनाएँगे जैसा रूसी बच्चों का है। हमारी ये जंग हमारे बच्चों की ख़ातिर है। उनकी हिफ़ाज़त के लिए हम तमाम फ़ासिस्त ताक़तों से लड़ेंगे!

26. घिनौनी, 27. शान्तिपूर्ण, 28. औरतपन, 29. प्रतिज्ञा, 30. रास्ते की मशाल।

लाल चिउंटे

मुझे अच्छी तरह याद है।

और अब भी जब ख़िज़ाँ[1] के इख़्तिताम[2] पर बोर झड़कर पेड़ों पर सब्ज़ क़ुमक़ुमे टिमटिमाने लगते हैं, दोपहरें सुनसान और ऊँघती हुई हो जाती हैं और वक़्त काटे नहीं कटता, तो फिर वह भूली-बिसरी यादें ताज़ा होकर दिमाग़ में चुटकियाँ लेने लगती हैं।

ऐसी ही एक उजड़ी हुई दोपहर को जब लू के झक्खड़ आतशीं[3] भूतों की तरह फ़िज़ा में नाच रहे थे और सड़क बेवा की माँग की तरह उजड़ी और ख़ाक-आलूदा[4] हो रही थीं, बासलीक़ा[5] इंसान ख़स[6] की टट्टियों की आड़ में दुबके बैठे थे।

मैं पिछलपाई बनी आम के दरख़्तों के नीचे सिर उठाए इस ताक में घूम रही थी कि कोई सीधा-सादा दरख़्त हाथ पड़ जाए तो यह दोपहर इतनी ग़मगीन और रूखी न रहे। मेरी बादियापैमाई[7] बेकार न गई और आन की आन में दुपट्टा उतार मैं झाड़-झंकाड़ टहनियों में हरे-हरे क़ुमक़ुमे तलाश करने लगी। झोली भरने से पहले ही जी भर आया, और मैंने एक प्यारी-सी कैरी को...इससे क़ब्ल कि मेरे भूखे दाँत सब्ज़ चादर को चाक करके मदहोशकुन[8] सफ़ेदी तक पहुँचते, ऐसा मालूम हुआ कि सारे जिस्म पर बिजली के नंगे तार लिपट गए। मैं मफ़्लूज़[9]-सी होकर नीचे फिसली और दूसरे लम्हे घर वालों ने मुझे मुर्ग़े-बिस्मल[10] की तरह ज़मीन पर तड़पते पाया।

...लाल चिउंटे।

जब ज़रा बदहवासी कम हुई तो मैंने देखा कि जिस्म पर लाल-लाल चट्टे पड़ गए थे। हर चट्टे के बीचोंबीच एक भयानक चिउंटे का लाल-लाल सिर याक़ूत[11] की बूँद की तरह सेफ़्टी-पिन से टिका हुआ था। उस हाय-तौबा में धड़ तो झड़ गए थे, मगर तौबा कीजिए, खोपड़ियाँ उसी ढिठाई से दाँत गाड़े हुए थीं। मालूम होता था, चिंगारियों की चादर जिस्म पर चिपक गई है।

---

1. पतझड़, 2. अन्त, 3. आग का, 4. धूल भरी, 5. शिष्ट, 6. एक सुगन्धित घास, 7. मारा-मारा फिरना, 8. बेसुध करनेवाली, 9. जिस पर फ़ालिज गिरा हो, 10. घायल पक्षी, 11. एक प्रसिद्ध रत्न,

यह बताना बेकार है कि इसके बाद कितने दिन मरहम-पट्टी, पीप, ख़ून, चिपचिपाते हुए मर्हमों से दस्तो-गिरेबाँ रहना पड़ा और पक्के आमों से अलग हाथ धोना पड़ा।

यही वजह है कि आज भी जबकि बड़े-बड़े मारिके[12] सर कर डाले हैं, ज़िन्दगी के इंजन ने जी भरकर भुर्ता बना दिया है, वह दहकती हुई दोपहर दिलो-दिमाग़ पर अपनी मुकम्मल इफरीतियत[13] के साथ ख़ुदी हुई है, और उसी याद का वास्ता देकर नाज़िरीन[14] से इल्तिजा[15] है कि ख़्वाह आपकी दोपहरें कितनी भी उदास और सुनसान हों, लिल्लाह भूलकर भी ऐसी जगह क़दम न रखिएगा, जहाँ यह ख़ूनी दरिन्दे अपना ख़ेमा गाड़ चुके हों...और आप भी मुस्कुरा रहे होंगे कि मैं कितनी अह्‌मक हूँ। माशाल्लाह आप भी कोई नन्हे नहीं हैं, जो जलती दोपहरों में आमों की तलाश में लाल चिउंटों से उलझने जाएँगे तो अर्ज़ है कि यह दुनिया बिलकुल गोल-मोल है। क़दम बढ़ाते वक़्त बाज़ वक़्त दाँव-पेच में अपना ही पैर कुचल जाता है। यहाँ हर क़दम फूँक-फूँककर धरना चाहिए। कौन जाने यह लाल चिउंटे आपकी आस्तीन ही में साँप बने बैठे हों...और क्या। कौन जाने ? कम-अज़-कम मैं तो नहीं जानती थी...तो एक उदास दोपहर को फिर से मुझे तनहाई और बेकारी ने उकसाया...और मैं बीते हुए वाक़िया[16] को भूल दोबारा लाल चिउंटों से टकरा गई। बात यूँ हुई कि एक थकी हुई-सी शाम को जब तमाम बा-सलीक़ा इंसान सी.सी.आई. रेसकोर्स में तह्ज़ीब और इंसानियत का बेनज़ीर[17] वज़ीफ़ा[18] दुहरा रहे थे, मैं भटकी हुई पिछलपाई की तरह सिर झुकाए इस ताक में घूम रही थी कि कोई सीधा-सा मश्ग़ला[19] हाथ आ जाए, तो यह शाम इतनी नीम-मुर्दा और परेशानकुन न रहे। टैक्सी का मीटर चढ़ रहा था और इसके साथ-साथ मेरे ग़ुस्से का पारा भी ऊँचा होता जा रहा था। हर सिनेमाहॉल के आगे डरावने इश्तिहार देखकर और भी जी भुन गया। वह अशोक कुमार की चटख़नी जैसी ठोड़ी, मेहताब के उबलते हुए होंठ, स्वर्णलता का दिक़ज़दा[20] ढाँचा, वीना का पहलवानी बाज़ू, तौबा, मेरी ऐसी कौन ख़ता हो गई, जिसके जुर्म में यों अज़ाबे-दोज़ख[21] से डराया जा रहा है। "टैक्सी मोड़ो!" मैंने झल्लाकर ड्राइवर को डाँटा। कोने पर मोटर लौटते-लौटते रुक गई। सामने एक अजीबुलख़िल्क़त[22] इश्तिहार लगा था, "अमर हिन्दोस्तान...एक्सेलसीयर...अवामी थियेटर..." इन तीनों चीज़ों ने बौखलाकर रख दिया। यह भला अमर हिन्दोस्तान कौन-से हैं ? ज़रूर कोई भूतों का क़िस्सा होगा, जी, मुझे भूतों के क़िस्से बहुत पसन्द हैं। पता नहीं, क्यों! ज़रूर किसी ममी के अफ़्सानए-इश्क़ का झगड़ा होगा, वर्ना हज़रत हिन्दोस्तान को तो रह्‌लत फ़रमाए[23] काफ़ी अर्सा हो गया और अब तो सड़-गल के दूसरे मुल्कों में बतौर खाद के इस्तेमाल

---

12. लड़ाई, 13. राक्षस जैसी भयानकता, 14. पाठकगण, 15. निवेदन, 16. घटना, 17. अनुपम, 18. नित्यकर्म, 19. मन बहलाने का काम, 20. टी.बी. के रोगियों जैसा, 21. नरक की यातना, 22. विचित्र, 23. मरे हुए,

किया जाता है। कहते हैं, हिन्दोस्तान तो बेशक बंजर मुल्क है, मगर उसकी खाद बड़ी ज़रख़ेज़[24] साबित हो रही है। मैं ज़्यादा हीलो-हुज्जत[25] की क़ाइल नहीं, हुक्मराने-आज़म[26] के इस बयान पर कि हिन्दोस्तान मर चुका, मैंने कभी का फ़ातिहा पढ़ डाला है। जब मर ही गया, तो फिर बावैला से क्या फ़ायदा! लाश पीटने से क्या हासिल! मर्हूम[27] की रूह को और अज़ाब होगा। बेहतर तो यही है कि सड़ांधी लाश को चट-पट दफ़्न करके धूमधाम का तीजा किया जाए और दूसरे ज़िन्दा मुल्कों की तरफ़ मुँह उठाकर दिल को ढारस दे ली जाए। भई, हमने तो अपनी-सी सब कर देखी। देखिए न, कमबख़्त मुल्क की ख़ातिर क्या-क्या दुख नहीं सहे। गो ख़ुद मैंने तो नहीं, मगर हाँ, मेरे प्यारे मुल्क के अहमक़ जाँनिसारों ने क्या कुछ न भुगता। और भई, क्या मैं बज़ाते-ख़ुद[28] भुगतती, तभी कुछ होता। ऐसे क्या मुझमें सुर्ख़ाब के पर लगे थे कि मेरी क़ुरबानी से फटाक से मुल्क आज़ाद हो जाता। अरे, भई, इस ढीठ मुल्क को आज़ाद होना होता, तो किसी न किसी तरह हो ही जाता। अब क्या ज़रूरी था कि सब-के-सब लपेट में आ जाते। और क्या, सच्ची बात तो यह है कि भई, कुछ उम्मीद हो, तो कोई कुछ करे भी। हाँ, नहीं तो, वैसे ही ऊट-पटाँग की क़ुरबानियाँ कर बैठो। जेल से बचे तो उम्र-जेल यानी सरकारी नौकरियाँ एक सिरे से नसीब से ग़ायब...भई, न तो मैं ऐसी हिमाक़तों की तरफ़दार, और न ही क़ाइल...और क्या?

हाँ तो मैंने कहा, क्या हरज है, आज 'अमर हिन्दोस्तान' का ढकोसला ही चले। अरे, ऐसा भी क्या डरना! कोई भूत थोड़ा ही लिपट जाएगा। दूसरे एक्सेलसियर! यानी देसी ठर्रा, और एकदम ताल में! क्या कुछ न माजूने-मुरक्कब होगी। मगर लफ़्ज़ 'अवामी' से ज़रा जी खटका। क्या कहेगा टैक्सी वाला कि मेम साहब देखने में तो ख़ासी हैं, पर हैं ज़रा निचले तब्क़े की। ख़ैर, जी कड़ा करके कह ही दिया।

दरवाज़े पर से ही जी बैठने लगा। क़दम रखते ही सामने दो-चार बच्चे, अजीब हुलिये के मवाली मँडलाते नज़र आए। दो-तीन फूहड़ क़िस्म की लड़कियाँ प्रोग्राम बेच रही थीं। दमयंती को तो मैं साफ़ पहचान गई। परले दर्जे की पगली। माशाल्लाह पूरी आस्तीन का कुरता, गर्मी के ज़माने में दाँतों से नोचकर नीम-आस्तीन बना लिया जाता है, किनारे तुरपने की तौफ़ीक़ नहीं और चली हैं प्रोग्राम बेचने। अरे, ऐसा ही था, तो पोपट वाला की लड़कियों को बुला लिया होता। ख़ुदा क़सम, टामियों तक का पटरा कर डालतीं। बारह आने का प्रोग्राम पूरे एक रुपए में लेकर मैं तो जल्दी से आगे बढ़ी। टिप देने की कमबख़्त ऐसी बुरी आदत हो गई है।

हॉल में जाकर मुँह उतर गया। बस यह समझिए, बंगाल के क़हत[29] का समाँ [30] खिंचा हुआ था। परागंदा[31], फ़लक की सताई सूरतों के दो-चार बैठे ऊँघ

24. उपजाऊ, 25. बहाना और झगड़ा, 26. शासक, 27. मृतक, 28. स्वयं, 29. अकाल, 30. दृश्य, 31. परेशान,

रहे थे। अरे, यह मैंने क्या हिमाक़त की। इससे तो 'भगत बूड़मा' ही देख आती। ख़ैर, क्या हुआ, जी में सोचा, लौट चलूँ कि एकदम से मेरी नज़रें लड़खड़ाकर रुक गईं। सामने तीसरी कुरसी पर राज बैठा हुआ धुएँ के बादलों में छुपने की कोशिश कर रहा था।

तो मेरी बादिया-पैमाई बेकार न गई। दूसरे लम्हे राज मेरे बराबर वाली कुरसी पर था, और मैं उसके सिगरेट के धुएँ में ग़ल्ताँ-व-पेचाँ[32]!

लीजिए, बिस्मिल्लाह[33] ही ग़लत। पर्दा उठा, तो दो-चार कपड़े पहने उजड़े हुलिये के लोग नज़र आए। न पाउडर, न वाउडर! न झमझमाते कपड़े। बस मसली हुई धोतियाँ और ढीले-ढाले कुर्ते, और क़ौमी तराना शुरू हुआ।

मुझे याद है, यही तराना अलीगढ़ कॉलेज में सुबह ही सुबह गाया जाता था। क्या सुरीली और मीठी-मीठी लय होती थी कि गाते ही में जम्हाइयाँ आने लगती थीं और रोज़ यही जी चाहता था कि बस आज तो बजाय पढ़ाने के सब लड़कियों को नर्म-नर्म तकिये देकर हॉल ही में पड़ा रहने की इजाज़त दे दी जाए, तो मज़ा आ जाए। शुरू में तो ख़ैर, मगर ज्यों-ज्यों नग़मा तेज़ होता गया, दिल की हरकत बढ़ती गई। आख़िर में ऐसा मालूम हुआ कि दिलो-दिमाग़ की सारी खिड़कियाँ खोली ही नहीं गईं, बल्कि झँझोड़-झँझोड़कर तोड़ डाली गईं, जानो जूते मार-मारकर मनवाया जा रहा है कि 'हिन्दोस्ताँ हमारा' गरज-गरज कर चिंघाड़ा जा रहा है, कि एक दफ़ा तो बहरा कान भी चीख़ उठे। भला इन अल्लाह के बन्दों से किसने कहा होगा कि इतनी गर्मी के ज़माने में ऐसा भड़कता हुआ राग गाओ कि दिमाग़ में चर्के लगने लगें और जी बेबात हलकान हो जाए। ग़रीब राज वैसे ही जज़्बाती है, उसका सीना ऊपर-नीचे होने लगा। प्रोग्राम का वरक़[34] उलटा।

जी चाहा, घबराकर भागूँ, मगर जैसे वह मस्नूई[35] तलवारें मेरे जिस्म के दो टुकड़े कर गई थीं। "भाग यहाँ से।" पैर कहते थे।

"ज़रा ठहर।" दिल ने पुकारा। इन आ'ज़ा[36] की तू-तू, मैं-मैं से हलकान होकर मैं और भी सहम गई। पसीना पोंछकर मैंने राज की तरफ़ देखा और बिल्कुल ही लरज़ गई, पर वह गिर चुका था, मगर मालूम होता था, उसकी आँखों पर से जल्दी-जल्दी सैकड़ों परत-दर-परत पर्दे-से उठते चले जा रहे थे। उसकी आँखों में एक ज़हर में बुझी हुई चमक थी, और हज़ारों नंगी तलवारें नाच रही थीं। उसका सीना बोझल बादलों की तरह उबल-उबलकर दब रहा था।

"राज!" मैंने उसके सीने पर हाथ रख दिया, मगर जल्दी ही उस भूचाल से सहमकर मैं दूर हट गई, "राज!" मैंने फिर घबराकर पुकारा।

"क्या तबीअत ख़राब है?"

---

32. असमंजस और दुविधा में पड़ा हुआ, 33. आरम्भ, 34. पन्ना, 35. बनावटी, 36. अंगों,

''नहीं तो...'' उसने अपने आपको किसी दूर-दराज़ की दुनिया से वापस खींच कर कहा, ''घर चलोगे?''

''नहीं!'' उसने डाँट बताई, ''तौबा है, लानत है ऐसे तमाशे पर कि जी हलकान हो जाए। यह उलटे हाथ पर शान्ति थी और सामने प्रेम...मैं इन सबको जानता हूँ।'' उसने फ़ख़्रिया[37] कहा, गोया उन सबको जानना ही मक़्सदे-ज़िन्दगी हो।

''वह सचिन शंकर था, उदय का रिश्ते का भाई!''

''अरे वह लम्बोतरा-सा?''

''वह लम्बोतरा-सा क़तई नहीं था...''

ए लो...राज बुरा मान गया।

''वह बहुत ख़ूबसूरत है।''

''ज़रूर होगा।''

मैंने जलकर कहा, ''मगर उदय शंकर का भाई, ख़ूब कमाता होगा।''

''वह कुछ भी नहीं कमाता।'' गोया कुछ भी न कमाना बड़े कमाल की बात है।

''चालीस रुपए मिलते हैं।''

''रोज़?''...

''तो और क्या किसी का सिर लेगा।''

''जी...रोज़ नहीं, महीना भर में।''

प्रोग्राम का दूसरा वरक़ उलटा, मगर मैं उन अहमक नौजवानों के मुतअल्लिक़ ही सोचती रही। आह। यह होनहार यों मिट्टी में आक़िबत[38] रुला रहे हैं। अरे, साहब, यही तो वक़्त है कमाने का।

और कुछ नहीं, तो किसी फ़िल्म कम्पनी ही में चले जाएँ। देखिए न, क्या भयानक नाच फ़िल्मों में होता है, और लाखों मिल जाते हैं। इससे तो लच्छू महाराज ही ज़्यादा अक़्लमन्द हैं। मज़े से एक नाच सीख लिया है। बस उसी के ज़रीए हज़ारों कमा रहा है।

मैंने चौंककर राज को देखा। वह आतिशफ़िशानी[39] कैफ़ियत[40] गायब करके मुजस्सम[41] शेर बना बैठा था। स्टेज पर रंग-बिरंगी चिड़ियाँ सुरताल पर फुदक रही थीं। मालूम होता था, वह साज़ पर नहीं नाच रही हैं, बल्कि यह मीठे-मीठे सुर उनकी नाजुक-नाजुक हरकतों से टपक रहे हैं। उनकी हर लर्ज़िश[42] झंकार बनकर फ़िज़ा को मुर्तइश[43] करती हुई छोटी-छोटी लहरों की सूरत में दिल पर छाए जा रही थी। नन्ही-नन्ही हज़ारों गुदगुदियाँ-सी दिमाग़ की रगों में रेंगती एहसास को डुबो दे रही थीं और राज...?

राज बेहिस[44] था, मगर मालूम होता था, उसका वुजूद[45] नाच रहा था, उसकी

37. गर्व से, 38. कार्य के परिणाम से असावधान, 39. आग उगलने वाली, 40. दशा, 41. साक्षात्, 42. थरथराहट, 43. कँपकँपाती, 44. बेसुध, 45. अस्तित्व,

आँखें थिरक रही थीं और थोड़ी देर के लिए मुझे डर लगने लगा कि कहीं यह अवामी झमेला मुझे पसन्द न आ जाए।

"क्या यह भी इस कम्पनी में नौकर हैं?" ख़त्म होने पर मैंने पूछा।

"नौकर नहीं, यही मालिक हैं।"

"ख़ैर होगा," मैंने जलकर कहा, "मगर चालीस रुपए में तो...पागल हैं यह लड़कियाँ। ज़रा देखिए न फ़िल्म में क्यों नहीं चली जातीं। क्या एक से एक टेढ़ी, तिकोनी, भैंगी हीरोइन भरी पड़ी हैं और एक से एक ज़्यादा कमा रही हैं।"

और उन छह लड़कियों की हिमाक़त से मुझे लाखों का क़ौमी नुक़्सान होता नज़र आया। तभी तो हिन्दोस्तान इतना ग़रीब है। जद्दन बाई को देखिए, ख़ुदा के फ़ज़्ल[46] से आज अपनी ज़ाती कम्पनी की मालिक हैं।

इसके बाद 'मुक़द्दस रक़्स[47]' शुरू हुआ। अरे, तो अच्छा-भला रक़्स का फ़न जानते हुए यह लोग इतने अहमक़ क्यों हैं? कम-अज़-कम रक़्स तो किसी तरह भी मामूली न था। यह देखकर कुछ हत्क[48]-सी महसूस हुई कि इस अवामी थियेटर में इस क़दर शानदार फ़न कहाँ से उड़ा लिया गया है। किस क़दर दस्तरस[49] है, और वह कमबख्त तोते की शक्ल वाला तो क्या जिस्म मरोड़ता है। ऐसा मालूम होता है, मुझी को उठा-उठाकर पटख़नियाँ दे रहा है और अब जिस्म के पुर्ज़े उड़े और अब उड़े।

मैं तो पुख़्ता इरादा करके आई थी कि यह पस्त[50] तब्क़े का तमाशा पसन्द करना एक सिरे से मुझे रास ही नहीं। मैं इसे सरासर तज़ईए-औक़ात[51] समझती हूँ।

"यह कौन है धोबी की शक्ल का?"

"ऊँह, यह बनौटे है।" राज ने एक लम्बा-सा लैक्चर फिर शुरू कर दिया, और मैं हँसने लगी। कितनी मज़्हकाख़ेज़ शक्ल है, मालूम होता है, कल्लू धोबी ने गांधी जी की आँखें चुराकर लगा ली हैं। जब गाता है, तो और भी ग़ैर-इंसानी[52]-सा मालूम होता है। उसके चेहरे पर नग़मे[53] की बारीक लड़ियाँ बिखर जाती हैं और मालूम होता है, गले में तो साज़ों का ख़ुलासा निचोड़कर भर रखा है।

"ये कौन है गोल-मटोल रेवड़ी-सी?"

"यह प्रीति सरकार है।" राज ने इस क़दर मीठी मुस्कुराहट से कहा कि मेरा जी कड़वा हो गया। मैं सोचने लगी, राज को आज ही वह सोने के बटनों का सेट परेज़ेंट करना पड़ेगा।

"और वह कौन है?" मैंने कूबड़ जैसे घुँघरियाले सिर और मौलाना जैसी आस्मानी मुस्कुराहट में डूबे हुए चेहरे को देखकर पूछा।

"यह रवि दा हैं। उदय शंकर के छोटे भाई।" और मैं सोचने लगी कि उदय शंकर का पूरा ख़ानदान किसी मुल्की मरज़[54] में मुब्तला[55] मालूम होता है।

---

46. कृपा, 47. पवित्र नृत्य, 48. अपमान, 49. पहुँच, 50. निम्न, 51. समय का नष्ट करना, 52. अमानुषिक, 53. गीत, 54. रोग, 55. ग्रस्त,

और यह हर साज़ से मज़ाक़ कर रहा है। अभी तबला है, तो ज़रा-सी देर में सितार। दो घड़ी बाद झाँझन से छेड़छाड़ और फिर बाँसुरी से चटख़ारे। आदमी है कि साज़ों का जमादार...तौबा...

हाँ, तो बात कहाँ से कहाँ तक जा पहुँची। मैं क्या कह रही थी जी, कि वह लाल चिउंटे। मुझे अहमक़ न समझिए, मैं ऊटपटाँग कहने की आदी नहीं। प्रोग्राम का आख़िरी हिस्सा शुरू हुआ। इख़्तिताम[56] पर वही भूली-बिसरी दहकती हुई सुनसान दोपहर, जब मैं कच्चे आमों के लालच में पेड़ पर चढ़ गई थी, अपनी पूरी हौलनाक[57] तबाहियों के साथ दुहराई जाने लगी। देखते ही देखते लाल चिउंटों की फौज़ ने दिलो-दिमाग़ पर हमला बोल दिया। भेजे की रगों में डंक से चुभे और ज़हर फैलता चला गया। हवा में चारों तरफ़ से ग़ैर-मरई[58] चिउंटे घूमने लगे। एहसास पटाख़ों की तरह छुटने लगा। ज्यों ही पर्दा गिरा, मैंने अपने आपको टैक्सी में हाँपते-काँपते ड्राइवर को जल्दी चलने की इल्तिजा करते पाया, जैसे मेरे पीछे भूतों के ग़ोल-के-ग़ोल भागे चले आ रहे हों।

वह दिन और आज का दिन, ख़्वाह कुछ भी हो, कितनी भी उदासी और तन्हाई छाई हुई हो, ज़िन्दगी कितनी भी सुस्ती से घिसट रही हो, मैं अपने पुर-अम्न बिल से नहीं निकलती।

और आज मैंने सोचा कि मेरा फ़र्ज़ है, ख़ल्के-ख़ुदा[59] के भले के लिए आगाह[60] कर दूँ और आपको ख़ुदा की कसम, यह मज़्मून ज़रूर पढ़िएगा, इससे लाखों का भला होगा। देखिए, वह जो मैंने ज़मानए-माज़ी[61] में चन्द अहमक़ाना चीज़ें लिख दीं, उन्हें भूल जाइए। अब मेरी काया पलट गई है और लोगों का फ़लाहो-बहबूदी[62] ही मेरा दीनो-ईमान[63] है। लिहाज़ा जागिए और कानों से रुई की गोलियाँ निकाल फेंकिए। हथियार उठाइए और जी तोड़ कर दुश्मन का मुक़ाबला कीजिए, वर्ना वही होगा, जो रूस में हुआ और जिसके ख़िलाफ़ तमाम मुहज़्ज़ब क़ौमें[64] हथियार उठा चुकी हैं, उठा रही हैं और अबद[65] तक उठाती रहेंगी। उठिए और उन मुहज़्ज़ब क़ौमों का साथ दीजिए, वर्ना यह बरसों की तह्ज़ीब का निज़ाम डगमगा जाएगा। यह सदियों के मुक़द्दस उसूल बिखर जाएँगे। अर्शे-तमद्दुन[66] के कंगूरे[67] अपनी जगह छोड़ते जा रहे हैं। इल्मो-हुनर को अवाम के ग़लीज़ पैरों तले कुचलने के लिए फेंका जा रहा है...यह लाल चिउंटे दबे पैर सिर झुकाए धारीदार नेज़ों जैसे डंक बढ़ाए चुपके-चुपके हमारे निज़ाम की तरफ़ रेंग रहे हैं। आँख बची, तो यह गलीज़ सड़कों के कीड़े जिस्म को चाटकर खोखला कर डालेंगे। यही नाच-रंग, जो आज यह लोग

---

56. अन्त, 57. भयंकर, 58. जो दिखाई न दे, 59. मानवजाति, जन साधारण, 60. सूचित, 61. गुज़रा हुआ ज़माना, 62. भलाई, 63. विश्वास, 64. सभ्य राष्ट्र, 65. जिसका अंत न हो, 66. संस्कृति का आकाश, 67. गुमटी,

तमाशे कहकर दिखा रहे हैं, एक दिन तिगनी का नाच न नचा दे, तो मेरा नाम पलटकर रख दीजिएगा। इस तमाशे के ख़ातिमे पर जो कुछ मैंने देखा, वह हक़ीक़त का लिबास न पहन ले, वर्ना यक़ीन मानिए, जॉर्जेट और मख़मल ख़्वाब हो जाएँगे, और शुरफ़ा[68] भी अवाम की तरह नंगे हो जाएँगे। देखिए न, हमारी मिलों में इतना कपड़ा कहाँ से आया कि यह इतने नंगे जिस्म ढाक दिए जाएँ और अगर कोशिश भी की गई, तो रही-सही शराफ़त भी ख़ाक में मिल जाएगी। यह दो-चार बेचारे ख़ुशपोश[69], मुल्क और क़ौम की इज़्ज़त बनाए बैठे हैं, भी न रहेंगे। वही गाढ़ा-गज़ी, बाहर वाले हँसेंगे। अगर आप यूँ ही सोते रहे, तो वह दिन दूर नहीं, जब सब कुछ तबाह हो जाएगा। देखिए, यह लाल चिउंटे अभी एक-एक बारीक-सी क़तार में गुज़र रहे हैं। ऐसा न हो कि चुपके-चुपके यह क़तार क़तारों में तब्दील हो जाए।

गो यह तो इत्मीनान है कि उनकी पहुँच स्कूलों में नहीं, और हमारे बच्चे मज़े से सही तारीख़[70] रट-रटकर बड़े-बड़े उह्दे हासिल कर रहे हैं। उनका अख़बार न ही दिलचस्प और न चटपटा। ख़ुश्क काग़ज़ी चिथड़ा, जिसकी इशाअत[71] 'मान्त क़लंश' से दस गुनी कम है, जो इतना रद्दी छपता है कि रद्दी काग़ज़ की जगह इस्तेमाल करो, तो कालिख छूटने लगती है। मगर यह नई चाल जो अवामी थियेटर की आड़ लेकर चल रहे हैं, ज़्यादा ख़तरनाक हैं। ज़रा छिछोरापन देखिए इनका, तमाशा कहकर डुगडुगी बजाकर बुलाते हैं, और वहाँ ख़ुद आपका भयानक और मज़्हकाख़ेज़ ह्यूला[72] बनाकर नचाने लगते हैं। ज़रा सोचिए, रक़्स देवताओं की विद्या है। क्या यह जाइज़ है कि उसे तारीख़ का कचूमर बनाने के लिए पस्त किया जाए। 'अमर हिन्दोस्तान' में साफ़ इन लोगों ने यक़ीन दिलाने की कोशिश की है कि अंग्रेज़ बहैसियत सौदागर आए थे, और चुटकियों में हिन्दोस्तान का सौदा कर बैठे, हालाँकि मैंने आठवीं जमात में साफ़-साफ़ पढ़ा था कि बेचारे अंग्रेज़ों ने काफ़ी से ज़्यादा इनकार किया, मगर मज़बूरन क़समें दे-देकर हिन्दोस्तान उनके सिर मढ़ दिया गया। सो, ग़रीब उसे अब तक भुगत रहे हैं, हालाँकि दुनिया जानती है कि यह कितनी शरीफ़ और रास्तबाज़[73] क़ौम है। हिन्दोस्तान की ख़ातिर यह लोग क्या-क्या दुख नहीं उठाते। हुज़ूर गवर्नर जनरल अपना अच्छा-ख़ासा मुल्क उजाड़कर यहाँ दोज़ख जैसी गर्मी बर्दाश्त करने तशरीफ़ लाते हैं, यह क्या कुछ कम है और फिर पार्टियाँ खाने और गोटे के हार पहनने के लिए कितनी-कितनी दूर जाना पड़ता है। बेचारी मलिका विक्टोरिया तो ख़ुद दिल्ली तक आ गईं। चीलों के बैठने के लिए अपना मुजस्समा[74] तक लगवा दिया और इससे ज़्यादा कोई कर भी क्या सकता है। ख़ास तौर पर ऐसे ज़िद्दी मुल्क के लिए, जहाँ लोग ज़बरदस्ती काल डालने के आदी हों।

68. कुलीन लोग, 69. अच्छे कपड़े पहनने वाले, 70. इतिहास, 71. प्रकाशन, 72. ढाँचा, 73. सच्चा, 74. मूर्ति,

अब यही देखिए ना, बंगाल में लाखों मर गए, मगर काहिलों से इतना न हो सका कि कमा खाते। और तो और, सुना है, होटलों के बाहर पड़े मरते रहे, अन्दर जाने की तकलीफ़ गवारा न की। क्या कलकत्ते में होटलों की कमी है? भई, यूँ हाथ पर हाथ रखे बैठे रहोगे, तो आपको भूख लगेगी। कुआँ प्यासे के पास जाता है या प्यासा कुएँ के पास। और वक़्त की पाबन्दी तो हम हिन्दोस्तानियों को कभी आई है और न आएगी। वक़्त पर न खाने से भूख भी मर जाती है और भूख मर जाने से आदमी आप ही मरेगा।

अगर आपने उस ज़माने में ज़रा-सा भी फ़ायदा कमाया है, तो आप क़तई यह तमाशा न देखने जाइएगा। ख़्वाहमख़्वाह इन लोगों की बदमज़ाक़ी की वजह से आपके दिल को ठेस लगेगी। यह हासिद[75] किसी का फ़ायदा होते नहीं देख सकते। किसी ने मेहनत-मज़दूरी से चार पैसे कमाए और इनके कलेजे में आग लगी, और यह दुनिया का क़ायदा है कि ज़्यादा तो मासूम मुनाफ़ाखोरों को ही बदनाम करती है। लोग इन्हीं के पीछे पड़े रहते हैं। अब यही देखिए ना, इस हज़ार के नोटों वाली बदमज़ाक़ी में सिवाय कंगालों और भिखमंगों के और कौन फँसा होगा। बेचारों को हज़ार-हज़ार के नोट चार-चार, तीन-तीन सौ में बेचना पड़े। ज़रा हिसाब लगाइए तो मालूम होगा कि एक कंगले को कम अज कम लाखों का नुक़्सान उठाना पड़ा। और फिर लोग शोर मचाते हैं कि हिन्दोस्तान में गदागरी की लानत[76] है।

यह लोग हाथ धोकर काले बाज़ार के पीछे पड़े हैं। कभी बिज़नेस की हो, तो काले गोरे का पता चले। ये बिज़नेस मज़ाक़ नहीं कि उठे और नाचने लगे। इक्नोमिक्स के बारे में अलिफ़ के नाम लट्ठ नहीं आता, और चले हैं तन्क़ीदें करने। यह तो शायद बिल्कुल इब्तिदाई जमाअतों[77] में सिखाया जाता है कि रसद कम...माँग ज़्यादा। माँग कम, रसद के पौबारे। एक अक़्लमन्द इंसान चाहे तो एक मन चावल से इतना कमा सकता है कि एक अहमक़ एक मन सोने से भी नहीं कमा सकता। साहब! यह बिज़नेस के गुर हैं। अगर हमारी क़ौम के ब्योपारी उस वक़्त रसद कंट्रोल न करते, तो आज इतनी इत्मीनानबख़्श माँग हरगिज़ न होती। अजी, यही चावल भूसे के भाव फिंकता।

अगर आप यूँ ही ग़ाफ़िल रहे, तो वह दिन दूर नहीं, जब हिन्दोस्तान में भी वही होगा, जो दूसरे ज़लील मुल्कों में हो रहा है। ख़्वाह आपको कितनी भी सुस्ती सवार हो, काम ज़रूर करना पड़ेगा। आपके प्यारे बच्चे यतीमख़ानों में चले जाएँगे और बीवी सरकारी तवाइफ़ बन जाएगी। जी हाँ, यही होगा। चाहे पूछ लीजिए! बड़े-बड़े लीडरों से, सब यही कहते हैं। और क्या! और मैं कहे देती हूँ कि यह लाल चिउंटे तहज़ीब और तमद्दुन ही नहीं, बल्कि मौजूदा सरकार के ख़िलाफ़ भी लोगों को

75. जलने और डाह करने वाले लोग, 76. भीख माँगने की बुराई, 77. प्राथमिक कक्षाओं,

भड़काते हैं। यह सब अंग्रेज़ों के पिट्ठू हैं। ऊँह पता नहीं भई, यही कहते हैं लोग कि सरकारे-बरतानिया[78] ने बड़े ग़ौरो-खौज़[79] के बाद इन लोगों को अपने ख़िलाफ़ प्रोपैगंडा करने के लिए मुक़र्रर फ़रमाया है। क्या पता भई, लोग यही कहते हैं। कुछ होगा। तभी तो दुनिया कहती है। बड़े-बड़े लीडर कहते हैं। तो क्या ख़ुदा-न-ख़्वास्ता[80] मज़ाक़ करते हैं।

यह मेल के क़ाइल हैं। साफ़ बात यह कि इस घमस की गर्मी में तो मैं किसी से मिलना हिमाक़त समझती हूँ। कहाँ यह कहते हैं, एक हो जाओ। ज़रा सोचिए, अगर एक मोटे से बनिये में एक सूखा-मारा मुसलमान घोल दिया जाए, तो कितना बड़ा ढेर हो जाएगा। उबल न पड़ेगा माद्दा[81] ? इस गर्मी के मौसम में चिपचिपाते पसीने में ग़र्क़...जी चाहता है बस चले, तो अपने ही जिस्म को चीरकर आधा कर डालें, नहीं...भई, मैं गिच-पिच से बहुत डरती हूँ। दूसरे हिन्दू-मुसलमान का जोड़ ही क्या! भला आग और पानी का मेल भी हो सकता है। अगर मिल भी जाए तो नतीजा ? भाप! उल्लाह तौबा। आपकी सीनाज़ोरी से कौन वाक़िफ़ नहीं। इस ठंडे इंजन में बस भाप की कसर है। अगर गलती से पूरी हो गई, तो बस लोग मुँह फाड़े देखते रह जाएँगे और यह हैबतनाक इंजन इस जगमगाती दुनिया को रौंदता सरमस्त हाथी की तरह दनदनाता अल्लाह जाने कहाँ जाकर दम लेगा।

लिहाज़ा अभी वक़्त है, जागिए और अपनी पूरी ताक़त लगाकर इस ख़ूनी फ़िरक़े का मुक़ाबला कर डालिए। इनके बल मालूम कीजिए और तेज़ से तेज़ फ़्लिट का नुस्ख़ा ईजाद करके इस्तेमाल कीजिए। यह वैसे न मिलेंगे। इन जरासीम[82] की तलाश में आपको अच्छे-भले तन्दुरुस्त जिस्म चीरना पड़ेंगे। हज़ारों नामों और कामों की आड़ में छुपे यह अपना ज़हर फैला रहे हैं। कहीं यह अख़बारों के औराक़[83] में दुबके बैठे हैं, तो कहीं अदब की टट्टी की आड़ ले रखी है। कहीं थियेटरों का ढोंग रचाएँ! नृत्य और संगीत के ज़रीए कानों में ज़हर घोल रहे हैं, तो कहीं पर्दे के नीचे समाज के हक़ में दीमक बनकर रेंग रहे हैं।

इन्हें ढूँढ़ निकालिए। होशियारी से नथुने फुलाकर सूँघिए। इनकी बू मुल्क के कोने-कोने से ख़ुद दौड़ी आएगी, और बस नाक की सीध में दौड़कर इन्हें पकड़ लीजिए और फिर...अंजुमनें क़ायम कीजिए। जलसे कीजिए। लेक्चर दीजिए, रेज़ूलेशन पास कराइए। इनके ख़िलाफ़ प्रोपैगंडे का ऐसा जाल बिछाइए कि क़दम-क़दम पर मुँह के बल गिरें। इनके अख़बार जला दीजिए। प्रैस बन्द कर दीजिए। इनकी पेशानियों पर सुर्ख़ लोहे से बाल्शवेक दाग़ दीजिए। ये लोग बाल्शवेक हैं। गोया जानते नहीं। इनकी तह्रीरों पर क़दग़न[84] लगाइए। मुक़दमों के ज़रीए पटख़नियाँ

---

78. अंग्रेज़ों की सरकार, 79. सोच-विचार, 80. ख़ुदा ऐसा न करे, 81. भौतिक द्रव्य, 82. कीटाणुओं, 83. पन्नों, 84. प्रतिबंध,

देकर पस्त कर डालिए। ताजे-शाही की मदद लेकर कचहरियों में घसीटिए और यह जहाँ मिलें, इनको तबाह कर दीजिए। अगर ग़लती से यह अवामी थियेटर आपके शहर में प्रोग्राम पेश करने आए, तो तमाम बा-असर[85] रुऊसा[86], उलमाए-दीन[87], और सरकारी अफ़्सरों की मदद हासिल करके इसका मक़्सद तहो-बाला[88] कर दीजिए। हॉल के बाहर पिकटिंग कीजिए और अन्दर दंगा मचाइए। इतना ऊधम मचाइए कि तब्ले-जंग[89] की पुकार है। मुर्दा होकर सिसकने लगे, वर्ना याद रखिए, अगर यह ख़ूनी गरज एक बार नई पौध के कच्चे कानों में गूँज गई, तो वह इसे बर्दाश्त न कर सकेंगे, और आज जो तलातुम[90] मैंने राज के सीने में मचलते देखा, हज़ारों मासूम सीनों को तहो-बाला कर देगा। वह नंगी तलवारें, जो आज मैंने राज की आँखों में नाचती देखीं, लाखों शरीफ़ आँखों में जगमगा उठेंगी।

मैं आपको बताए देती हूँ कि यह बात हँसी में टालने की नहीं। ऐसा न हो कि इस वक़्त तो आप मुझको अहमक़ों की फ़ेहरिस्त[91] में लटका दें, और फिर एक वक़्त ऐसा आए कि आपको दस्ते-तास्सुफ़[92] मलना पड़े, फिर कुछ न हो सकेगा। चिड़ियाँ खेत का खलियान कर चुकी होंगी और वक़्त लहराते हुए साँप की तरह बग़ैर लकीर छोड़े भाग चुका होगा। फिर उस वक़्त आप कितना ही पछताएँ, मैं नादिम[93] हूँ। मुझे याद करें, मेरा मुजस्समा बनाकर शाहराहे-आम पर खड़ा कर दें, कुछ भी न होगा, क्योंकि देखिए, अगर यह लाल चिउंटे मौजूदा निज़ाम के जिस्म को एक दफ़ा लिपट गए, तो इस जन्म में तो न छोड़ेंगे और फिर यह भयानक ज़ख़्म किसी मरहम से भर न सकेगा।

लेकिन अगर अवामी थियेटर किसी न किसी तरह अपना प्रोग्राम दिखाने पर तुल ही जाए, तो ख़बरदार, टिकट हरगिज़ न ख़रीदिएगा और न किसी को ख़रीदने दीजिएगा। हाँ, अगर मुफ़्त का पास मिल जाए, तो कोई मुज़ायक़ा नहीं, क्योंकि प्रोग्राम इन कमबख़्तों का वाक़ई ज़रा दिलचस्प है। ख़ास तौर पर प्रीति सरकार की रुपहली नदी की तरह लहराती, बल खाती, थिरकती, इठलाती आवाज़। तम्बूरे की अथाह समन्दर जैसी गहरी गूँजती, गरजती, उभरती, डूबती तानें और रीबा की बरसाती झरनों की तरह झमझम करती मीठी मुरकियाँ थोड़ी देर के लिए इंसान को...लाहौल वला क़ुव्वत, मैं प्रोग्राम पसन्द करते-करते बची।

---

85. प्रभावशाली, 86. धनी लोग, 87. धर्म के विद्वान, 88. बरबाद, 89. लड़ाई में बजने वाला नक़्क़ारा, 90. बाढ़, 91. सूची, 92. पछतावे से हाथ मलना, 93. लज्जित।

छुई-मुई

आराम कुर्सी रेल के डिब्बे से लगा दी गई और भाभीजान ने क़दम उठाया। "इलाही ख़ैर!...या ग़ुलाम दस्तगीर...बारह इमामों का सदक़ा। बिस्मिल्लाह-बिस्मिलाह...बेटीजान, सँभल के... क़दम थाम के...पायँचा उठा के...सहज-सहज।" बी मुग़लानी नसीब की तरह ललकारीं। कुछ मैंने घसीटा, कुछ भाई साहब ने ठेला। तावीज़ों और इमाम ज़ामिनों का इश्तिहार बनी भाभीजान तने हुए ग़ुब्बारे की तरह हाँफती सीट पर लुढ़क बैठीं।

'पाक परवरदिगार तेरा शुक्रिया' बी मुग़लानी के मुँह से और हमारे दिलों से निकला। बग़ैर हाथ फैलाए हाँफ जाने की आदत शायद वह साथ ले के तो पैदा न हुई होंगी और नादान, दाया की लाड़भरी गोदों में इनका अचार पड़ा। फिर भी औसत दर्जे की ख़ूबसूरत, दुबली पतली लड़की चन्द ही साल में फफोले की तरह नाज़ुक बन गई। बात ये हुई कि सीधी माँ के कूल्हे से तोड़कर भाईजान के पलंग की ज़ीनत[1] बना दी गई और वहाँ एक शगुफ़्ता[2] फूल की तरह पड़े महकने के सिवा उन पर ज़िन्दगी का और कोई वार न पड़ा। बी मुग़लानी शादी के दिन से उन्हें पालने-पोसने पर मुक़र्रर कर दी गईं। सुबह सवेरे यानी जब बड़े लोगों की सुबह होती है, सिलफ़्ची सलीबची में मुँह धुलाकर, वहीं मसहरी पर जोड़ा बदलकर, चोटी कंघी सोलह-सिंगार करके भरपूर दिल्ली के नाश्ते का ख़्वान सामने चुन दिया जाता जिसे साफ़ करके मेरी फूले-फूले कल्लों वाली हथेली पर ठोड़ी रखे बैठी मुस्कुराया करती।

लेकिन ये मुस्कुराहटें शादी के दूसरे ही साल फीकी पड़ गईं और उनका सिलसिला हर वक़्त थूकने और क़ै करने में गुज़रने लगा। महकते हुए फूलों में लदी महपारा[3] के बजाय इस रोग में मुब्तला[4] बीवी पर भाईजान भी बिदकने लगे, मगर अम्माँ बेगम और बी मुग़लानी के यहाँ तो जानो बहार आ गई। पहले ही महीने से गदेले, पोतड़े इस ज़ोरो-शोर से सिलने लगे, जानो कल ही परसों में ज़च्चगी[5] होने वाली है। मारे तावीज़ों के जिस्म पर तिल धरने की जगह न रही, आए दिन के टोने-

1. सज्जा, शोभा, 2. खिले हुए, 3. चाँद का टुकड़ा, 4. ग्रस्त, 5. बच्चे का जन्म,

टोटके दम बौलाने लगे। वैसे ही भाभीजान के दुश्मन के दुश्मन काहे को चलने-फिरने के शौक़ीन थे, अब तो बस करवट भी लें तो मुग़लानी बी अल्लाह बिस्मिल्लाह की जय-जयकारों से घर सर पर उठा लेतीं और बस दिन भर वह कच्चे घड़े की तरह सैंतकर रखी जातीं। सुबह शाम पीर फ़क़ीर दम दुरुद करने और फूँकें मारने आते।

लेकिन बावुजूद कि मुग़लानी का पहरा सख़्त था, कच्चा घड़ा वक़्त से पहले ही खुल गया और अरमानों पर पानी फिर गया। डाल फिर ख़ाली रह गई। बोर झड़ गया। पर जान बची लाखों पाए, अल्लाह और देगा। घर की दौलत है। अल्लाह ने और दिया, पहले पहरे से चौगुना हो गया, मगर फिर हाथ ख़ाली। तीसरी दफ़ा तो मामला क़ाबिले-ग़ौर[6] बन गया। मारे दवाओं के भाभीजान का पलेथन निकल गया। रंग एक सिरे से ग़ायब, सिर्फ़ फूली-फूली उबली हुई शकरक़न्दी जैसी रह गईं। भाईजान की शाम रात के बारह बजे होने लगी। बी मुग़लानी और अम्माँ बेगम के तेवर भी ज़रा चढ़ने-उतरने लगे और भाभीजान को मसहरी पर पड़े-पड़े भाई जान की दूसरी शादी के शादियाने सुनाई देने लगे।

और जब अल्लाह-अल्लाह करके फिर वह दिन आया तो पीरों-मुरीदों के अलावा दिल्ली के डॉक्टर भी अपने सारे तीर-तुफ़ंग लेकर तैनात हो गए। ख़ुदा के करम से अगला महीना लगा और भाभीजान साबुन के बुलबुले की तरह रूई के फूलों पर रखी जाने लगीं। किसी को क़रीब खड़े होकर छींकने या नाक सिनकने की भी इजाज़त न थी। मबादा[7] रद्देअमल[8] से बुलबुला शक़ न हो जाए।

अब डॉक्टरों ने कहा ख़तरा निकल गया तो अम्माँ बेगम ने भी सोचा कि ज़चगी अलीगढ़ में हो। ज़रा-सा तो सफ़र है। भाभीजान दिल्ली छोड़ते डरती थीं, जहाँ के डॉक्टरों ने उनको इतना सही और सालिम कर दिया। अब आँखों की सूइयाँ ही तो रह गई थीं। दूसरे वह ज़माने के तेवर देख रही थीं। अगर अब के वार ख़ाली गया तो भाईजान को उनके सीने पर सौत लाने के कोई बहाना भी आड़े न रहेगा, अब तो वह नाम चलाने वाले की आड़ लेकर सब कुछ कर सकते हैं। ख़बर नहीं बेचारे को इतना अपना नाम ज़िन्दा रखने और उसे चलाने की क्यों फ़िक्र पड़ी थी हालाँकि ख़ुद उनका कोई ऊँचा नाम था ही नहीं दुनिया में। मसहरी की ज़ीनत का जो एक अहम फ़र्ज़ है, अगर वह भी न पूरा कर सके तो यक़ीनन उन्हें सुख की सेज छोड़नी पड़ेगी। ये चन्द साल नौजवानी और हुस्न के बल-बूते पर वह डटी रहीं, पर अब तो ज़रा तख़्त के पाये डगमगाते जा रहे थे और वह उन्हें उलट देने को तैयार था और फिर इस तख़्त से उतरकर बेचारी के पास दूसरी जगह कहाँ थी। सीना-पिरोना तो उन्होंने न सीखा और न उसमें जी लगे। दो बोल पढ़े थे, सो वह भी भूलभाल गई थीं। सच

6. ध्यान देने योग्य, 7. ऐसा न हो, 8. प्रतिक्रिया,

तो ये है कि दुनिया में अगर उनका कोई खिलाने-पिलाने वाला न रहे तो वह सिर्फ़ एक काम इख़्तियार कर सकती हैं, यानी वही ख़िदमत, जो वह भाईजान की करती थीं, ख़ल्क़े-ख़ुदा की करें।

लिहाज़ा वह जी-जान से इस बार एक ऐसा हथियार मुहय्या करने पर तुली हुई थीं, जिसके सहारे उनके खाने-पहनने का इन्तिज़ाम तो हो जाता। बाप न सही, दादा-दादी तो पालेंगे ही।

ज़बर्दस्त का ठेंगा सर पर। अम्माँ बेगम का नादिरशाही हुक्म आया और हम लोग यूँ लदे-फँदे अलीगढ़ चल पड़े। नए तावीज़ों और टोटकों से लैस होकर भाभीजान में भी इतनी हिम्मत हो गई।

''इलाही ख़ैर!'' बी मुग़लानी इंजन की टक्कर से बेख़बरी में धड़ाम से गिरीं और भाभीजान ने लेटे-लेटे दोनों हाथों से घड़ा दबोच लिया।

''है-है, ये गाड़ी है कि बिला चला, इलाही पीरों का सहक़ा...ऐ मुश्किल कुशा।'' बी मुग़लानी भाभीजान का पेट थामकर बुदबुदाकर के दुरूद, कलामे-पाक की आयतें पढ़ने लगीं। ख़ुदा-ख़ुदा करके ग़ाज़ियाबाद आ गया।

तूफ़ान मेल का नाम भी ख़ूब है। दनदनाती चली जाती है, रुकने का नाम ही नहीं लेती। डिब्बा पूरा अपने लिए रिज़र्व था। भीड़-भाड़ का ख़दशा ही न था। मैं खिड़की के सामने वाली गाड़ी में भरी हुई मख़्लूक़[9] के मुतालए[10] में महव[11] थी और बी मुग़लानी इंजन की सीटी के ख़ौफ़ से कान बन्द किए बैठी थीं। भाभीजान को तो दूर ही से भीड़ को देखकर चक्कर आ गया और वह वहीं पटरी पर पसर गईं। ज्यों ही रेल रेंगी, डिब्बे का दरवाज़ा खुला और एक गँवारी घुसने लगी। क़ुली ने बेतरह घसीटा, मगर वह चलती रेल के पायदान पर ढीठ छिपकली की तरह लटक गई और बी मुग़लानी की ''है है'' की परवाह न करके अन्दर रेंग आई और ग़ुस्लख़ाने के दरवाज़े से पीठ लगाकर हाँफने लगी।

''ऐ है मुई, तौबा है।'' बी मुग़लानी मिनमिनाई, ''ऐ निगोड़ी क्या पूरे दिन से है?''

हाँफती हुई बेदम[12] औरत ने अपने पपड़ियाँ जमे होंठों को बमुश्किल मुस्कुराहट से फैलाया और इस्बात[13] में सर हिलाया।

''ऐ ख़ुदा की सँवार, दीदा तो देखो सरकार का...तौबा है अल्लाह तौबा।'' और वह बारी-बारी अपने गालों पर थप्पड़ मारने लगीं।

औरत ने कुछ जवाब न दिया, सिर्फ़ दर्द की शिद्दत से तड़पकर ग़ुस्लख़ाने का दरवाज़ा दोनों हाथों से पकड़ लिया। साँस और बेतरतीब हो गया और पेशानी पर पसीने के क़तरे ठंडी मिट्टी पर ओस की बूँदों की तरह फूट आए!

---

9. जनता, 10. ध्यान से देखना, 11. मग्न, 12. निर्बल, 13. सकारात्मक,

"अरी क्या पलहौठी का है ?" बी मुग़लानी ने उसके अल्हड़पन से ख़ौफ़ज़दा[14] होकर कहा और इस बार कर्ब[15] का ऐसा हमला पड़ा कि वह जवाब ही न दे सकी। उसके चेहरे की सारी रगें खिंचने लगीं, लम्बे-लम्बे आँसू उसकी उबली हुई आँखों से फूट निकले। बी मुग़लानी है है, ऊई, हाए, करती रहीं और वह दर्द की लहर को घोंटती रही, बिसूरती रही और भाभीजान सिसकियाँ ले रही थीं।

"ऐ है बी कुँआरी, क्या मज़े से बैठी देख रही हो। ऐ बेटी उधर मुँह करके बैठो।" और कुँआरी ने जल्दी से मुँह उधर कर लिया। फिर ज्योंही दर्द की लहर से तड़पकर उसने आवाज़ निकाली, गर्दन क़ाबू में न रह सकी और बी मुग़लानी ने सलवातें सुनानी शुरू कीं, "ऊँह तौबा।" जैसे एक बच्चे को दुनिया में दाख़िल होते देखकर मेरा कुँआरापन मस्ख़[16] ही तो हो जाएगा। भाभीजान दुपट्टा मुँह पर लपेटे बिसूर रही थीं। बी मुग़लानी नाक पर बुर्क़ा रखे ख़ी ख़ी थूक रही थीं और रेल के फ़र्श की जान को रो रही थीं।

एकदम ऐसा मालूम हुआ, सारी दुनिया सिकुड़कर खड़ी हो गई, फिज़ा घुटकर टेढ़ी-मेढ़ी हो गई। शिद्दते-एहसास से मेरी कनपटियाँ लोहे की सलाख़ों की तरह अकड़ गई और बेइख़्तियार[17] आँसू निकल पड़े। मैंने सोचा, औरत अब मरी और अब मरी कि एकदम से फ़िज़ा का तशन्नुज[18] रुक गया। बी मुग़लानी की नाक का बुर्क़ा फिसल पड़ा और बिल्कुल भाभीजान की सलीम शाही जूतियों के पास लाल-लाल गोश्त की बोटी आन पड़ी! हैरत और मसर्रत की मिली-जुली चीख़ मेरे मुँह से निकली और झुककर उस नन्ही-सी कायनात को देखने लगी जिसने अपना लम्बा-चौड़ा दहाना खोलकर हाए-तौबा डाल दी।

मुग़लानी ने मेरी चोटी पकड़कर मुझे कोने में ठूँस दिया और उस औरत पर गालियों और मलामतों[19] का तूमार लेकर टूट पड़ीं। मैंने सीट के कोने से आँसुओं की चिलमन से झाँककर देखा तो वह औरत मरी न थी बल्कि उसके सूखे हुए होंठ जिन्हें उसने चबा डाला था, आहिस्ता-आहिस्ता मुस्कुराहट में फैल रहे थे। उसने नन्हे से साइल[20] की बावैला से बेचैन होकर आँखें खोल दीं। आड़ी होकर उसने उसे उठा लिया। कुछ देर तो वह अपने नातजर्बेकार हाथों से उसे साफ़ करती रही। फिर उसने ओढ़नी से धज्जी फाड़कर नाल को कसकर बाँध दिया। उसके बाद वह बेकसी[21] से इधर-उधर देखने लगी। मुझे अपनी तरफ़ मुख़ातिब देखकर वह एकदम खिलखिलाकर हँस पड़ी, "कोई छुरी-चक्कू है बीबी जी ?"

बी मुग़लानी गालियाँ देती रह गईं। भाभीजान ने बिसूरकर मेरा आँचल खेंचा पर मैंने नाख़ून काटने की क़ैंची उसे पकड़ा दी।

---

14. भयभीत, 15. पीड़ा, 16. बिगड़ जाना, 17. सहसा, 18. ऐंठन, 19. निन्दा, 20. माँगने वाला, 21. दुख, बेबसी,

उसका सिन[22] मेरे ही उतना होगा या शायद साल छह महीने बड़ी हो। वह अपने अल्हड़, नातजर्बेकार हाथों से एक बच्चे का नाल काट रही थी जो उसने चन्द मिनट पेशतर जना था। उसे देखकर मुझे वह भेड़-बकरियाँ याद आने लगीं जो बग़ैर दाई और लेडी डॉक्टर की मदद के घास चरते पेड़ तले ज़च्चा ख़ाना बना लेती हैं और नौज़ाईदा[23] को चाट-चाटकर क़िस्सा ख़त्म करती हैं।

बुजुर्ग लोग कुँआरी लड़कियों को बच्चे की पैदाइश देखने से मना करते हैं और कहते हैं कि ज़ेबुन्निसा[24] ने अपनी बहन के बच्चा पैदा होते देख लिया था तो वह ऐसी हैबतज़दा[25] हुई कि सारी उम्र शादी ही न की। शायद ज़ेबुन्निसा की बहन मेरी भाभीजान जैसी होगी, वर्ना अगर वह इस फ़क़ीरनी के बच्चा पैदा होते देख लेती तो मेरी ही हमख़याल हो जाती कि सब ढोंग रचाते हैं। बच्चा पैदा करना उतना ही आसान है जितना भाभीजान के लिए रेल पर सवार होना या उतरना।

और मुझे तो कुछ ऐसी भयानक क़िस्म की शर्म की बात भी न मालूम हुई। इससे कही ज़्यादा बेहूदा बातें बी मुग़लानी और अम्माँ हर वक़्त मुख़्तलिफ़ औरतों के बारे में किया करती थीं जो मेरे कच्चे कानों में जाकर भुने चनों की तरह फूटा करती थीं। थोड़ी देर तो वह फूहड़पन से बच्चे को दूध पिलाने की कोशिश करती रही। आँसू ख़ुश्क हो चुके थे और वह कभी-कभी हँस रही थी जैसे उसे कोई गुदगुदा रहा हो। फिर बी मुग़लानी के डाँटों पर वह सहम गई और बच्चे को चीथड़ों में लपेटकर अलग सीट के नीचे रख दिया और उठ खड़ी हुई। भाभीजान की चीख़ निकल गई।

इतने में बी मुग़लानी भाभीजान को टटोलती-सहलाती रहीं। उसने बाथरूम से पानी लाकर डिब्बे को साफ़ करना शुरू किया। भाभीजान की ज़रकार[26] सलीम शाही धो पोंछकर कोने से लगाकर खड़ी कर दी। फिर उसने पानी और चीथड़ों की मदद से डिब्बे से ज़चगी के निशानात दूर कर डाले। इतने हम तीनों मुक़द्दस बीबियाँ सीटों पर लदी अहमक़ों की तरह उसे देखती रहीं। इसके बाद वह बच्चे को छाती से लगाकर बाथरूम के दरवाज़े के सहारे हो बैठी जैसे कोई घर का मामूली काम-काज करके जी बहलाने फ़ुर्सत से बैठ जाए और चने चबाते ऊँघ गई। ख़ुर्जा पर गाड़ी के धचके से वह चौंक पड़ी। गाड़ी रुकते-रुकते उसने डिब्बे का दरवाज़ा खोला और पैर तौलती उतर गई।

टिकट चैकर ने पूछा, "क्यों री टिकट?" और उसने मसर्रत से बेताब होकर झोली फैला दी जैसे वह कहीं से झड़बेरी के बेर चुराकर लाई हो। टिकट चैकर मुँह फाड़े खड़ा रह गया और वह हँसती, पीछे मुड़कर देखती, भीड़ में गुम हो गई।

---

22. आयु, 23. नवजात, 24. बादशाह शाहजहाँ की बेटी जो कवयित्री भी थी, 25. भयभीत, 26. सुनहरे काम की,

"ख़ुदा की सँवार इन ख़ानगियों की सूरत पर। ये हरामी हलाली जनती फिरती हैं। मुई जादूगरनियाँ।" बी मुग़लानी बड़बड़ाईं। रेल ने ठोकर ली और चल पड़ी। भाभीजान की सिसकियाँ एक मुनज़्ज़म चीख़ में उभर आईं। "है है, मौला, ख़ैर तो है बेगम दुल्हन।" बी मुग़लानी उनका मुतग़य्यिर[27] चेहरा देखकर लरज़ीं!

और वहाँ ख़ैर ग़ायब थी।

और भाभीजान के हवन्नक़[28] चेहरे पर भाईजान की दूसरी शादी के ताशे-बाजे ख़िज़ाँ[29] बरसाने लगे :

क़िस्मत की ख़ूबी देखिए टूटी कहाँ कमन्द
दो-चार हाथ जबके लबे-बाम रह गया

नई रूह दुनिया में क़दम रखते झिझक गई और मुँह बिसूरकर लौट गई। मेरी रानी ने जो तिलिस्म होशरुबा क़िस्म की ज़चगी देखी तो मारे हैबत हमल गिर गया।

---

27. बदला हुआ, 28. घबराए हुए,, 29. पतझड़।

रिपोर्ताज़

बम्बई से भोपाल तक

"भई वाह... ख़ूब गए तुम लोग भोपाल!" यूसुफ़ ने मर्सरत से बिलबिला कर कहा।

आप सोच रहे होंगे कि ये कौन ज़ाते-शरीफ़[1] है। यूसुफ़ साहब और भोपाल में मुनअक़िद[2] होने वाली तरक़्क़ीपसन्द मुसन्निफ़ीन[3] की कॉन्फ्रेंस से इनका क्या रिश्ता है ?

अगर आपको किसी ऐसे आले की तलाश हो जिसकी मदद से बग़ैर दिमाग़ खपाए, ये मालूम हो जाए कि कौन-सी चीज़ तरक़्क़ीपसन्द है और कौन-सी रज्अतपसन्द[4], तो आप यूसुफ़ से रुजू कीजिए । जिस बात पर यूसुफ़ गालियाँ दें और काटने दौड़े, समझ लीजिए वह सौ फ़ीसदी तरक़्क़ीपसन्द है और जिस पर वह दाँत निकालकर हँसने लगें, वह रज्अतपसन्द है।

अब इसी बात से अन्दाजा लगा लीजिए कि यूसुफ़ के ख़याल में अस्करी दुनिया का सबसे बड़ा फ़्लास्फ़र है, मीरा जी अज़ीमतरीन शायर है और अब्बास ने अगर कोई सलीक़े की चीज़ सारी उम्र लिखी है तो वह 'और इंसान मर गया' का दीबाचा[5] है। सही तरीक़ा जीने का वही है जिसकी तस्वीर रामानन्द सागर ने खींची है।

तो फिर अली सरदार जाफ़री की गिरिफ़्तारी की ख़बर सुनकर जो हमारी सफ़ों में भगदड़ पड़ गई, उसे देखकर युसूफ़ की बाछें क्यों न खिल जातीं ? कोई दूसरा वक़्त होता तो मैं शायद चिढ़ जाने की कोशिश करती, मगर सीमा[6] के पाजामे नहीं सिले थे, जांगियों में सर्दी लगती। चलो अच्छा ही हुआ जो कुछ हुआ।

जाफ़री ने बड़ा घर बसाया, कैफ़ी आज़मी और नियाज़ हैदर के नाम वारन्ट। भोपाल के मुशायरे का तो मर्सिया[7] लिखा गया। जाफ़री ही हम लोगों को भी डरा-धमकाकर, बहला-फुसलाकर भोपाल ले जा रहे थे। इधर से ढील मिली, उधर हम सब-के-सब कठपुतलियों की तरह चित्त पड़ गए। इतवार के दिन ये फ़ैसला करके कि भोपाल तो जाना नहीं है, चलो तरक़्क़ीपसन्द मुसन्निफ़ीन की मीटिंग में सरदार

1. व्यंग में धूर्त व्यक्ति के लिए आता है, 2. आयोजित, 3. प्रगतिशील लेखक, 4. प्रतिक्रियावादी, 5. प्राक्कथन, 6. इस्मत चुग़ताई की बेटी, 7. शोक गीत,

की गिरिफ़्तारी पर ज़रा इज़हारे-ग़मो-ग़ुस्सा ही कर आएँ और जनाब वहाँ जाकर सूरते-हाल[8] बदली हुई नज़र आई। जाफ़री की ग़ैर-मौजूदगी[9] में कृष्ण चन्द्र सालारे-आला[10] बने मोरचा सँभाले खड़े थे।

''हमें भोपाल जाना है और अब तो ज़रूर ही जाना पड़ेगा।'' सालारे-आला ने अल्टीमेटम दे दिया। और तो और शाहिद लतीफ़[11] जो अर्सों हुआ अदब का दामन छोड़कर फ़िल्म से बावस्ता हो चुके हैं, जोश में आ गए और कहा हमारी इन्तिहाई बुज़दिली है कि अगर हमारा एक मिम्बर पकड़ा जाए तो हम सबके सब दुबक कर रह जाएँ। एक सरदार की गिरिफ़्तारी ने हम सबकी गर्दनों में कमहिम्मती का तौक़[12] डाल दिया। बस जनाब, आ गया जोश और मैंने रातों-रात सीमा के पाजामे सी डाले और ये मुख़्तसर-सा लश्कर छह बड़े और दो छोटे अफ़राद[13] पर मुश्तमिल[14] भोपाल रवाना हो गया। कृष्ण चन्द्र, महेन्द्रनाथ, शाहिद लतीफ़, मज़रूह, आदिल रशीद और मैं एक बच्ची मेरी और एक आदिल रशीद की, बाक़ी की रौनक़ सन्दूक़ों, नाश्ते-दानों और बिस्तरों ने मुहैया कर दी।

इरादा तो ये था कि थर्ड में जाएँगे मगर बाद में मालूम हुआ कि थर्ड का डिब्बा रबड़ का बना हुआ नहीं, वहाँ तो हवा की भी मजाल नहीं कि पर मार सके। वैसे थर्ड क्लास की तमाम मुश्किलात रेलवे के मह्कमे[15] ने बड़ी काविशों[16] के बाद सेकेन्ड क्लास ही में मुहैया फ़र्मा दी है लिहाज़ा हम लोग बड़े आराम से बिस्तरों, पोटलियों और सन्दूक़ों के नोकदार कोनों पर बैठकर रम्मी खेलने लगे।

इतने में आदिल रशीद ने चन्द पहाड़ियों की तरफ़ न जाने कौन-सी पहाड़ी को छाँटकर इशारा किया 'हाजी मलंग शरीफ़', 'हाजी मलंग शरीफ़' और हम सब अपने चेहरों पर तक़द्दुस[17] की घटाएँ जमा करके पहाड़ियों को घूरने लगे। उस वक़्त मज़रूह के पास दो जोकर आए थे और वह मुसिर[18] थे कि क़ब्रपरस्ती का ख़याल छोड़कर सबको ताशों की तरफ़ मुतवज्जे होना चाहिए, मगर हम निहायत दिल लगाकर दुआ माँग रहे थे : या हाजी मलंग शरीफ़! जोकर दिलवाइए या पीर दस्तगीर! जोकर दिलवाइए।

''आप लोगों को एतिक़ाद[19] नहीं है इसलिए आपकी दुआ हरगिज़ क़ुबूल न होगी।'' मज़रूह ने मौक़ा पाते ही जोकर पार कर दिया और मैं सोचने लगी : ये एतिक़ाद क्या बला है। हम लोगों को हर चीज़ बा-एतिक़ाद रखने और रखवाने की आदत क्यों है ? कब तक मुर्दों से अपने हुक़ूक़ माँगते रहेंगे। मजरूह की तरह ताश की गड्डी में से जोकर क्यों नहीं सरका लेते।

---

8. स्थिति, 9. अनुपस्थिति, 10. सेनापति, 11. इस्मत के पति, 12. लोहे की हँसली जो गले में डाली जाती है, 13. व्यक्तियों, 14. सम्मिलित, 15. विभाग, 16. खोज, 17. पवित्रता, महत्ता, 18. आग्रही, 19. विश्वास,

"ठाठ हैं इन लोगों के।" आदिल ने जगह की क़िल्लत की वजह से जिस्म तोड़-मरोड़कर मुख़्तसर[20] बनाने की कोशिश करते हुए कहा, "क़ब्र में पैर फैलाकर सोने की जगह तो मिलती है।"

"उनके यहाँ, पगड़ी-वगड़ी तो न भरनी पड़ती होगी।" महेन्द्रनाथ बोले।

"मगर चैन कहाँ है इन बेचारों के नसीब में। दिन-रात की धमा-चौकड़ी तो मची रहती है। कभी भूत उतर रहे हैं, कभी बेसुरी क़व्वालियाँ हो रही हैं और तो और लोग अपनी मुँहचढ़ी रंडियों को लेकर दादे-ऐश[21] देने भी यहीं आते हैं। इंसान मरता है ज़िन्दगी की दौड़-धूप से थककर पैर पसारने के लिए न कि यूँ अपने सीने पर कौदूँ दलवाने के लिए। यह मैंने कभी ख़ुत्बए-सदारत[22] नहीं लिखा है और न ही लिख सकने का इरादा है।" मैंने अल्टीमेटम दे दिया।

"अरे बिलकुल मुश्किल नहीं, घंटा भर में लिख जाएगा।" सालारे-आला ने इत्मीनान दिलाया।

"मगर मुझे मालूम ही नहीं कि वह कमबख़्त लिखा कैसे जाता है। समझ ही में नहीं आता कि शुरू कहाँ से करूँ...मुअज़्ज़ज़-हाज़िरीन[23]...हाज़रात..."

"नहीं जी इन हिमाक़तों की क़तई ज़रूरत नहीं।" इसके बाद उन्होंने तमाम हथकंडे ख़ुत्बए-सदारत लिखने के बाक़ायदा समझाना, शुरू कर दिए जो मेरी खोपड़ी में सूराख़ से भी घुसने पर रज़ामन्द न हुए और मुझ पर हौल[24] सवार होना शुरू हो गया।

"मैं ख़ुत्बए-सदारत सारी उम्र न लिख सकूँगी। बेहतरी है कि आप लोग एक-एक पैराग्राफ़ बाँटकर निहायत ख़ुशख़त[25] लिख डालें। मैं उसे पढ़ दूँगी जैसाकि मैंने एक दफ़ा और भी किया था।"

ये तब का वाक़िया है जब मैंने पहली दफ़ा स्कूल में काम करना शुरू किया था। हमारे मैनेजर साहब ने हुक्म दिया :

"एक ख़ुत्बए-सदारत लिख डालिए।"

"मुआफ़ कीजिएगा, मुझे ख़ुत्बए-सदारत लिखना नहीं आता।"

"अरे इसमें बात ही क्या है। घंटा भर में लिख जाएगा।" उन्होंने कृष्ण चन्द्र की तरह चुटकी बजाई थी।

"आप एक घंटा कहते हैं। एक बरस में भी इतनी सक़ील[26] चीज़ न लिख सकूँगी।"

"हैं! यानी ख़ुत्बए-सदारत सक़ील चीज़ होता है।"

"जी हाँ। और क़तई बेहूदा भी।"

---

20. छोटा, 21. मौज-मस्ती करने, 22. सभापति का भाषण, 23. माननीय उपस्थित गण, 24. भय, 25. अच्छी लिखावट में, 26. बोझल,

"मुआफ़ कीजिएगा और आप जो ये बेहूदा, मुआफ़ कीजिएगा अफ़सोसनाक हद तक बेहूदा-सी चीज़ें लिखा करती हैं..." जल गए।

"मगर आप ख़ुत्बए-सदारत तो अफ़सोसनाक हद तक बेहूदा शायद लिखवाना पसन्द न करेंगे।"

"ख़ैर साहब, मैं ही झक मारूँगा।"

वह ख़ून खौलाते रहे और दूसरे दिन बेचारे निहायत दक़ीक़[27] क़िस्म की झक मार लाए। मगर यहाँ कोई मैनेजर साहब की तरह झक मारने को तैयार न हुआ।

"आप औरतों को मर्दों के बराबर हुक़ूक़ दिलवाना चाहती हैं?" कृष्ण ने ताना मारा।

"कौन अहमक़ मर्दों से बराबरी करना चाहता है। हमारे हुक़ूक़ और हमारी ज़िम्मेदारियाँ ज़्यादा हैं और ज़्यादा रहेंगी।"

मगर कोई ताना, कोई ख़ुशामद और कोई धमकी कारामद साबित न हुई। कृष्ण चन्द्र सिर्फ़ चन्द प्वांइट से आगे न कह सके।

"अरे हाजी मलंग, हाजी मलंग।" आदिल रशीद फिर चिल्लाए।

"अरे भई ये हाजी मलंग हमारे पीछे क्यों पड़ गए हैं?" कृष्ण बोले। "ऐसा मालूम होता है हमारे साथ कॉन्फ्रेंस में भोपाल जा रहे हैं।" और कृष्ण चन्द्र ने तख़य्युल[28] की लगाम झटककर छोड़ दी..."इन पीर-फ़क़ीर लोगों की क्या कॉन्फ्रेंस नहीं होती। अगर इनकी एक कॉन्फ्रेंस हो, उसमें कलियर शरीफ़, अजमेर शरीफ़, गाज़ी मियाँ और मुईनुद्दीन चिश्ती तशरीफ़ लाते तो भला किस क़िस्म की बातचीत करेंगे। उनकी क्या मुश्किलात होंगी!"

"यही कि लोग बड़े बेहूदा होते जा रहे हैं, नज़्र-नियाज़ ग़ायब, ख़ाली-ख़ूली दुआएँ माँगने चले आ रहे हैं। इधर बौहरों और ख़ोजों की आमद में भी कमी आ गई है। बड़े-बड़े आसामी तो पाकिस्तान खिसक गए हैं, अब टटपूँजिये रह गए हैं, सो ये किस काम के। बाक़ी रहे दहरिये[29] सो इनका हश्र काफ़िरों के साथ होगा।"

"ऊँह, तो फिर ये लोग भी पाकिस्तान क्यों नहीं चले जाते। दुनिया की मन्नतें-मुरादें पूरी करते हैं, ज़रा अपना मज़ारे-शरीफ़ खिसका ले जाएँ।"

"खिसकाना ही पड़ेगा एक दिन बेचारों को। अपने बापू की कितनी ढेर सारी यादगारें[30] बन रही हैं। नई यादगारों के सामने ये बेचारी पुरानी क़ब्रों की क्या चलेगी!"

"ये आप कैसे कह रहे हैं। हिन्दोस्तान एक सेक्यूलर स्टेट है। यहाँ मज़्हबी रवादरी[31] क़ाइम रहेगी। मुसलमानों को हक़ हासिल होगा कि वह जितने हाजी मलंग बनाना चाहें, आज़ादी से बना सकते हैं।"

---

27. कठिन, 28. कल्पना, 29. नास्तिक, 30. स्मारक, 31. उदारता,

"अरे कुफ़्र क्यों बक रहे हो कमबख़्तो! हाजी मलंग को ग़ुस्सा आ गया तो रेल उठाकर पटख़ देंगे।" आदिल रशीद ने डराया!

"सेबोताज बड़ा रकीक[32]—हर्बा[33] है।" शाहिद साहब बोले।

"उतना ही रकीक जितना सिन्फ़े-मुख़ालिफ़[34] के अफ़्राद[35] को जेलों में ठूँसना है, उनकी जुबानों पर ताले डालना है, उनके अख़बारों का गला घोंटना है।" कृष्ण ने तशरीह[36] की।

"श...श...। पत्ता चलो पत्ता।" महेन्द्र नाथ बोले और हम लोग पत्ता चलने लगे।

साथ खाना भी था और भूख भी, मगर टिफ़िन कैरियर खोलने की कोशिश की गई तो मालूम हुआ कि इस मुहिम[37] को सरंजाम[38] देने के लिए ख़ास क़िस्म की नटबाज़ी की ज़रूरत है। निवाला वाक़ई मुँह के बजाय नाक में घुस रहा था। कुछ तो डाइनिंग कार की लहरें और कुछ रेल भी हिल रही थी। उधर कोई बक्स का कोना चुभ रहा था और किसी होलडाल का बक्स, उनके आर-पार हो रहा था।

"अरे साहब, इन्क़िलाब लाना मज़ाक न बाशद। साले ये सन्दूक़ और होलडाल किस शुमारो-क़तार[39] में हैं।" आज मजरूह इन्क़िलाब लाने का पक्का फ़ैसला कर चुके थे। चुनाँचे जब कोई भारी सन्दूक़ घसीटने का मौक़ा आता, शाहिद लतीफ़ ललकारते।

"मियाँ मजरूह! इसी बिर्ते पर कहते हो, इन्क़िलाब लाना है।" और जोश में आकर मजरूह बक्स घसीटते और बिस्तर घसीटते। बच्चों को बाथरूम ले जाते, ऐसे कि उनके जूते न ख़राब हों और फिर बक्स घसीटते और इस शान से कि हर बार कम्पार्टमेन्ट में इन्क़िलाबे-अज़ीम[40] का लुत्फ़ आ जाता!

खाने के बाद सोने का अहम सवाल उठा। कृष्ण चन्द्र और शाहिद लतीफ़ ने इन्तिज़ाम अपने हाथ में लिया और हम लोग शरणार्थियों की-सी मिस्कीन-सूरत[41] बनाकर बैठ गए। एक सीट मुझे और सीमा को दी गई। एक सीट आदिल रशीद और उनकी लड़की नाहीद को। हम बच्चे वालों का तो इन्तिज़ाम हो गया, रह गई एक छोटी-सी सीट और बाक़ी चार आदमी। थोड़ी-सी तू-तू, मैं-मैं के बाद ये तय हो पाया कि वह सीट कृष्ण चन्द्र और महेन्द्र नाथ को दे दी जाए। यक़ीन मानिए दो अच्छे-भले भाई न जाने किस तरह अपने आपको तोड़-मरोड़कर उस सीट पर अटक गए। रह गए शाहिद और मजरूह तो उनकी हालत ये थी कि अगर सुई की नोक पर भी लटका दिए जाते, तब भी निहायत आराम से सो जाते। चार घड़ी गठरियों, पोटलियों और बड़ी साख़्त के सन्दूक़ों पर वह लोग बैठे-फैले, फिर ख़र्राटे लेने लगे।

32. तुच्छ, 33. हथियार, वार, 34. स्त्रीवर्ग, 35. व्यक्तियों, 36. स्पष्टीकरण, 37. कठिन काम, 38. पूर्ति, 39. गिनती, 40. महान क्रान्ति, 41. दीन-दुखी की सूरत,

भुसावल के स्टेशन पर मालूम हुआ कि वहाँ के तरक़्क़ीपसन्द मुसन्निफ़ीन को न जाने किस तरह ख़बर मिल गई कि आज भोपाल जाने वाले इधर से गुज़रेंगे। वह लोग हार-फूल लिये इतनी सर्दी में बेतुकी रफ़्तार से आने वाली गाड़ी का इन्तिज़ार कर रहे थे। उन्होंने हमें एक ही पैग़ाम दिया कि भोपाल में मुनअक़िद होने वाली कॉन्फ्रेंस में मैदान तरक़्क़ीपसन्द मुसन्निफ़ीन के हाथ से छिनकर कहीं रजअत पसन्दों के क़ब्ज़े में न चला जाए। ये सुनकर ऊँघती हुई फ़िज़ा चौकन्नी हो गई और हम लोग अपने गलों में उनके हार और दिलों में उनका क़स्द[42] लेकर रवाना हो गए। किसी एक महाज़[43] पर हमें शिकस्त हो गई तो बाक़ी के लिए महाज़ कमज़ोर पड़ जाएँगे। ऐसा नहीं होगा।

पलक झपकते रात गुज़र गई। पौं फटते ही मजरूह ने हल्क़ फाड़कर पुकारना शुरू किया कि चाय आ गई है, अगर फ़ौरन न पी गई तो ठंडी हो जाएगी। बिस्किट भी खाने पड़ेंगे वर्ना पैसे ख़राब होने का अंदेशा[44] है। ख़ैर साहब चाय भी पीनी पड़ी और पिचपिचा-सा बिस्किट भी खाना पड़ा।

मजरूह एक तरक़्क़ीपसन्द शायरों के नुमाइन्दा बनकर जा रहे थे, क्योंकि अल्लाह के बंदे वही बाक़ी बच रहे थे, क्योंकि भोपाल से उन्हें सीधे अपनी बरात में शिरकत करने के लिए जाना था, लेकिन वह निहायत खुरेपन से झेंप रहे थे, जैसे अगर वह दूल्हा बन गए तो इन्क़िलाब न ला सकेंगे। शादी बज़ाते-ख़ुद[45] एक रजअत पसन्द फ़े'ल[46] है। ख़ास तौर पर ऐसी हालत में कि फ़रीक़े मुख़ालिफ़[47] गाँव की एक नाख़्वांदा[48] अल्हड़ दुल्हन हो, जैसी कि मजरूह के पल्ले बाँधी जा रही थी।

''अरे भई, तो क्या ज़बरदस्ती है। क्यों कर रहे हो तुम ऐसी शादी ?'' महेन्द्र नाथ झल्लाए।

''इसलिए कि मैं नहीं चाहता कि मेरी गृहस्थी ज़िन्दगी चिकनी हमवार सड़क पर तेल दिए हुए पहिये की तरह फिसलती चली जाए। मुझे हिचकोलों की ज़रूरत है। मैं ख़ानाआबाद[49] होकर बीवी-बच्चों की मुहब्बत में ऊँघ जाऊँगा, फिर ये कसक, ये ठेस और ये गुदाज़ मुंदमिल[50] हो जाएगा।

और मैं सोचने लगी ये क्या बात है। ये अदीब और शायर गाँव की भोली-भाली अल्हड़ दोशीज़ा को सिर्फ़ तख़य्युल की दुनिया में उछालते हैं और जो ज़िन्दगी में आमना-सामना हो जाए तो सर पकड़कर बैठ जाते हैं। ये क्यों... ?

इन मर्दों को अपने सारे कारनामों का इल्ज़ाम औरत के सर थोपने में क्या मज़ा आता है। जब तक कलेजे पर बेवफ़ाई का ज़ख़्म न लगे, शायरी की मदिरा नहीं छलकती। इल्हाम[51] सादिर होने के लिए लाज़िम है कि कोई चकफेरियाँ देकर छोड़

---

42. संकल्प, 43. युद्धक्षेत्र, 44. भय, 45. अपने-आप में, 46. काम, 47. विरोधी पक्ष, 48. अशिक्षित, 49. घर बसाकर, 50. भर जाना, ख़त्म होना, 51. आकाशवाणी,

दे...मगर अपने मिज़ाज को तो ये नुस्ख़ा उल्टा पड़ गया। शायद ख़ुराक उँडेलते वक़्त हाथ बहक गया और मिक़्दार[52] कुछ ज़्यादा हो गई। अब हकीमों ने ये राय क़ायम की है कि कोई निहायत मुलय्यिन[53]-सी माजून अल्लाह-शाफ़ी[54] कहकर दी जाए तो यक़ीनन शायरी की मुरझाई हुई कोंपल में जान पड़ जाएगी। और मैंने दुआ माँगी कि ख़ुदा करे, ये गाँव की नई-नवेली दुल्हन जल्दी ही दाँव-पेंच सीख जाए और मजरूह के दिल को दो-चार ऐसे अड़ँगे लगाए कि एक बार वाक़ई ग़मे-जानाँ[55] फैलकर ग़मे-दौराँ[56] हो जाए!

भोपाल के स्टेशन पर लोग इस्तिक़बाल के लिए मौजूद थे। मैं और शाहिद, जाँनिसार अख़्तर के यहाँ पहुँच गए। आदिल रशीद अपनी सुसराल चले गए और कृष्ण चन्द्र, महेन्द्र वग़ैरा को अख़्तर सईद ले गए। उस छोटे से सफ़र के बाद ही ये बँटवारा कुछ शाक़[57] गुज़रा।

जाँनिसार अख़्तर के घर पहुँचे तो ज़ीने ही पर मैं और सफ़िया[58] ऐसे भद्देपन से गले मिले कि नीचे लुढ़कते-लुढ़कते बचे। ऊपर पहुँचकर दूसरे के बच्चों का जायज़ा लेना शुरू कर दिया। सफ़िया ने कहा, मेरी बच्ची हम दोनों से अच्छी है और मैंने कहा, उसके बच्चे उन दोनों से अच्छे हैं और फिर हम दोनों ने फ़ैसला किया कि हम एक बेहतर दुनिया की बुनियाद डाल रहे हैं, एक तन्दुरुस्त और बेहतर दुनिया।

नाश्ता करके सफ़िया तो किसी काम से कॉलेज चली गई और मोहम्मद से कह गई कि जो कुछ जी चाहे पकवाओ और खाओ और मुझे ख़याल आया कि मुझे एक झक मारना है यानी ख़ुत्बए-सदारत...उफ़ मेरी जान निकल गई। मेरी ही बच्ची क्या कम थी कि और सफ़िया मेरी तुर्बत[59] पर अपने दोनों चिराग़ रौशन कर गई।

शुक्र है ख़ुत्बए-सदारत फ़सादात के बारे में था। उन तीन बच्चों ने मिलकर मेरी हस्ती को खंड बनाने का तहीया[60] कर लिया था। कृष्ण चन्द्र का कहना है कि मैंने इसमें तल्ख़नवाई[61] से काम लिया। ज़रूर लिया होगा। बख़ुदा इसमें मेरा कोई क़ुसूर नहीं। उफ़ ये बच्चे!

कॉन्फ्रेंस के पहले इजलास में जाते वक़्त मेरी और सफ़िया की किसी निहायत ही मामूली बात पर खटपट हो गई। उसका कहना था कि मेरे ख़मीर[62] में तेज़ाबियत[63] बहुत है और मैं कहती थी कि उसे बनाते वक़्त फ़रिश्तों ने मिट्टी की बजाय सादे पानी, शहद और दूध में गूँध डाला था। हम एक-दूसरे को अहमक़ समझते हुए मंटो हॉल पहुँच गए। हॉल के एक कोने में पर्दे का इन्तिज़ाम था। मर्दाने में भीड़ कम थी, मगर ज़नानख़ाने में काफ़ी गहमागहमी थी।

---

52. मात्रा, 53. नर्मी पैदा करनेवाली, 54. अल्लाह रोगमुक्त करे, 55. अपना दुख, 56. सांसारिक दुख, 57. कठिन, 58. जाँनिसार अख़्तर की पत्नी, 59. क़ब्र, 60. संकल्प, 61. कड़वी बातें, 62. प्रकृति, 63. तेज़ाब मिला हुआ, अम्लता,

हॉल बड़ा था और माइक्रोफ़ोन कुछ अजीब ढीठ क़िस्म का, कुछ समझ में नहीं आ रहा था और लड़कियाँ रुआँसी होकर इस कोने से उस कोने तक इस उम्मीद में दौड़ रही थीं कि शायद एक आध लफ़्ज़ लपक सकें। जब नाउम्मीद हो गईं तो ख़ालिस औरतों के अन्दाज़ में बैठकर तरक़्क़ीपसन्द मुसन्निफ़ीन की नाकों और मूँछों पर नाक़िदाना[64] बहस-मुबाहसा[65] करने लगीं, लेकिन न जाने क्या हुआ कि एकदम से माइक्रोफ़ोन जाग उठा, ज्यों ही कृष्ण चन्द्र ने ख़ुत्बए-सदारत शुरू किया, उनकी आवाज़ साफ़ आने लगी। इस पर मैंने और सफ़िया ने एक बोगस क़िस्म का लतीफ़ा एक-दूसरे के कान में फूँका।

ख़ुत्बए-सदारत पसन्द किया गया, न सिर्फ़ अपने मौज़ू[66] की बिना पर बल्कि कृष्ण की उस शायरी के बलबूते पर जिस पर एक दफ़ा अली सरदार जाफ़री को भी एतिराज़ हुआ था। मैंने देखा कि कृष्ण का तर्ज़े-तह्‌रीर[67] नौ-ख़ेज़[68] दिलों को बड़ा मशहूर बना देता है। कृष्ण जूता भी मारता है तो शायरी में लपेटकर और यही वजह है कि ज़र्ब[69] गहरी पड़ती है, मगर निशान नहीं पड़ता। मेरा दिल बैठने लगा। मैं तो जैसे खरौंचे-से मारती हूँ जिनसे खाल छिल जाती है। ख़ुत्बए-सदारत का भूत दाँत निकोसकर मुझे मार डालने लगा, वापस आकर मैंने उसमें से कई एक काँटे ज़रा ख़ुट्टल किए।

कितने दिमाग़ों पर कृष्ण को गिरिफ़्त[70] हासिल है। कच्ची टहनियाँ उसकी तह्‌रीर की आँधियों के रुख़ पर झुक रही है। कितने मासूम दिलों में तफ़क्कुर[71] का बीज पड़ रहा है। नए ऐवानों[72] की बुनियाद डाली जा रही है, अगर मेमार[73] का हाथ लरज़िश[74] खा जाए तो... ? क़लम भी तो रहनुमाई करता है, कभी-कभी भटका भी देता है, ये कोई मामूली ज़िम्मेदारी नहीं।

दूसरे दिन शाहिद लतीफ़ ने जल्से की सदारत की। ज़फ़र साहब ने अपना एक ड्रामा पढ़ा, लेकिन माइक्रोफ़ोन का दिमाग़ आज फिर सातवें आस्मान पर था। दूसरा ड्रामा ज़रा तवील[75] था, तीसरा मौसूफ़[76] ने उसे मुकर्रर वक़्त में ख़त्म करने की ग़रज़ से बेहद सरपट पढ़ा। मैंने भी कहानी पढ़ी सिर्फ़ ट्रायल के ख़याल से कि कहीं ख़ुत्बए-सदारत पढ़ते वक़्त टाँगें लरज़ कर घिग्घी न बँध जाए मगर इस क़िस्म का कोई हादसा पेश न आया। न ही घिग्घी बँधी न ही टाँगें लरज़ीं। कितने ही हाजी मलंग शरीफ़ हमने अपनी पीठ पर सवार कर रखे हैं, उन्हें कब पटख़ चुकेंगे। अभी कितने मर्हलों[77] से हमें गुज़रना है। मैं जो बड़ी आज़ाद तरक़्क़ीपसन्द बनती है, इन वाहिमों[78] के चंगुल में फँसी बैठी हूँ। तो फिर वह जो पर्दों के पीछे

64. आलोचनात्मक, 65. वाद-विवाद, 66. विषय, 67. लेखन-शैली, 68. किशोर, 69. चोट, 70. पकड़, 71. सोच, 72. भवनों, 73. निर्माणकर्ता, 74. कम्पन, 75. लम्बा, 76. कथित, 77. कठिन कामों, 78. भ्रमों,

दुबकी बैठी हैं, उनसे क्या कह सकती हूँ।

सुन्दरलाल जी की सदारत में तरक़्क़ीपसन्द मुसन्निफ़ीन की कॉन्फ्रेंस का इजलास बड़ा शानदार और रोबदाब का रहा। उन्हें माइक्रोफ़ोन की तो ज़रूरत न थी। हॉल का कोना-कोना उनकी ख़तीबाना[79] ललकार से गूँज रहा था। मुझे तो बस इस बात पर रश्क आ रहा था कि वह ख़ुत्बए-सदारत लिखने के बजाय बोल रहे थे। मौज़ू[80] 'उर्दू ज़बान की हिमायत'[81] था, लेकिन वह तो चौमुखी रसीद कर रहे थे। कभी दो हाथ सियासत के, कभी इक़्तिसादीयात[82] के, कभी एक-आध झाँपड़ मज़हब के, रसीद कर देते थे। फिर हिन्दू मुसलमान दोनों को भिगो-भिगो कर रसीद की। बीच-बीच में हस्बे-मौक़ा एक-आध अल्लाह-मियाँ के भी चिपकाते जाते थे। फिर जेलख़ानों और उनके मालिकों की टाँग घसीट डाली। दो-चार पटख़नियाँ अखंड हिन्दी और उर्दू को भी दे डाली। सिवाय खाने-पकाने और सीने-पिरोने के नुस्ख़ों के दुनिया के हर पहलू को झंझोड़कर रख दिया। उनकी तक़रीर सुनकर ये तो यक़ीन हो गया कि सुन्दरलाल जी मुख़्तलिफ़ जुबानों में मुख़्तलिफ़ बातों पर एक ही वक़्त में एक ही रवानी[83] के साथ तक़रीर करने की हैरतअंगेज़[84] महारत रखते हैं। मिठास और कड़वाहट, नमकीनी और तुर्शी निहायत ही मौज़ूँ[85] और नपी-तुली मिक़्दार[86] में शामिल करते जाते हैं। कहीं तो मरीज़ को पछाड़कर नुस्ख़े में उतारते हैं तो कहीं चुपके से शक्कर में लपेटकर कुनैन की गोली खिला देते हैं, मगर पूरा नुस्ख़ा कुछ भारी पड़ जाता है। कहीं-कहीं लोग बिलकुल खो से जाते हैं कि न जाने क्या बेतुकी-सी हाँक रहे हैं मगर जब उन्होंने पेशीनगोई[87] के तौर पर कहा कि "हिन्दोस्तान में चीन की तरह इन्क़िलाब आएगा और ज़रूर आएगा और कोई ताक़त उसे न रोक सकेगी" तो कुछ लोग चौकन्ने हो बैठे लेकिन सारा हॉल तालियों से गूँज उठा। उन्होंने ये भी कहा कि उर्दू हिन्दोस्तान से मिटाए न मिटेगी जैसे अंग्रेज़ी अंग्रेज़ों की अथक कोशिशों के बावुजूद हिन्दोस्तान की मादरी जुबान को शिकस्त न दे सकी, इसी तरह अखंड हिन्दी और उर्दू को फ़ना[88] न कर सकेगी। बल्कि इन दोनों ज़बानों के मेल से हमें एक नई ज़बान को जन्म देना होगा और वह होगी हिन्दोस्तानी!

एक इजलास से दूसरे इजलास का दरमियानी वक़्फ़ा[89] मैंने उमूमन[90] ज़नानखाने में गुज़ारा। तीन साल पहले मैंने हैदराबाद की तालिबात[91] के दरमियान भी थोड़ा-सा वक़्त गुज़ारा था। मुझे ये देखकर खुशी हुई कि हैदराबाद की लड़कियों से भोपाल की लड़कियाँ एक क़दम आगे बढ़ आई हैं। मसलन हैदराबाद की लड़कियों ने पूछा कि मुहब्बत के बारे में आपकी क्या राय है? मैंने जवाब दिया था कि मुहब्बत के बारे में क़तई एक्सपर्ट होने का दावा नहीं करती। मुझे मुहब्बत का मौजूदा तरीक़ा भी

79. वक्ता जैसी, 80. विषय, 81. पक्षपात, 82. अर्थव्यवस्था, 83. प्रवाह, 84. आश्चर्यजनक, 85. उचित, 86. मात्रा, 87. भविष्यवाली, 88. नष्ट, 89. अंतराल, 90. प्राय:, 91. छात्राओं,

अगर उसमें देवदासियत हो तो क़तई पसन्द नहीं। एक क़िस्म की ज़रूरत है, जैसे भूख और प्यास। अगर वह सिर्फ़ जिंसी[92] ज़रूरत है तो उसे बुझाने के लिए गहरे कुएँ खोदना हिमाक़त[93] है। बहती गंगा में भी होंठ तर किए जा सकते हैं। रहा दोस्ती और हमख़याली की बिना पर मुहब्बत का दारोमदार तो इस मुल्क की आबो-हवा इसके लिए साज़गार नहीं।

भोपाल की लड़कियों ने मुझसे ज़्यादातर सवाल पाकिस्तान के मुस्तक़्बिल के बारे में किए। हिन्दोस्तान का मुसलमानों के मुतअल्लिक़ कोई हल मालूम करना चाहा। दो चार ने इश्तिराकीयत[94] के मुतअल्लिक़ भी छोटे-छोटे सवाल किए। ऐसा मालूम होता था कि उनकी ज़िन्दगियों में रोमान तो है मगर कुछ फीका-सा। वह अब बेबाकी से रोमांस लड़ाने के बजाय कुछ और भी करना चाहती हैं। वह क्या? ये उन्हें नहीं सूझता।

अब जिगर थाम के बैठो, मेरी बारी आई। ख़ुदा की पनाह। ये भीड़ है या मेरी आँखों को एक-एक के चार नज़र आ रहे हैं। जिधर देखो इंसानों के चेहरे। आज ज़नानख़ाना घसीटकर बहुत दूर कोने में रख दिया गया था। माइक्रोफ़ोन ठप्प पड़ा था। मगर जाँनिसार अख़्तर मुँह में ठूँसे देते थे। चूँकि वह इसका किराया दे चुके थे लिहाज़ा बक़ौल कसे,[95] ख़ान अपना माल खा ही नहीं रहा था, बल्कि दूसरों को भी खिला रहा था। ऐसा मालूम होता था कि माइक्रोफ़ोन गला दबोच लेता है। एक बार आवाज़ निकाल लेता है और फिर बढ़ाकर उगलने के बजाय डकार जाता है। हॉल में बराबर कानाफूसी हो रही थी। पर्दे के पीछे से बीवियाँ खुसर-फुसर कर रही थीं। ख़ुदा-ख़ुदा करके पर्चा ख़त्म हुआ।

दूसरे इजलास में ड्रामा ख़ाक पल्ले नहीं पड़ा। किसी को अपना पार्ट याद न था। पैरामीटर की आवाज़ सब पर ग़ालिब थी। सितम-ज़रीफ़ी देखिए, वह लड़के साहब जो लड़की का पार्ट कर रहे थे, शेव करना भूल गए थे। चोटी किसी अहमक़ ने इतनी ढीली लटकाई थी कि मालूम होता था कि अब टपकी और जब टपकी।

लड़कियाँ तो बेचारी इसी हौल में मरी जा रही थीं कि ड्राप सीन होने से पहले चोटी ज़रूर टपक जाएगी। लेकिन जब ड्रामा बख़ैरो-ख़ूबी चोटी समेत अन्जाम[96] पा गया तो सबने इत्मीनान की साँस ली। इतनी देर जानो सूली पर लटके रहे।

दूसरा लड़का, जिसने लड़की बनने की सइए-बलीग़[97] फ़रमाई थी, सीने पर इतना गूदड़ ठूँस लाया था कि लड़कियाँ शर्म और ग़ुस्से के मारे मरी जा रही थीं। दो-एक ने आकर मुझसे शिकायत की।

---

92. यौन सम्बन्धी, 93. बेवक़ूफ़ी, 94. साम्यवाद, 95. किसी के कथनानुसार, 96. अन्त, 97. भरपूर प्रयत्न,

"देखिए तो कैसा औरत का हयूला[98] बनाकर मज़ाक़ उड़ाया जा रहा है।" मैं पहले ही जली बैठी थी, जी चाहा मुँह नोंच लूँ कमबख़्तों का। मैंने कहा, "यही सज़ा है तुम लोगों की। तुम पर्दे में बैठो और जी भरकर बैठो और तुम्हारे भूत बनाकर लोग एक-दूसरे को डराने के काम में लाएँ। जानती हो तुम्हारी इस पर्दादारी ने कितने दिमाग़ों को तोड़-मरोड़कर उल्टा कर दिया है और तुम्हें तो मज़्लूम[99] बनने की आदत पड़ चुकी है। मुझे इस क़िस्म की लड़कियों से कोई हमदर्दी नहीं, जो ख़ुद अपनी मदद आप करना न जानती हों।" मैंने अर्ज़े-गुनाह के जवाब में कहा।

लड़कियों के मुँह उतर गए और मुझे याद आ गया, सफ़िया सच कहती है : मेरे ख़मीर में तेज़ाबियत बहुत ज़्यादा है जो सिर्फ़ दुख पहुँचा सकती है। जो नर्मो-नाज़ुक सतह को खरोंच डालती है। मैंने इरादा कर लिया, आज तो ज़रूर सफ़िया के क़ौल[100] को झुठला दूँगी और मैंने अपने लह्जे[101] में थोड़ा-सा शहद मिलाना शुरू किया।

आप ही सोचिए आपके लिए मर्द क्या-क्या करे। हाथ नहीं बँटा सकती तो कम-से-कम अपना बार[102] ही उनके शानों[103] से उठा लीजिए। मगर इस लेक्चरबाज़ी में मेरा दिल क़तई न लगा। एक बात देखी मैंने उन पर्दानशीन लड़कियों की आँखों में, उनकी लाचारी और बेकारी के साथ-साथ अब एक हल्की-सी रमक़[104] झल्लाहट और ग़ुस्से की भी कभी-कभी छलकने लगती है। मैंने सोचा, ये ज़्यादा दिन यहाँ न रुक सकेंगी। कुछ तो उनमें ऐसी हैं जो मुंतज़िर[105] हैं कि कोई रौशन ख़याल अल्लाह का बंदा उन्हें ब्याह कर ले जाए और चौथी-बरी के जोड़ों के साथ-साथ मुँह दिखाई में उन्हें आज़ादी भी नज़्र[106] कर दे। फिर ये उस आज़ादी को लेकर मज़े से सिनेमाओं, पार्टियों में घूम सकेंगी। ये मुझे बाहर घूमते-फिरते देखकर रश्क[107] कर रही हैं। कुछ लड़कियों की आँखों में तो मैंने हद से ज़्यादा बेसब्री देखी। वह अपनी मौजूदा फ़िज़ा से इतनी घबरा गई हैं कि उसे हर क़ीमत पर छोड़ने को तैयार हैं और वह उस पहले शख़्स के साथ निकल भागेगी जो उन्हें ये सब कुछ देने का वादा करे।

"बताइए ना, हम क्या करें।" उन्होंने मुझे ख़ामोश देखकर कहा, "मैं अगर आपसे कहूँ आप पर्दा छोड़ दीजिए, तालीम हासिल कीजिए, नौकरियाँ कीजिए, तालीमे-बालिग़ान[108] में दिलचस्पी लीजिए वग़ैरा-वग़ैरा तो मुझे मालूम है कि उसमें कुछ नहीं धरा है। आप पर्दे की क़ैद में गिरिफ़्तार हैं। आपकी बहनें जाहिल हैं। आपके मुल्क के बच्चे भूखे हैं, नंगे हैं। नौजवान बेरोज़गार हैं, बीमार हैं। ये पर्दा, ये जहालत, ये भूख, इफ़्लास[109], ये सब एक ही पेड़ के फूल-पत्ते हैं। ये एक ही ज़ंजीर

---

98. रूप, 99. पीड़ित, 100. कथन, 101. स्वर-शैली, 102. बोझ, 103. कंधों, 104. थोड़ा-सा अंश, 105. प्रतीक्षक, 106. भेंट, 107. ईर्ष्या, 108. प्रौढ़ शिक्षा, 109. निर्धनता,

की कड़ियाँ हैं। आप अगर इन फूल पत्तियों को एक बार नोच भी डालें तो इनमें फिर नए पत्ते फूट आएँगे, जिनमें इससे ज़्यादा घिनावने फल-फूल खिलेंगे, इसलिए हमें जड़ों के ख़िलाफ़ जंग करनी चाहिए।''

''हमें इन जड़ों को उखाड़ने के लिए क्या करना चाहिए।'' उन्होंने सवाल किया और फिर मैं सटपटाई। ये लड़कियाँ मेरा इम्तिहान ले रही हैं और मुझे थर्ड नम्बरों से भी पास होने के रोड़े पड़े हैं और उनके इस छोटे-से सवाल का जवाब भी न दे सकी और मेरा सर नदामत[110] से झुक गया। हमारे पास कोई भी ऐसा प्रोग्राम नहीं जिसे हम अपने नौजवानों के सामने पेश कर सकें। कोई रास्ता ऐसा नहीं जिसकी तरफ़ इशारा करके कह दें, उधर सीधे चले जाओ।

''आप लिट्रेचर पढ़िए।'' मैंने चाहा इस वक़्त उन्हें आसान-सा नुस्ख़ा पकड़ाऊँ जिसे ये इस्तेमाल करें, दूसरी कोई पेटेंट दवा तैयार हो ही जाएगी। हालाँकि मुझे अच्छी तरह मालूम था कि ये लड़कियाँ भला क्या पढ़ सकेंगी। ये उम्र, ये माहौल, ये फ़िज़ा। यहाँ तो बस किस्से कहानी और नाविलों ही की खपत हो सकती है और फिर मेरे ख़मीर की तेज़ाबियत ने ज़ोर मारा। कल ही तो किसी लड़की ने मुझसे कहा था : यहाँ ज़्यादातर लड़कियाँ रऊसा[111] या खाते-पीते लोगों की हैं। लाहौल-वला-क़ूव्वत[112]! मैंने स्त्री सुधार का प्रचार क्यों शुरू कर दिया, सुधार मेरा मक़्सद ही नहीं। इस खंडहर की मरम्मंत में जान खपाना हिमाक़त है। उसे तो ढाकर नए ऐवान[113] बनाने होंगे। बहुत दिन मरहम-पट्टी कर ली अब नश्तर[114] की ज़रूरत है, जो तेज़ भी हो और फुर्तीला भी। मगर मेरे पास लड़कियों की बात का कुछ जवाब होना चाहिए। मैंने सोचा। इस वक़्त बाहर भागना चाहिए। बाहर मैदानों में बड़े-बड़े सूरमा बैठे हैं, शायद इन लड़कियों को चुस्त करने की कोई दवा बता दें। कृष्ण चन्द्र से पूछूँगी, वह ज़रूर बता देंगे। जब बाहर आई तो कृष्ण चन्द्र तलबा[115] के नर्ग़े[116] में घिरे फ़रमा रहे थे :

''बात दरअस्ल ये है कि हमारे सामने कोई तामीरी[117] प्रोग्राम नहीं है। ये तो हम जानते हैं कि हमें क्या करना है लेकिन वह ही मसल है कि बिल्ली के गले में घंटी कौन बाँधे और कैसे बाँधे।''

मैंने कहा, ''तो भई मसीहा ख़ुद गिरिफ़्तार हुआ है।'' तीसरे दिन महेन्द्र नाथ ने सदारत की। उनका ख़ुत्बए-सदारत ज़नानख़ाने में बड़े ही इत्मीनान से सुना गया, क्योंकि वहाँ ज़्यादातर नौजवान लड़कियाँ थीं। जो कुछ महेन्द्र ने कहा उससे बहुत क़रीब थीं और कृष्ण चन्द्र और शाहिद लतीफ़ ख़ुत्बए-सदारत से ज़्यादा समझ रही थीं।

---

110. शर्म, 111. अमीरों की, 112. घृणा और उपेक्षा-सूचक वाक्य, 113. भवन, 114. चीर-फाड़ करने का आला, 115. छात्रों, 116. घेरे, 117. सुधारक,

ज्यों-ज्यों शाम होती गई मज्मा[118] बढ़ता गया। आज औरतों को घसीटकर बाहर स्टेज के करीब कर दिया गया था। आज वहाँ से ख़ूब साफ़ सुनाई दे रहा था। भोपाल के लोग मुशायरे के बहुत ज़्यादा शौक़ीन मालूम होते हैं। ख़ासतौर पर ख़वातीन[119] तो आज बहुत आई थीं। पौने बारह बजे मुशायरा, ग़ज़लों और नज़्मों के बलबूते पर घिसटता रहा। तरक़्क़ीपसन्द शोरा[120] की सफ़ में एक तो मजरूह थे जो बतौर तबर्रुक[121] के वक़्ते-आख़िर के लिए रख छोड़े गए थे। जोश साहब, जो कि बारह बजे की गाड़ी से लखनऊ से आ रहे थे, आ ही न चुके थे। एक तो मुशायरा वैसे ही कुछ सोया हुआ था, दूसरे मेरे और सफ़िया के बच्चे जाग रहे थे। सिवाय हज़रत ताबा की नज़्म 'दीवाली' के और किसी चीज़ का लुत्फ़ न उठा सके। भीड़ और ग़ुल से बच्चे बौखलाकर हम दोनों का नातिक़ा बन्द किए देते थे कि इतने में शोर हुआ : "हटिए बचिए, जोश मलीहाबादी ज़िन्दाबाद... शायरे-इन्क़िलाब ज़िन्दाबाद..." और हमने देखा कि शायरे-इन्क़िलाब सफ़ों को चीरकर स्टेज की तरफ़ लाए जा रहे हैं।

जब जोश साहब मस्नद पर विराजमान हो गए तो सफ़िया अख़्तर ने उठकर एक छोटा-सा सिपसनामा[122] पर्दानशीन तालिबात की तरफ़ से जोश साहब की ख़िदमत में पेश किया और एक गोटे का हार अपने लरज़ते हुए हाथों से उनके गले में आवेज़ाँ[123] किया। हॉल तालियों और नारों से गूँज उठा और हमारे बच्चे दहल[124] कर रोने लगे।

अब कुछ अखाड़ा जमता नज़र आया। मजाज़ और साहिर जिनकी जोश साहब के साथ आने की उम्मीद थी, मालूम हुआ कि वह न आ सके। साहिर को तो बुख़ार आ रहा था और मजाज़...उनके बारे में तो कुछ कहने की ज़रूरत नहीं। उनकी ग़ैर हाज़िरी का तो अब हमें आदी हो जाना चाहिए। ख़ैर! कुछ मजरूह ने सँभाला और जोश साहब तक मुशायरे को पहुँचा दिया। एक तो लम्बे सफ़र की थकान, दूसरे कुछ ढलती रात, जोश साहब कुछ चिढ़े हुए-से नज़र आ रहे थे। न जाने क्या गड़बड़ हुई और मुशायरा एकदम ख़त्म हो गया।

जब से मिस्रए-तरह[125] का फ़ैशन उठ गया है, शो'रा ने मुशायरों में नई चीज़ें पढ़ने का फ़ैशन भी उठा दिया। सब वही अपनी पुरानी चीज़ें उठाकर सुना देते हैं। इस पूरे मुशायरे में सिवाय ताबाँ की 'दीवाली' के मैंने तो कई चीज़ें पहले ही से सुन रखी थीं, लिहाज़ा कुछ मज़ा न आया। ये देखिए फिर तेज़ाबियत ने ज़ोर मारा।

जाँनिसार ने दूसरे कमरे में जोश साहब को ठहरा दिया। उनके साथ कोई और साहिब भी थे। सफ़िया ने अपने और जाँनिसार के पलंग उठा कर उन दोनों के लिए दूसरे कमरे में लगवा दिए और ख़ुद बच्चों को लेकर फ़र्श पर सोने का इन्तिज़ाम कर

---

118. भीड़, 119. महिलाएँ, 120. कवियों, 121. प्रसाद, 122. अभिनन्दनपत्र, 123. लटकाया, 124. डर, 125. वह मिस्रा जो रदीफ़, क़ाफ़िया बताने के लिए मुशायरे में दिया जाता है,

लिया। उसका बस चलता तो अपने शौहर के गुरुदेव जोश साहब के लिए अपनी खाल भी उतारकर बिछा देती। आज वह बेइंतिहा ख़ुश थी। उसके घर में हिन्दोस्तान का सबसे बड़ा शायर जल्वा-अफ़रोज़[126] था। इस जोशो-ख़रोश[127] के सिलसिले में खाना पकवाना भी भूल गई। अब उस पर लरज़ा चढ़ा कि अगर जोश साहब खाना माँग बैठे तो क्या होगा? मैंने उसको सलाह दी कि सफ़िया! जोश साहब बड़े भले आदमी हैं। अगर उनसे कोई ज़ोर देकर कहे कि वह खाना खा चुके हैं तो वह फ़ौरन मान जाएँगे, लेकिन जोश साहब वाक़िई रेल से खाना खाकर आए थे!

सुबह-सवेरे हम लोग सो ही रहे थे कि पास के कमरे में जोश साहब के रुबाइयाँ पढ़ने की आवाज़ आई। सफ़िया ने हमें झिंझोड़कर जगाया और मुँह पर छपका मार के हम उनकी ख़िदमत में पहुँच गए। जोश साहब निहायत साफ़-सुथरे कपड़ों में शे'री मज्मूआ[128] मालूम हो रहे थे!

ये शायर भी अजीब मालूम होते हैं। ख़ासतौर पर ये नए शायर। मजरूह क़तई शायर नहीं लगता, फ़र्स्ट इयर का तालिबे-इल्म[129] मालूम होता है। जाफ़री का नाक नक़्शा इन अरबी-फ़ारसी के अल्फ़ाज़ से कितना दूर नज़र आता है, जो उसकी शायरी की ख़ुसूसीयत[130] है। कैफ़ी को देखकर शुब्हा होता है कि उसे अभी घड़े में से निकालकर खड़ा कर दिया गया है और कोई दम में ऊँघ कर गिर जाएगा। लेकिन जब वह अपने अश्आर पढ़ता है तो ऐसा मालूम होता है कि उसका वुजूद एक दबे हुए स्प्रिंग की तरह उछलकर ऊपर आ रहा है। मजाज़ को देखकर ये शुब्हा भी नहीं कि ये ख़ून की आँधियाँ चला सकता। लेकिन जोश साहब ज़िन्दगी में भी वैसे ही चाक़ो-चौबन्द[131] और गरजदार नज़र आते हैं जैसे अपनी शायरी में और उस वक़्त कुछ मूड में भी थे। गुज़श्ता शब[132] के मुशायरे से कबीदा-ख़ातिर[133] नज़र आ रहे थे।

दोपहर का खाना हम सबने अख़्तर सईद के यहाँ खाया। वहाँ से अहसन अली हम लोगों को अख़्तर जमाल के यहाँ ले गए। अख़्तर जमाल भोपाल की उन खुश नसीब लड़कियों में से हैं जिनके वालिदैन रौशन ख़याल हैं और उन्होंने अपनी औलाद को आज़ादी दे रखी है। मैं ये अन्दाज़ा न लगा सकी कि उन लड़कियों ने इस आज़ादी को इस्तेमाल करने का क्या प्रोग्राम बनाया है। वहाँ से हम लोग कॉफ़ी क्लब गए जहाँ मज्लिसे-इस्तिक़्बालिया[134] की तरफ़ से हम लोगों को ऐट-होम दिया गया।

रात को क़रीब के कमरे से जोश साहब की सदारत में मुन्अक़िद होनेवाले घरेलू मुशायरे ने हम लोगों को भी खींच बुलाया। जोश साहब बड़े मूड में थे और डाँट-डाँट कर सबसे दाद ले रहे थे। मैंने पहली दफ़ा जोश साहब को उनके अपने अस्ली

---

126. उपस्थित, 127. धूमधाम, उत्साह, 128. कविता संग्रह, 129. विद्यार्थी, 130. विशेषता, 131. चौकस, 132. पिछली रात, 133. अप्रसन्न, 134. स्वागत समिति,

रंग-रूप में देखा। गुज़श्ता शब के मुशायरे की कड़वाहट अब तक उनके मुँह में थी और यूनियन की तरफ़ से जो मुशायरे होनेवाले थे, उसमें क़तई शरीक होने को तैयार न थे, लेकिन लोग कहाँ छोड़ने वाले थे।

दूसरे दिन मैंने सोचा, थोड़ी देर को हमीदा सलामुद्दीन के यहाँ हो आऊँ वर्ना वह नाराज़ हो जाएगी। मैं वहाँ जाकर बैठी ही थी कि अख़्तर सईद साहब का टेलीफ़ोन आया कि सब लोग साँची जा रहे हैं। मैंने कहा, भला चार बजे साँची जा रहे हैं तो फिर लौटेंगे किस वक़्त ? कहने लगे : वक़्त की कोई पर्वा नहीं। साँची जा रहे हैं और लौट ही आएँगे कभी-न-कभी। मैंने दिल में सोचा, भोपाल आए और साँची के स्तूप न देखे तो कुछ भी न किया। वैसे ही सारी दुकानें बन्द हैं, बटवे भी मिलना मुश्किल हैं।

लेकिन घर आकर मालूम हुआ कि जोश साहब लिहाफ़ ओढ़े क़ैलूला[135] फ़रमाने पर मुसिर[136] लेटे हैं और किसी तरह चलने पर राज़ी नहीं होते। सफ़िया और जाँनिसार जानो बेटी ब्याह कर उठे हैं, लिहाज़ा थके-माँदे पड़े हैं ! शाहिद को भी नींद आ रही है, लेकिन कृष्ण चन्द्र, महेन्द्र नाथ, आदिल रशीद और अधो कुमार लॉरी में डटे हुए हैं और कहते हैं हम साँची जाकर रहेंगे। अख़्तर सईद, अहसन अली भी उनके हमनवा[137] हैं। जोश साहब के पास वफ़्द[138] के बाद वफ़्द भेजा जा रहा है, मगर वह टस-से-मस नहीं होते। कृष्ण ने कहा, हम जोश साहब के बग़ैर जाएँगे और लॉरी स्टार्ट करने का हुक्म दिया। इतने में अस्करी साहब ऊपर से चिल्लाए : ठहरो-ठहरो जोश साहब उठ रहे हैं।

पन्द्रह मिनट गुज़र गए।

हम लोग फिर चीख़े : हम लोग जा रहे हैं।

ऊपर से आवाज़ आई : जोश साहब वाक़ई उठ बैठे।

पन्द्रह मिनट और गुज़र गए।

अब सब्र का पैमाना छलक गया, मगर फिर किसी ने इत्तिला दी : "जोश साहब ज़ीने में हैं!"

फिर दस मिनट का ग़ोता!

और जोश साहब ज़ीने में।

मगर इससे क़ब्ल कि पैमाने उलट जाते, जोश साहब ताम-झाम के साथ वाक़ई ज़ीने में आ गए। मैं, जाँनिसार अख़्तर, सफ़िया, अस्करी और शाहिद थे। दोनों सीटों के बीच में एक गद्दा डालकर एक गाव-तकिया लगा दिया गया और शायरे-इन्क़िलाब विराजमान हो गए।

---

135. दोपहर के खाने के बाद जो आराम किया जाता है, 136. ज़िद करने वाला, 137. सहमत, 138. प्रतिनिधि मंडल,

हम किसी मामूली लॉरी में नहीं जा रहे थे बल्कि हस्पताल से एक एम्बुलेंस मुस्तआर[139] ली गई थी। कमबख़्त इस क़दर ग़ुल मचाती, खड़खड़ाती चलती थी कि मुर्दे भी जाग पड़ते होंगे। तीन–चार मील गए होंगे कि उसने हिचकियाँ लेना शुरू कर दिया। मालूम होता था कि मरीज़ों की सुह्बत[140] में रहकर कमबख़्त ख़ुद भी अध-मरी हो गई थी।

''घच्च घच्च...छच्च।'' मरीज़ बोली।

''ये गाड़ी नहीं चलेगी साहब।'' ड्राइवर ने निहायत ही खुर्रेपन से कहा।

''हैं? चलेगी कैसे नहीं।'' अख़्तर ने डाँटा।

ड्राइवर ने कोई निहायत ही मशीनी क़िस्म का नाम लेकर बताया कि वह आला नहीं है और पेट्रोल में कचरा आ रहा है। गाड़ी रुक गई है।

ड्राइवर कुछ अटर–पटर करने लगा। सबने उतर–उतरकर अपनी कमर सीधी की। एक ही झटके में कमबख़्त जोड़–जोड़ हिल गए थे। सफ़िया ने कहा, ''आज अहसन अली का क्या होगा।'' और हम दोनों ने देखा कि वह कुछ अजीब रोमांटिक अन्दाज में खड़े एक पेड़ की बुलन्दी नाप रहे थे। इतने में गाड़ी ठीक हो गई और चल पड़ी। कोई आधा मील गए होंगे कि फिर वही घुटी–घुटी हिचकियाँ। मगर अख़्तर सईद अन्दर से ग़ुर्राए और गाड़ी चलती रही। इधर मैंने ड्राइवर की सूरत देखकर कहा, ''सफ़िया, ड्राइवर को क्या हो रहा है! उसके चेहरे के पेंच क्यों कसते जा रहे हैं?''

''मिलिट्री का आदमी मालूम होता है। बड़ा ग़ुस्सा आ रहा है उसे।'' ड्राइवर ने शायद हमारी खुसुर–फुसुर सुन ली। गाड़ी फिर रुक गई। फिर कचरा...और मुझे...नियाज़ हैदर याद आ गए।

''हटाओ कचरा।''

अख़्तर सईद भिन्नाकर उतरे, ड्राइवर को घूरा और गाड़ी की मैकेनिज़्म समझने की धमकी देने लगे। सफ़िया ने मुझे कुहनी का टहोका देकर कहा, ''वह देखो।'' और मैंने देखा कि अहसन अली फिर पेड़ों की बुलन्दियाँ नाप रहे थे!

''मालूम होता है इस शख़्स को किसी से इश्क़ हो गया है।'' सफ़िया ने नब्बाज़ों[141] की तरह कहा।

अहसन की आवाज़ में ललकार है। अल्फ़ाज़ जीदार होते हैं। ख़यालात बेचैन और फड़कते हुए होते हैं! जब अहसन बोलता है तो न जाने क्यों अली सरदार जाफ़री याद आ जाता है।

सफ़िया और मैं सोचने लगे कि क्या बात है कि इश्क़ करते वक़्त सब मर्द यकसाँ[142] हो जाते हैं। उस वक़्त उन्हें अपने मस्लक[143] और उसके तौर–तरीक़े

---

139. माँगी गई थी, 140. संगत, 141. नाड़ी विशेषज्ञ, 142. समान, 143. मत,

बिलकुल याद नहीं होते। एक शायर, एक अदीब, एक कम्यूनिस्ट भी जब इश्क़ करता है तो आस्मान ही की तरफ़ तकता है। लेकिन मज़दूर और किसान जब इश्क़ करता है तो तारे गिनता और फूल सूँघकर आहें भरता है।

"अरे क्यों बेचारे के सर तूफ़ान जोड़ रही है। उसके यहाँ तो ग़मे-जानाँ कभी का ग़मे-दौराँ बन चुका है।" सफ़िया ने कहा।

गाड़ी फिर चल पड़ी और अब के बड़ी धूम-धाम से चली। शायद मरीज़ों को दारे-फ़ानी[144] पहुँचाने की आदी हो चुकी थी क्योंकि जिस तूफ़ानी रफ़्तार से हम सब को झकोलती, खड़खड़ाती और ग़ुल मचाती जा रही थी, उससे तो यही अन्दाज़ा होता था कि हम लोगों का आख़िरी वक़्त आ गया है। बेचारे जोश साहब गावतकिया दबोचे अपने जिस्म को तौले बैठे थे। और सब भी अपना सर एक-दूसरे से फूट जाने के डर से बेचैन से नज़र आ रहे थे।

"जोश साहब बड़े ख़ूबसूरत हैं।" मैंने चुपके से सफ़िया के कान में कहा।

"श, चुप, क्या ग़ज़ब करती हो, जोश साहब सुन लें तो?"

"मेरी बला से सुन लें...क्यों जी, जोश साहब और उनकी बिरादरी के लोग तो औरत के हुस्न की तारीफ़ में ज़मीन और आस्मान के क़ुलाबे मिला दें और हमारी जबीं[145] पर शिकन भी न पड़े। और अगर मेरे मुँह से जोश साहब के हुस्न से मग़्लूब[146] होकर दो बोल निकल जाएँ तो वह बुरा मानने की धमकी दें।"

"उफ़्फ़ोह!...क्या मुसीबत है। तुमसे बात करो तो झाड़ का काँटा अपनी जान को लगा लो...भई ये कुछ क़ाबिले-तारीफ़[147] बात नहीं समझी जाती कि औरतें मर्द के हुस्न पर लट्टू होती फिरें!"

"तो फिर तुम्हारी राय में औरतों को हाथी-घोड़े के हुस्न पर लट्टू होना चाहिए, मुझे क़तई तुम्हारी बात से इत्तिफ़ाक़ नहीं। औरत को मर्द के हुस्न की तारीफ़ करने का पूरा-पूरा हक़ है। और अब तो मुझसे कृष्ण चन्द्र ने भी कहा है कि एक अफ़्साना या मक़ाला[148] मर्दों के हुस्न पर लिखूँ और देख लेना मैं उसे पहली फ़ुर्सत में लिखूँगी...मैं उसमें मर्दों की नाक के बालों का लतीफ़[149] ज़िक्र छेड़ूँगी, उसकी मूँछ की नोक को ख़ंजरे-आबदार[150] से भी ज़्यादा हलाकत-आफ़रीं[151] साबित करूँगी और उसकी दाढ़ी के साँवली-सलोनी शामों में उमड़ने वाली घटाओं से तश्बीह[152] दूँगी, जिसकी पह्नाइयों[153] में औरत का दिल जंगली कबूतर की तरह फँसकर फड़फड़ाता है और जैसे हज़ारों अश्आर औरतों की चोली और उसके बन्द और तुक्मे[154] की शान में कहे हैं, उसी तरह मैं मर्द के लँगोट और..."

---

144. मृत्युलोक, 145. माथा, 146. पराजित, 147. प्रशंसनीय, 148. लेख, 149. कोमल, सूक्ष्म, 150. चमकदार ख़ंजर, 151. हिंसक, वधिक, 152. उपमा, 153. विस्तार,154. घुंडी,

"हाए हाए...कमबख़्त...मर जाऊँ...मौत आए तुम्हें।" सफ़िया ने ज़ोर से मेरा मुँह मसल दिया और सर से पैर तक लरज़ उठी।

"जब ही तो लोग तुम्हें फ़हहाशी[155] का इल्ज़ाम देते हैं..."

एम्बुलेंस ने फिर हिचकियाँ लीं और हम मर्दों के हुस्न के नुक़्ते[156] से फिसल कर मुँह के बल गिरते-गिरते बचे।

"साहब मोटर गिर गई तो वापस न लौट सकेंगे। वैसे आप कहते हैं तो चलने को तैयार हूँ।" ड्राइवर ने मुअद्दब[157] बनने की कोशिश की। अगर वह ज़रा साफ़गो[158] होता तो कहता, "अहमक़ो! भला शाम के छह बजे साँची के स्तूप देखने जा रहे हो। सत्तर मील का सफ़र, न साथ खाना, न पानी। मैं तुम्हारा बही-ख़्वाह[159] हूँ इसलिए कहता हूँ कि क्यों ख़्वामख़्वाह वहाँ झक मारने जा रहे हो।"

"क्यों! क्या फिर मोटर बिगड़ गई?" अख़्तर सईद ग़ुर्राए।

"भई वापस चलो।" कृष्ण चन्द्र ने कहा, "ड्राइवर का दिल नहीं कहता जाने को।"

"मजाल है उस उल्लू के पट्ठे की।" अख़्तर झल्लाए।

ड्राइवर ने चेहरे के पेंच और भी कस लिए। ऐसा मालूम होता था, तुम्हारी मर्ज़ी फिर मुझसे शिकायत न करना। मैं क़तई ऐसे पागल वक़्त साँची जाने को तैयार नहीं।

"ऐसा है तो फिर वापस चलो भई।" जाँनिसार ने ड्राइवर की मानी-ख़ेज़[160] ख़ामोशी से सहमकर कहा।

"अब के नहीं बिगड़ेगी।" ड्राइवर ने शरारत में मुस्कुराकर इत्मीनान दिलाया।

"अरे अहसन अली कहाँ गए।" किसी ने याद दिलाया। बड़ी मुश्किल से मोटर को वापस लौटाया गया। अहसन साहब एक चमेली की टहनी लिये सड़क पर खड़े आस्मान को तक रहे थे। सब बेचारे को डाँटने लगे। मगर वह ख़ामोश रहे साँची जाने का सारा मूड ख़त्म हो गया। सबकी यही राय हुई कि बख़ैरो-आफ़ियत[161] जल्द-अज़-जल्द घर पहुँचना चाहिए। तीस-चालीस मील का चक्कर। ये हुई साँची की सैर।

कॉन्फ्रेंस ख़त्म होने के बाद आज पहले दिन सफ़िया से ज़रा गपशप का मौक़ा मिला, पर न जाने बाज़ू के कमरे में लोग क्या सरगोशियाँ[162] कर रहे थे कि हमारा जी न लगा। अजीब पुरअस्रार[163] क़िस्म की आवाज़ें आ रही थीं। खुसर-फुसर और फिर एक तवील क़हक़हा। मैंने और सफ़िया ने फ़ैसला किया कि गैलरी में चुपके से जाकर सुना जाए। अब डर ये था कि हमारे बदतमीज़ बच्चे वहाँ साथ जाकर हमारे वुजूद का एलान कर देंगे और हम पर उन क़हक़हों का भेद न खुल सकेगा।

---

155. अश्लीलता, 156. तह की बात, 157. शिष्ट, 158. साफ़ बात कहने वाला, 159. चाहने वाला, 160. अर्थपूर्ण, 161. आनन्दपूर्वक, 162. कानाफूसी, 163. रहस्यमय,

बड़ी मुश्किल से उन कमबख़्तों को बहला-फुसलाकर नौकर के सुपुर्द किया और ख़ुद गैलरी में दबककर बैठ गए। गैलरी में पहुँचकर जो कुछ सुना तो हम पर चौदह-तबक़[164] रौशन हो गए। तरक़्क़ीपसन्द मुसन्निफ़ीन की कॉन्फ़्रेंस के चन्द-रुक्न[165] सर जोड़े बिलकुल उसी मौज़ू पर अश्आर सुना रहे थे, जिस पर हमारे घर की पक्की उम्र की बहू-बेटियाँ छुट्टूजान से लतीफ़े सुना करती थीं।

ये छुट्टूजान दिल्ली की तवाइफ़ थी। हमारी मुमानीजान की बड़ी मुँहचढ़ी थी। उस अल्लाह की बन्दी को ऐसे-ऐसे प्राइवेट लतीफ़े याद थे, औरत और मर्द के पोशीदा तअल्लुक़ात पर मुख़्तलिफ़ मनगढंत क़िस्से, जिन्सी[166] दरिंदगियों[167] के मुतअल्लिक़ सनसनीख़ेज़[168] लतीफ़े। ऊँचे घराने की भली लड़कियों के सर से अगर दुपट्टा ढलक जाए तो सात सौ तूफ़ान जोड़ने लगे। उन्हें सुन-सुनकर किलकारियाँ मारतीं और लोट-पोट हो जातीं। न जाने क्यों उन बातों को सुनकर मुझे पंजाब के नंगे जुलूस याद आ गए। वह सड़कों पर ज़िना[169] और औरत की भयानक तख़्रीब[170] की तस्वीर आँखों में फिर गई जैसे दोनों एक ही जज़्बे के लिए तख़लीक़[171] किए गए हैं। फिर सफ़िया ने मुझे बताया कि क़रीब-क़रीब तमाम चोटी के शो'रा का इस क़िस्म का कलाम प्राइवेट और बेतकल्लुफ़ मौक़ों पर लुत्फ़अंदोज़ होने का बेह्तरीन नुस्ख़ा है। मेरा ख़याल था कि ये मशग़ला घर में बैठने वाली नाकारा औरतों ही तक महदूद है, मर्द तो सियासत इक़्तिसादियात और मआशियात पर बहसो-मुबाहसा करते होंगे। लोग मंटो पर फ़ह्हाशी का इल्ज़ाम लगाते हैं। अगर कहीं वह ये सब कुछ लिख दें तो उसे तोपदम कर दिया जाए और अगर मैं वह सब कुछ लिख दूँ जो मुअज़्ज़ज़[172] बीवियाँ चटख़ारे ले-लेकर सुनती और सुनाती हैं, तो न जाने लोग मेरा क्या हाल करें। मगर ये सब बातें ख़ल्वत[173] में होती हैं तो उन्हें अदब की एक पुरलुत्फ़ शाख़ समझा जाता है लेकिन अगर कोई उनका भाँडा फोड़ने के लिए मंज़रे-आम[174] पर ले आए तो लोग पारसा[175] बीवियाँ बनकर नाक सिकोड़ने लगते हैं। मुझे ये भी मालूम हुआ कि इस क़िस्म के अश्आर का एक बहुत ज़ख़ीम ख़ज़ाना मौजूद है जो बिल्कुल शाही नुस्ख़ों की तरह सीना-ब-सीना चला आ रहा है। बेचारे चिर्कीन[176] का हश्र देखने के बाद लोगों ने फ़ैसला कर लिया कि अगर शाए[177] किया गया तो लोग उसे चौराहे पर डालकर जूतियों से पीटकर ख़त्म कर डालेंगे। लिहाज़ा बेहतर है कि उस ज़ेह्नियत[178] की परवरिश के लिए दिमाग़ों तक ही महदूद[179] रखा जाए।

---

164. तल, 165. सदस्य, 166. काम सम्बन्धी, 167. जंगलीपन, 168. उत्तेजनात्मक, 169. व्यभिचार, 170. बरबादी, 171. रचना, 172. प्रतिष्ठित, 173. एकान्त, 174. सार्वजनिक स्थान, 175. संयमी, 176. चिर्कीन का अर्थ है 'गन्दा' और उनकी शायरी भी ऐसी थी, 177. प्रकाशित, 178. विचारधारा, 179. सीमित,

सवाल ये है कि ये फ़न क्यों ज़हूर में आया। ये तो मैं किसी हालत में भी मानने को तैयार नहीं कि ग़मो-ग़ुस्सा, नफ़रत और मुहब्बत की तरह ये जिन्सी दरिंदगी भी इंसानी जिबिल्लत[180] है। यक़ीनन ये शाही निज़ाम के तुहफ़े हैं। उमरा और रऊसा जब जिस्मानी अय्याशी से जिसकी आख़िर को एक हद मुक़र्रर है और तमाम तिला[181] और गोलियाँ आजिज़ आ जाती थीं तो वह ज़ेह्नी बदकारी पर इक्तिफ़ा करते थे।

बड़े दरबारों में इस क़िस्म के सामान नंगी तस्वीरों, कोक शास्त्रों, अश्आर और लतीफ़ों की सूरत में फ़राहम किए जाते थे। उकताई हुई ज़िन्दगी में थोड़ी-सी जान पड़ जाती थी।

पुराने कपड़ों और च्योड़ी हुई हड्डियों के साथ-साथ ये नेमत मुसाहिबीन के घर तक आई और वहाँ से उनके मुसाहिबों में रेंग गई। और अब उनके थूके हुए निवाले हमारा नक़्क़ाल तब्क़ा चबाता आ रहा है। लेकिन अब वह लोग जो इन्क़िलाब के अलमबरदार[182] बनते हैं, इस ज़ेह्नीयत से किस तरह समझौता करते हैं, ये बात मेरी समझ में नहीं आई और मेरा दिल बेतरह उदास हो गया। ऊँह छोड़ो इन बातों को, जब सब कुछ बदल जाएगा तो ज़ेह्नियतें ख़ुद-ब-ख़ुद बदल जाएँगी। जड़ बदलने के बजाय पत्तों की काट-छाँट में वक़्त गुज़ारना हिमाक़त है। इस तब्क़े में कीड़े मारना फ़ुज़ूल है। जड़ बदल गई तो फिर नई टहनियों में नए पत्ते और नए फूल खिलेंगे!

बम्बई आकर मालूम हुआ कि अली सरदार जाफ़री रिहा हो गए। मालूम होता है मह्कमए-बाला[183] से कुछ भूल-चूक हो गई।

भुसावल के तरक़्क़ीपसन्द मुसन्निफ़ीन को मेरा पैग़ाम है कि आपके कहने के मुताबिक़ हमने मैदान रजअतपसन्दों के क़ब्ज़े में न जाने दिया। बात ये थी कि वहाँ कोई सामने आया ही नहीं, लिहाज़ा मैदान जीत आए हैं।

OOO

180. प्रकृति, 181. कामवर्द्धक तेल, 182. अगुआ, 183. उच्च विभाग।